Kira Borchers
Flying Dreams

Kira Borchers ist ein Nordlicht aus Schleswig-Holstein. Nach ihrer abgeschlossenen Verlagsausbildung zur Medienkauffrau Digital und Print studiert sie nun Buchwissenschaft an der LMU in München. Neben dem Schreiben eigener Geschichten arbeitet sie in einem Buchverlag. In ihrer Freizeit entwirft sie Illustrationen oder lässt sich von Ausflügen in die Berge inspirieren. Ihre Leidenschaft zu Büchern teilt sie auf ihrer Instagramseite kiras.zeilen.

Für alle, die Angst haben, einen neuen Weg einzuschlagen.
Habt Vertrauen in euch. Ihr schafft das.

Das hier ist eine Geschichte über verlorene Träume. Denn muss wirklich jeder Traum in Erfüllung gehen, damit man glücklich ist? Ist nicht gerade der Weg dorthin das, was uns erfüllen sollte – unabhängig vom Erreichen unserer Ziele?

Prolog

Vor zehn Jahren

»Bleibt nicht zu lange draußen, hört ihr? Ihr seid zurück, bevor es dunkel wird!« Die Stimme meiner Mutter verklang hinter meinem Rücken und vermengte sich mit meinem Kichern.

»Wetten, ich bin schneller an der alten Eiche als du?« Jay warf einen flüchtigen Blick über die Schulter und schenkte mir ein übermütiges Lächeln.

Ich schüttelte den Kopf, während mein Herz Purzelbäume schlug. »Das hättest du wohl gern. Ich bin viel schneller als du!«

Obwohl er etwas älter war als ich, überragte ich meinen besten Freund um einen ganzen Kopf. Meine Beine waren einfach viel länger als seine, meine Statur wesentlich zierlicher, und beides nutzte ich jetzt zu meinem Vorteil.

Der Wind blies meine langen roten Haare zurück und kaum dass wir die Wiese hinter dem Haus meiner Eltern überquert hatten, peitschten mir tiefhängende Äste ins Gesicht. Einzelne Locken kitzelten meine Wangen. Doch ich dachte nicht daran, auch nur einen Moment innezuhalten oder zurückzusehen. Ganz egal, wie sehr das Blut in meinen Adern pulsierte und mein Herz mit meinen Gedanken um die Wette raste.

Ich würde dieses Rennen gewinnen. Da hatte Jay die Rechnung ohne mich gemacht. Seinen winzigen Vorsprung hatte ich längst aufgeholt und so trugen meine

Beine mich rasch den Hügel am Rand der Stadt hinauf. Schon von Weitem waren die Äste der alten Eiche zu sehen. Der Baum war auf einem Vorsprung gewachsen und streckte seine Zweige der Sonne entgegen.

Einige der Äste wuchsen so weit unten, als wollte der Baum förmlich dazu einladen, sich in seinen gewaltigen Astgabeln niederzulassen, dem Himmel ein Stück näher zu kommen und einen unglaublichen Ausblick auf meine Heimat zu werfen.

»Ich bin schneller als du«, rief da plötzlich jemand neben mir und stolperte an mir vorbei. Überrascht stieß ich die Luft aus. Das ließ ich mir nicht bieten. Jaydon hatte doch glatt aufgeholt und mir war es nicht aufgefallen.

Uns trennte mittlerweile lediglich eine Wiese von unserem erklärten Ziel. Ich bildete mir ein, nur noch den Arm nach der Rinde ausstrecken zu müssen. Den Sieg würde ich mir nicht nehmen lassen, wo er schon zum Greifen nahe war.

Mit jedem Schritt zog sich mein Brustkorb schmerzhaft zusammen und alles in mir rebellierte bereits, aber ich würde Jay nicht gewinnen lassen. Auf gar keinen Fall. Ich kniff die Augen zusammen und kämpfte mich vorwärts. Erst als meine Finger die raue Rinde des Baumes berührten, traute ich mich, wieder zu blinzeln. So konnte ich gerade noch erkennen, wie Jay keine fünf Sekunden nach mir den Stamm berührte.

»Erste«, verkündete ich und strahlte ihn an. Dabei rang ich atemlos nach Luft.

Keuchend ließen wir uns nebeneinander unter der Eiche ins Gras fallen. »Das nächste Mal gewinne ich«, meldete sich Jay zu Wort.

»Niemals, ich werde immer gewinnen«, widersprach ich triumphierend. Ich sah ihn an und entdeckte die

Bauchtasche, die er bei sich trug. Die braunen Lederbänder hatte er eng um seinen Oberkörper gebunden, sodass sie nicht störte und nur den Bewegungen seines Körpers folgte. Das helle T-Shirt klebte ihm an der Brust. »Du hast sie also wirklich dabei«, stellte ich fest und wurde ernst, als ich auf seine Tasche deutete.

Er nickte. »Natürlich. Wir haben doch gesagt, dass wir sie heute vergraben – unsere Herzenswünsche.«

Auch wenn wir es abgesprochen hatten, so erfasste mich nun doch ein Kribbeln bei dem Gedanken, dass wir sie hier wir verstecken würden. Wir hatten entschieden, unsere Träume am Fuß unseres Baumes zu begraben, damit niemand sie uns nehmen konnte und wir immer einen Ort hatten, an den wir zurückkehren konnten, wenn wir unsere Ziele aus den Augen verloren. Etwas, das uns daran erinnerte, wonach wir strebten und das uns Kraft gab, wenn wir sie vielleicht einmal nicht hatten. Ich bewunderte den dicken Stamm des Baumes jedes Mal wieder und auch als ich mich nun zu der Eiche umwandte und meine Finger erneut über die Rinde glitten, erfasste mich Ehrfurcht. Wie alt der Baum wohl war? Was er alles schon erlebt hatte und wie tief die Wurzeln wohl unter uns in die Erde reichten?

»Hast du deinen Zettel dabei?«, hakte Jay nach, woraufhin ich die Hand sinken ließ.

Ich nickte und betrachtete die kleine weiße Schachtel, die wir auf dem Dachboden seiner Eltern gefunden hatten. »Du auch?«

»Na klar«, erwiderte er und hielt sie mir hin. »Ich habe meinen Zettel schon hineingetan. Jetzt fehlt nur noch deiner.«

Das ließ ich mir nicht zweimal sagen und holte den Zettel aus meiner Hosentasche hervor. Nachdenklich betrachtete ich das gefaltete Stück Papier. Schlagartig packten mich doch Zweifel. Hatte ich auch den richtigen Wunsch aufgeschrieben? Was, wenn ich ihn vielleicht einmal ändern wollte?

Ich schüttelte innerlich über mich selbst den Kopf. Wie viele Nächte ich wachgelegen und gegrübelt hatte, um sicherzugehen, dass ich das Richtige auf dem Zettel festhielt. Ohne länger zu zögern, warf ich den Wunsch zu dem von Jay in die Schachtel. Sie war gerade so groß, dass unsere Zettel hineinpassten. Mein bester Freund verschloss sogleich den Deckel und kniete sich mit unseren Wünschen zwischen die Wurzeln. Dort, wo der Sandboden in Rasen überging, begann er, mit seinen Händen eine Kuhle zu schaufeln.

Ich hockte mich ihm gegenüber und half beim Buddeln. Dabei packte mich das Gefühl, dass das Loch im Boden nie tief genug sein konnte, um unsere Träume sicher zu verwahren. Aber ich wusste, dass wir die richtige Entscheidung getroffen hatten. Dass wir nun ein Geheimnis teilten, das uns miteinander verband. Der Gedanke zauberte ein Lächeln auf meine Lippen und spornte mich an, eine besonders tiefe Grube zu graben.

»Das müsste reichen«, sagte Jay irgendwann und legte die Schachtel vor uns in das Loch hinein. »Was meinst du?«

Ich sah auf und wischte meine mit Erde beschmierten Hände an meiner Hose ab. Dann stimmte ich zu, indem ich meinen Kopf wiegte. Schweigend betrachtete ich, wie er daraufhin unser Geheimnis auf ewig vor aller Augen versteckte.

»Meinst du, sie wird auch sicher keiner finden?«, fragte ich, was ich schon hunderte Male hatte wissen wollen – im Stillen und von Jay.

»Nein, wer sollte denn unter unserem Baum auf die Idee kommen, nach einer Schachtel zu suchen? Es wird sie niemand entdecken und wegnehmen.« Er beachtete mich nicht, war ganz auf seine Aufgabe konzentriert. »Wir haben einen guten Platz ausgewählt.«

Dass er so überzeugt davon war, ließ mein Herz warm werden. Stille breitete sich zwischen uns aus. Vollkommen erfüllt, beobachtete ich Jay, lauschte dem Wind, dem Rascheln der Blätter über unseren Köpfen und meinem klopfenden Herzen. Es kam mir fast vor, als würde die Eiche mit uns reden und uns das leise Versprechen geben, gut auf unsere Geheimnisse gut achten. Als würde der Baum uns Mut zusprechen und uns verraten, dass wir es schaffen konnten, dass wir unsere Ziele erreichen würden – wenn wir nur daran glaubten. Und in dem Moment fasste ich den Entschluss, nie meinen Kampfgeist zu verlieren. Ich würde immer stark sein und nicht aufgeben.

Ob es Jay ähnlich ging? Ob auch er gerade daran dachte, wie er seinen Traum erfüllte und wie sich das wohl anfühlte? Ob er sich auch gerade ausmalte, wann wir das Ziel auf unseren Zetteln in die Realität umsetzten und es nicht mehr nur feine Linien auf Papier sein würden, sondern Gefühle, Bilder, Erinnerungen?

»Was hast du auf deinen Zettel geschrieben?«, wollte ich von ihm wissen, weil ich meine Neugier plötzlich nicht länger bändigen konnte.

Jay ließ sich nicht davon abbringen, die Schachtel weiter unter der frischen Erde zu verstecken. Allerdings zuckte er kaum merklich zusammen, was mir zeigte, dass ich ihn aus seinen Gedanken gerissen hatte. Erwischt. Röte schlich sich auf seine Wangen. Seine Antwort war jedoch bestimmt. »Wenn ich es dir verrate, ist es ja kein Geheimnis mehr.«

»Ich dachte, es sollten *unsere* Geheimnisse sein. Nur von uns beiden.« Ich richtete mich auf, verschränkte die Arme vor der Brust. »Was wir uns von der Zukunft erhoffen. Na los, sag schon, was hast du dir gewünscht?«

Als die Schachtel zu unseren Füßen bedeckt war und nur die dunkler gefärbte Erde verriet, dass dort etwas vergraben war, ließ Jay sich daneben auf den Boden fallen und legte sich flach auf den Rücken.

»Leg dich zu mir, Gray, dann erzähle ich es dir vielleicht.« Er schloss die Augen und sein Mundwinkel wanderte geheimnisvoll in die Höhe, sodass sich ein zartes Grübchen in seiner Wange bildete. Die Arme hatte er unter seinem Kopf verschränkt.

Ich gab mich geschlagen, auch wenn mich meine Neugier ganz unruhig machte und ich lieber durch den halben Wald gelaufen wäre, um das Kribbeln aus meinem Körper fortzujagen, als mich neben ihn zu legen. »Also?«

»Du lässt nicht locker, was?« Er drehte den Kopf zu mir, blinzelte und kniff wieder ein Auge zu.

»Du kennst mich doch«, entgegnete ich und grinste breit. Obwohl ich mich so selbstsicher gab, wollte ich keine weitere Sekunde auf seine Aufklärung warten. Geduld war einfach nicht meine Stärke und nichts hasste ich mehr als Geheimnisse, die ich nicht kannte.

»Schön, ich habe geschrieben ...« Er stockte. »Du darfst nicht lachen, versprochen?«

Nun musste ich doch kichern. »Versprochen! Ich lache nicht.«

Er nickte langsam, wie um sich abzusichern. »Gut. Ich habe geschrieben, dass ich mir wünsche, ein großartiger Football-Spieler zu werden.«

Obwohl mich die Antwort überraschte, zog ich nur einen Mundwinkel in die Höhe. Mit einer Hand strich ich mir die roten Haare aus dem Gesicht. Damit hatte ich nicht gerechnet. Jaydon. Ein Footballer. In Gedanken sah ich eine Gruppe großer Männer, die in Trainingsklamotten über den grünen Rasen in einem Stadion liefen. Ich stellte mir vor, wie er wohl in ein paar Jahren aussehen würde und wie sein Gesicht unter einem der Helme hervorguckte.

Ja, ich konnte ihn mir als Footballer vorstellen, auch wenn ich nie zuvor daran gedacht hatte. Wie war er nur darauf gekommen, ohne dass ich davon erfahren hatte? Wie konnte das sein größter Wunsch sein, wo er mir noch nie davon erzählt hatte?

»Und wovon träumst du, wenn du groß bist?« Seine braunen Augen bohrten sich mit einem neugierigen Funkeln in die meinen und rissen mich damit aus meinen Gedanken.

Ich sah hinauf in die Baumkrone über unseren Köpfen, ließ den Blick über die Astgabeln in den Himmel schweifen, der sich dahinter zeigte, und atmete tief durch, beobachtete die Wolken, die wie Watte am blauen Himmel hingen. Dabei schlug mein Herz laut in meiner Brust und ließ meine Gedanken ganz leise werden. Doch eine Sache blieb greifbar in meinem Kopf zurück. *Mein Traum. Mein Ziel.*

»Ich werde Cheerleaderin. Eine, an die man sich erinnert.«

Kapitel 1 – Grace Collin

29. Dezember, 05:24 Uhr

Diese eine Nacht

Ich konnte nicht mehr. Was hatte ich nur getan? Es war so falsch. Fühlte sich verkehrt an, und doch war da dieses Kribbeln, wenn ich daran zurückdachte.

Die Bilder aus dem Albtraum vernebelten noch immer meine Gedanken. Aus dem Albtraum, der meine Wirklichkeit war und mich nun seit einigen Tagen verfolgte. Mein Schlafanzug klebte an meinem Körper wie eine zweite Haut, während mein Atem nur stoßweise hervorkam. Alles um mich herum drehte sich. Und dann kam die Übelkeit.

Mit klopfendem Herzen sprang ich auf und rannte aus dem Zimmer. Gerade noch rechtzeitig fiel ich vor der Toilette auf die Knie, als sich mein Magen zusammenzog. Hitze durchströmte mich, während kalte Schauer mich zum Frösteln brachten. Weitere Krämpfe schüttelten meine Glieder. Als ich mich schließlich wieder aufrecht hinsetzen konnte, klammerte ich mich mit zittrigen Fingern an den Rand der Toilettenschüssel.

Das war sicher nur die Aufregung. Nur die Aufregung. Nichts weiter. Es war einfach alles zu viel. Das mit *ihm* war zu viel. Das hätte nie passieren dürfen. Und das mit Liv und Finn. Und das anstehende Camp.

Ich glaubte, mein Herz müsste aus meiner Brust springen, während der Druck auf meinem Brustkorb zunahm und ich versuchte, mir eher das Gegenteil weiszumachen. Als würde mein eigener Körper mich umbringen wollen und mein Herz zwischen meinen Rippen zerquetschen.

Ich legte eine Hand auf meine Brust, schloss die Augen und holte tief Luft. Alles würde gut werden. Ganz sicher. Es musste gut werden.

Ich wollte die Beste sein. Und nun hatte ich die Chance dazu. Wenn Finn mich schon nicht beachtet hatte, wenn Liv mich im Stich ließ, dann musste ich ihnen eben umso mehr beweisen, dass sie sich in mir getäuscht hatten. Im Camp hatte ich die Möglichkeit, über mich hinauszuwachsen, hatte die einmalige Gelegenheit, mehr aus dem zu machen, was mich erfüllte und kam meinem Traum ein Stück näher.

Nur weil mein Körper nicht mit der aufkeimenden Aufregung und dem Chaos um mich herum klarkam, würde ich nicht aufgeben. Ich konnte das. Ich durfte mich nicht ablenken lassen und auf gar keinen Fall aufgeben. Was geschehen war, musste ich vergessen. Es zählte nur, was jetzt auf mich zukam, und ich würde alles geben.

Kapitel 2 – Grace Collin

09. Dezember, 09:24 Uhr (Jetzt)

Weihnachten oder Wenn Männer mit Bärten Zipfelmützen tragen

»Aaaah! Ich liebe diese Tradition an unserem College!«, quiekte Cassy aufgeregt und wirbelte zu uns beiden herum, kaum dass sie die Türen zur Eingangshalle aufgestoßen hatte. Dabei fuhr sie sich durch ihre kurzen schwarzen Haare.

Sofort erstarrte ich neben ihr und betrachtete die festlich geschmückte Halle, in der überall Girlanden aus künstlichen Tannenzweigen um die Treppengeländer gewickelt waren, die sich zu beiden Seiten der Halle ins obere Stockwerk hinaufwanden. Bunte Kugeln und Lichter nahmen den kompletten Eingangsbereich des Coulden Colleges ein.

Tatsächlich war in der vergangenen Woche auch die Rockpflicht für uns Mädchen am College gefallen, damit war die Wintersaison eröffnet. Nun durften wir statt des karierten oder dunklen Rocks eine schwarze lange Jeans anziehen. Dennoch hatte ich mich dafür entschieden, einfach eine Strumpfhose unter meinem grauen Rock zu tragen, und einen karierten Pullover über die weiße Bluse gezogen. Genau wie Cassy.

»Wow«, murmelte Liv, legte den Kopf in den Nacken und blieb neben uns stehen. »Die fangen jedes Jahr früher an zu schmücken, was?«

»Ganz richtig, Darling!« Cassy grinste wie ein Kleinkind bis über beide Ohren. »Sie wollen einfach sichergehen, dass wir bis Weihnachten auch wirklich alle in Weihnachtsstimmung sind.«

Ich konnte ein Schnauben nicht unterdrücken, wodurch ich einen bösen Blick von Cassy erntete. An diese College-Tradition würde ich mich wohl nie gewöhnen und obgleich ich mich immer wieder auf diese Jahreszeit freute, zog sich mein Brustkorb schmerzlich bei dem Gedanken daran zusammen, dass es nun schon so weit war. Denn ich war noch nicht bereit für die Weihnachtszeit, die besinnlichen Stunden mit der Familie, den Trubel und die Suche nach Weihnachtsgeschenken, die damit einhergingen.

»Kann man irgendwo einen Antrag stellen, dass die Weihnachten dieses Jahr später feiern? Wir haben doch gerade erst den Herbst verabschiedet.« Es wunderte mich, dass Liv und ich ausgerechnet in dem Punkt einer Meinung waren, denn in ihrer Stimme war der Sarkasmus kaum zu überhören.

»Du kannst ja dein Glück versuchen und Santa Claus persönlich einen Brief schicken«, erwiderte Cassy und verdrehte die Augen.

»Vielleicht mache ich das, nur um zu sehen, was mir die lieben Angestellten von der Post antworten. So eine Bitte zwischen den Kinderbriefen fällt gewiss auf und für einen Artikel für die College-Zeitung reicht das bestimmt als Schlagzeile zum Schmunzeln.« Liv deutete an, sich das gleich in ihrem Notizbuch zu notieren, und griff bereits in ihren Jutebeutel, den sie wie so oft über der Schulter bei sich trug.

Doch in dem Moment wurde ihre und auch meine volle Aufmerksamkeit in den hinteren Teil der Eingangshalle gelenkt. Einige Männer versuchten, dort den diesjährigen Weihnachtsbaum aufzustellen, aber es war nicht das, was mich erstaunte. Plötzliches Kreischen und Gekicher ließen mich die Augenbrauen zusammenziehen. Ich wechselte einen irritierten Blick mit Liv, die nicht weniger ahnungslos mit den Schultern zuckte.

»Ich glaube, wir haben das Wichtigste vergessen«, meinte Cassy und verschränkte die Arme vor der Brust. »Verteilen nicht heute die Footballer unseres Colleges-Teams den ganzen Tag über Socken gefüllt mit Süßigkeiten?« Sie hatte kaum zu Ende gesprochen, als drei Jungs zwischen den anderen Studenten in unserem Blickfeld auftauchten. Sofort zog sich meine Brust abermals zusammen und ich wäre am liebsten im Erdboden versunken.

Finn, Jaydon und Alex standen dort mit knallroten Zipfelmützen, umringt von einer Horde Mädchen, die sie erfolglos abzuwimmeln versuchten. Durch ihre College-Uniform – den langen dunkeln Hosen und den weißen Hemden – stachen die knallroten Mützen umso mehr ins Auge.

Als Finn den Kopf hob, entdeckte er uns sofort. Das konnte selbst ich über die Entfernung seinem sich schlagartig aufhellendem Gesicht entnehmen. Ein Stich ging durch meinen Magen. Mich hatte er nie auch nur annähernd so beachtet. Nicht einmal meinen Namen hatte er gewusst, und ich hatte alles dafür getan, um diesem Mann aufzufallen. Nur damit er nun seine ganze Aufmerksamkeit auf die Freundin an meiner Seite richtete. Beinahe glaubte ich, er würde nur noch Liv in all dem Durcheinander aus Studenten sehen.

Aber um die Flucht zu ergreifen, war es zu spät. Die Ausrede, ich müsste ausgerechnet jetzt wohin verschwinden, würden mir weder Liv noch Cassie ernsthaft abnehmen. Innerlich verfluchte ich mich. Dann also Augen zu und durch.

Das nahm ich wörtlich und riss erschrocken die Lider auf, als zwei Hände mich an der Taille packten und in die Luft rissen. Da waren sie wieder, diese braunen warmen Augen, die mir stets Sicherheit gaben, wenn sich meine Welt auf den Kopf stellte.

»Jay!«, beschwerte ich mich lachend. Doch sein Name kam mir nicht annähernd so unbeschwert über die Lippen, wie ich mir das vorgestellt hatte. Mein bester Freund zeigte seine weißen Zähne und drehte sich mit mir im Kreis, bevor er mich wieder neben meinen Freunden auf den Boden absetzte. Dabei strich er mit seinen Fingern über die Haut, die unter meinem bauchfreien Shirt zum Vorschein kam, und Gänsehaut kroch mir über die Arme. Zum Glück hatte ich noch eine Jeansjacke an, damit Jay das nicht sah. Was machte er nur?

»Guten Morgen«, begrüßte er mich und drückte mich noch einmal an sich. Als ich einen Schritt zurück machte, um Abstand zwischen uns zu bringen, warf ich einen flüchtigen Blick zur Seite. Sofort drangen das Kichern und das aufgeregte Kreischen in der Halle nur noch gedämpft zu mir durch. Finn beugte sich gerade herunter, um Liv zur Begrüßung einen Kuss auf die Lippen zu drücken. Sie hatte ihre Hände in seinen Nacken gelegt und fuhr mit den Fingern über den Ansatz seiner braunen Haare. Dabei wippte ihr blonder Pferdeschwanz hin und her. Sie hatten nur Augen füreinander. Für Liv und Finn gab es ausschließlich sie beide. Ein Kloß bildete sich in meinem Hals und ich blinzelte, um das Brennen in meinen Augen zu verdrängen.

Wie sehr ich mir wünschte, mich für die beiden freuen zu können. Wie sehr ich hoffte, ich könnte diese bescheuerte Eifersucht unter Kontrolle bekommen. Dabei fehlte mir die Luft zum Atmen und mein Brustkorb fühlte sich an, als würden lauter kleine Nadeln darin stecken.

Frustriert ballte ich meine Hände zu Fäusten und betete inständig, dass niemandem auffiel, wie sehr mich der Anblick von Liv und Finn jedes Mal wieder mitnahm. Wie sie mir vorführten, was ich mir so lange Zeit erhofft und was Liv nun erreicht hatte.

»Grace? Ist doch so, oder?« Cassy stieß mir mit dem Ellenbogen in die Seite und ich rang mir ein Lächeln ab, obgleich ich keinen blassen Schimmer hatte, wovon sie gerade geredet hatten. Als sie das bemerkte, half sie mir auf die Sprünge. »Das anstehende Trainingscamp rückt unglaublich schnell näher. Kaum zu glauben, dass uns nur noch die Weihnachtsferien davon trennen.«

Eifrig nickte ich und warf einen flüchtigen Blick zu Jay. Meinem besten Freund traten Falten auf die Stirn, während er sich mit einer Hand durch seine zerzausten blonden Haare strich, die Weihnachtsmütze wieder aufsetzte und mich musterte.

»Ja, das ging jetzt wirklich schnell. Weißt du inzwischen schon, ob du mitkommen kannst?«, wandte ich mich an Cassy. Nach allem, was vorgefallen war, genügte die Vorstellung, allein mit Liv in das Camp zu fahren, um mir Bauchschmerzen zu bereiten. All die Zeit, die ich mit ihr und Finn dort verbringen würde und ihnen dabei zusehen musste, wie sie glücklich zusammen waren, während ich die Bilder nicht loswurde. Zu oft hatte ich mir ausgemalt, wie Finn mich so in den Arm nahm oder wie sich seine Lippen wohl auf meinen anfühlten.

»Ich bin noch im Gespräch mit der College-Leitung«, erwiderte sie und zuckte mit den Schultern. Die Leichtigkeit, die dabei in ihrer Stimme mitschwang, schenkte mir Hoffnung. »Mein Vater hat ein gutes Wort eingelegt, dass ich Liv bei ihrer Arbeit für die College-Zeitung unterstützen sollte. Es braucht schließlich jemanden, der sich mit den geschneiderten neuen Uniformen für das Cheerleading-Team sowie die der Footballer auskennt.«

Das tiefe Lachen, das daraufhin erklang, ließ mein Herz stocken. Ich sah zu Jay. Als sich unsere Blicke trafen, verstummte er und zog einen Mundwinkel in die Höhe. Doch lautes Gekicher lenkte seine Augen weg von mir und in den hinteren Teil der Halle zurück, wo er mit Finn und Alex hergekommen war.

»Ey, Jungs«, wandte er sich dann an die anderen beiden und fügte mit einem leichten Kopfnicken in Richtung einer Gruppe weiterer Mädchen hinzu: »Wir sollten uns noch bis zu Beginn der ersten Vorlesungen in die Fachschaftsräume zurückziehen.«

Finn stieß ein Schnauben aus. Dabei hielt er noch immer Liv im Arm, die ihm gerade mal bis zur Schulter reichte. »Gute Idee.« Daraufhin drehte er seine Freundin an der Taille zu sich herum. »Wir sehen uns später. Ich weiß, in welchem Kurs ich dich finde, und vielleicht habe ich ja sogar eine Überraschung für dich.«

Ihre Augen leuchteten, bis sie die Lider schloss und Finns Abschiedskuss erwiderte. Hastig drehte ich meinen Kopf weg und räusperte mich. »Nun gut, euch viel Spaß«, sagte ich mit einem Augenzwinkern zu Jay und deutete auf die restlichen Kommilitoninnen, die es anscheinend kaum erwarten konnten, den Footballern die Schokoladenweihnachtsmänner abzunehmen. Aber wenn man mich fragte, sahen sie eher aus, als würden sie die Footballer und nicht die Schokolade vernaschen wollen.

»Danke!« Jay knuffte mich in die Seite. »Halt durch und lass dir all den Süßkram nicht zu Kopf steigen.«

Unwillkürlich löste sich die Regenwolke über mir auf und damit auch meine Gedanken an Liv mit Finn. Jay kannte mich einfach zu gut und wusste, was ich von dieser Tradition am Coulden College hielt. Mit der Schokolade konnte ich vor allem jetzt rein gar nichts anfangen. Eine wichtige Meisterschaft stand an und da durfte ich mir unnötige Kalorien nicht erlauben.

***

Die Zeit schien stillzustehen. Immer wieder wanderte mein Blick während der Vorlesung auf die Uhr, die neben dem Professor an der Wand hing, und betete inständig, die Zeiger würden sich schneller bewegen.

Die Stimme des Profs wurde eins mit dem Rauschen in meinem Kopf und statt einen Gedanken an Sinus-Milieus zu verschwenden, ging ich bereits die Abläufe der neuen Choreografie durch. Alles in mir kribbelte vor Aufregung, wenn ich an das bevorstehende Training am Nachmittag dachte. An die ersten Durchgänge, wenn sich unsere Trainerinnen Lucie und Anne genau ansahen, wer besonders sicher war und eventuell Solo-Parts übernehmen konnte.

»Ho, ho, ho!«

Ich zuckte zusammen, als die rauen Stimmen über die des Professors hinweg erklangen und drei nur allzu bekannte Männer mit roten Zipfelmützen den Hörsaal betraten.

»Die kommen ja wie gerufen«, kommentierte Cassy und legte ihren Stift beiseite, den sie vermutlich komplett aufgegessen hätte, wäre die Vorlesung nicht unterbrochen worden. Zumindest war der hintere Teil ihres Kugelschreibers mit Bissspuren gekennzeichnet.

»Das kannst du laut sagen«, murrte Liv, aber ihre Mimik hatte sich augenblicklich aufgehellt, kaum dass Finn vor die Studenten getreten war. »Affiliate, Inbound, Buzz Links, das ist doch alles dasselbe.«

Bei ihren Worten musste ich schmunzeln. Unser Professor wäre entsetzt, wenn er sie hören könnte. Doch im aufkeimenden Trubel, dem Gekreische und aufgeregten Gemurmel des Kurses kamen vermutlich alle einzelnen Sätze in einem riesigen Stimmengewirr bei unserem Professor an. Dieser rückte sich gerade die Brille auf seiner Nase zurecht und raufte sich die nur noch spärlich vorhandenen Haare. »Aber beeilen Sie sich, ja? Wir befinden uns in einer wichtigen Diskussion und die Zeit läuft davon.«

Die Zeit lief davon? Wohl eher nicht. Was würde ich nicht alles dafür tun, dass der Tag sich dem Ende neigte. Zu gern hätte ich den wirklich aufregenden Teil bereits erreicht und sah mich bereits in Trainingsklamotten in der Sporthalle.

Ich beobachtete, wie die drei Jungs eine Reihe nach der anderen abgingen und Socken mit Schokoladenweihnachtsmänner an die Anwesenden verteilten. Als ausgerechnet Finn in unserer Reihe ankam, versteifte ich mich und versuchte, mir meine Nervosität nicht anmerken zu lassen. Es gelang mir nicht, ihn anzusehen, ohne dass sich alles in mir verkrampfte. Ob sich das je ändern würde?

»Jetzt schau nicht wie drei Tage Regenwetter«, tadelte Cassy mich. »Honey! Du bekommst gerade Schokolade!«, rief sie entzückt aus, nachdem Finn Socken mit kleinen

Weihnachtsmännern aus dem schwarzen College-Jutebeutel vor uns auf den Tisch legte.

»Tu dir keinen Zwang an, die kannst du gern haben«, meinte ich und hielt ihr die Schokolade hin, dabei konzentrierte ich mich auf das Zettelchaos, das auf meinem Tisch herrschte, um bloß kein weiteres Mal zu Finn und Liv zu schauen. Ich ertrug es einfach nicht und erwischte mich doch immer wieder dabei, wie ich mir vorstellte, ich wäre an ihrer Stelle.

»Sehen wir uns heute Abend?«, wollte Finn in dem Moment von ihr wissen.

»Ja, klar«, kam es wie aus der Pistole geschossen von Liv zurück.

Das konnte unmöglich ihr Ernst sein.

Sofort verkrampfte ich mich und mein Kopf schnellte zu Cassy herum. Waren wir nicht seit Wochen für den heutigen Abend verabredet gewesen? Ich wartete noch, bis Finn verschwunden war und wir Mädels wieder allein in der Reihe zurückblieben. Dann konnte ich mich keine Sekunde länger zurückhalten. »Was ist mit unserem Treffen?«, entfuhr es mir. Liv wandte sich überrascht um und öffnete den Mund, als wolle sie etwas sagen, doch ich kam ihr zuvor. »Wir haben uns ewig auf diesen Tag gefreut und sonst bist es doch ausgerechnet du, die so sehr an ihrem Terminplan hängt. Und jetzt versetzt du uns?« Ich schüttelte den Kopf und ballte meine Hände unter dem Tisch zu Fäusten, während mir Hitze den Hals hinaufkroch. All die Anspannung, die sich über den Tag in mir aufgebaut hatte, konnte ich nun nicht länger unterdrücken.

»Oh ...« Liv schaute hilfesuchend zu Cassy. »Ich ... das tut mir leid. Ich kann das mit Finn klären und verschieben. Wieso hast du nicht gleich etwas gesagt? Ich hab das ehrlich komplett vergessen.« Das schlechte Gewissen stand ihr ins Gesicht geschrieben. Dennoch explodierte ich innerlich.

»Mach dir keinen Kopf. Wir können unseren Filmabend auch um eine Woche verschieben. Die Weihnachtszeit ist ja glücklicherweise nicht gleich wieder vorbei und geht noch etwas länger.« Cassy versuchte, die Spannung aus der Luft zu nehmen.

Obwohl ich mir wünschte, so gelassen reagieren zu können wie sie, hielt sich mein Verständnis langsam in Grenzen. Ich konnte mich nicht mehr zusammenreißen. Seit Liv Finn kennengelernt hatte, gab es gefühlt nur noch ihn. Finn hier, Finn da. Und dass sie uns nun auch noch wegen ihm vernachlässigte, ging mir entschieden zu weit und setzte meiner Eifersucht die Krone auf. Wie oft hatte sie mich deshalb kritisiert, dass ich von nichts anderem gesprochen hatte als Finn, und nun war sie selbst nicht besser. Nun war sie es, die uns sogar vergaß.

Ja, ich hatte Mist gebaut und ich verstand, dass sie mir nicht einfach vergeben konnte, als wenn nichts gewesen wäre. Ich war so wütend gewesen. Sie hatte gewusst, was ich für Finn empfand, und ich verstand nicht, wie sie immer hatte vorgeben können, dass sie ihn lächerlich fand. Wie sie sich über ihn und mich hatte lustig machen können, mich mit Cassy zusammen aufgezogen hatte, und schließlich eines Tages aufgetaucht war, um zu verkünden, dass das zwischen ihr und Finn etwas Ernstes war.

Ich sah es genau vor mir, wie wir im Café gesessen und sie mir erklärt hatte, keine Kontrolle über ihre Gefühle zu haben und bis dato tatsächlich nichts für Finn empfunden hätte. Ich verfluchte Finn dafür, dass er es gewesen war, der mich am Abend zuvor von der Party nach Hause begleitet hatte, während Liv ihn hatte stehen lassen. Ich verfluchte ihn, weil er so freundlich und hilfsbereit war und ohne jeglichen Hintergedanken eine Cheerleaderin nach einer Feier sicher durch die Nacht gebracht hatte.

Und ich hatte es ihnen gedankt, indem ich sie hatte bloßstellen wollen. Nichts entschuldigte, was ich getan hatte. Dass ich ein Foto von den beiden an die Presse gegeben hatte, um ihnen eins auszuwischen. Nichts entschuldigte mein eifersüchtiges Handeln, aber noch immer brodelte es in mir und meine Augen brannten. Ich musste nur daran denken, wie meine ehemals beste Freundin sich ausgerechnet den Kerl krallte, in den ich mich Hals über Kopf verliebt hatte. Dass ihr meine Gefühle komplett egal gewesen waren.

»Ist das wirklich in Ordnung für euch, wenn wir das auf kommende Woche verschieben?«, hakte Liv unsicher nach, wobei ihre Stimme ganz leise wurde. Damit durchbrach sie mein Gedankenchaos zumindest kurz.

Am liebsten wäre ich aufgestanden und aus dem Raum gelaufen oder hätte sie angeschrien, dass das ganz und gar nicht okay war und ebendieser Abend mein Wochenhighlight hätte werden sollen. Wir hätten alle bei Cassy übernachtet und wären am Morgen nach einem ausgiebigen Frühstück zum Lernen in die Bibliothek gefahren. Darauf hatte ich mich so gefreut und nun lastete die Enttäuschung schwer auf meiner Brust. Nichts war in Ordnung, und in dem Moment zweifelte ich daran, dass es das jemals wieder zwischen uns sein würde. Dafür tat es mir zu sehr weh, was in den letzten Wochen passiert war, und dafür hatte ich Liv vermutlich zu sehr verletzt, um diese Wunde in unserer Freundschaft zu heilen. Eine Narbe wäre das Mindeste, das blieb.

»Klar«, meinte Cassy sofort, woraufhin Livs Blick sich in meine Augen bohrte. Sie strich sich unsicher über den blonden Pferdeschwanz und legte ihre Hände schließlich auf ihrer schwarzen Jeans in den Schoß.

Ich bemühte mich, den Frust hinunterzuschlucken und nicht daran zu denken, was alles unausgesprochen zwischen uns stand. Denn trotz unserer Aussprache gab es eben Dinge, die sich nicht in Worte fassen ließen. Vielleicht konnte ich ihr deutlich machen, dass mir unsere Freundschaft nicht egal war und wie leid mir tat, was ich getan hatte, wenn ich nun Verständnis zeigte. »Ja«, log ich. »Ist okay.«

Wenn sie auch wenig von meinen Worten überzeugt zu sein schien, nickte sie. Ich wusste nicht, was ich ihr übler nahm: Dass sie das Treffen heute Abend vergessen hatte oder dass sie schon wieder ohne Rücksicht auf meine Gefühle handelte.

Während ich Livs Blick noch auf mir spürte, starrte ich auf den leeren Collegeblock, der vor mir auf dem Tisch lag. Jetzt wünschte ich mir erst recht, die Vorlesung wäre schon lange vorbei und die Footballer hätten uns nicht unnötige Zeit geraubt, was die Stunde noch mehr in die Länge zog.

Als die Jungs in Richtung Tür verschwanden, atmete ich erleichtert aus. Da landete plötzlich ein weiterer Schokoladenweihnachtsmann vor mir. Ich zuckte zusammen und blickte hoch.

Jay. Seine braunen Augen blitzen mich belustigt an, während seine Haare ihm in die Stirn hingen. Er zwinkerte mir zu und flüsterte: »*Go for it,* und vergiss dein Lächeln nicht.« Dann folgte er den anderen beiden aus dem Raum, ohne sich noch einmal umzudrehen.

Als ich hinunterschaute, erkannte ich neben dem Weihnachtsmann einen Zettel und mein Puls schoss in die Höhe. Irritiert faltete ich das Stück Papier auseinander und blickte einem Grinse-Smiley aus Kugelschreiberstrichen entgegen. Daneben stand in krakeliger Handschrift: *Just smile, girl. You'll rock it.*

Kapitel 3 – Grace Collin

09. Dezember, 15:12 Uhr

Das Training der Trainings, die ersten Tryouts

Ich konnte die Treppen zur Trainingshalle kaum schnell genug hinunterlaufen. Mit jeder Stufe, die ich nahm, machte auch mein Herz einen Sprung. Eigentlich war ich immer voller Vorfreude auf das Training, freute mich, die Energie aus meinem Körper zu locken und das Beste aus mir herauszuholen. Nirgendwo sonst konnte ich so gut abschalten wie beim Cheerleading – einfach den Kopf frei bekommen und für einige Stunden die Welt ausblenden.

Aber heute war das etwas anderes. Die nächsten Wochen wäre es anders. Intensiver. Es war dann mehr als nur eine Leidenschaft. Es war mehr als Schweiß und harte Arbeit. Die Tryouts standen an – die Auswahl der Mädchen von uns, die Solo-Parts im Wettkampf-Team erhalten würden. Und das bedeutete, wir waren nicht länger eine große Familie, wir waren für einige Wochen auch größte Konkurrentinnen, denn nicht alle von uns würden es mit einem Solo auf die Matte schaffen.

Ich würde mich davon jedoch nicht unterkriegen lassen. Wie oft hatte ich schon bei anderen, entscheidenden Turnieren ein Solo erhalten? Dass ich in den letzten Wochen zur Star-Leaderin angehoben worden war, bestärkte mich bloß darin, dass ich es schaffen konnte. Dass das

Potenzial in mir schlummerte, das ich brauchte, um ausgewählt zu werden. Wieder und wieder.

Und meine Eltern hatten mich dabei unterstützt. Wettkampf um Wettkampf, jedes Training – egal, wo dieses stattgefunden hatte. Sie waren mit mir dort hingefahren, und doch hatte ich mich vielleicht gerade deswegen unter Druck gesetzt gefühlt, auch eine entsprechende Leistung abzuliefern. Nicht nur, weil es mein Wunsch gewesen war, sondern weil ich mich verpflichtet gefühlt hatte, ihnen etwas zurückzugeben. Wie konnte ich es ihnen besser danken, als wenn ich bei den UCA College Nationals einen Solo-Part zeigen durfte? Wie konnte ich Finn, Liv und Cassy und vor allem mir selbst zeigen, dass ich es draufhatte und dieser Sport nicht nur meine Leidenschaft war, sondern sich mein Fleiß und all die Trainingsstunden gelohnt hatten?

Wie gern ich diesen Eifer ausblenden wollte. Wie gern ich einen Sommer oder einige Wochen einmal nicht ständig den Wettkampf und den Erfolg, die Anerkennung, vor Augen haben wollte. Aber so leicht ließ sich der Druck leider nicht pausieren. Wo der Ehrgeiz mehr denn je im Vordergrund stand, waren hitzige Gespräche vorprogrammiert. Neid, Eifersucht und Tränen. Nicht nur bei Konkurrentinnen, vor allem im eigenen Team, wenn die Kameradinnen plötzlich zu den größten Rivalinnen wurden. Ich ballte meine Hände zu Fäusten und musste unwillkürlich an Jaydons Zettel denken. *Just smile, girl. You'll rock it.*

»Hey!«, erklang plötzlich eine Stimme hinter mir, die mich zusammenzucken ließ. Irritiert hielt ich inne, wandte mich um und schaute Jaydon ins Gesicht.

»Ich will dich gar nicht lange aufhalten«, schnaufte er atemlos, als er vor mir zum Stehen kam. »Perfektes Timing. Ich wollte dich unbedingt noch kurz vor dem Training abfangen.«

»Warum? Was ist passiert?« Als seine braunen Augen sich in meine bohrten, fiel die Anspannung beinahe automatisch von mir ab.

»Nichts. Ich ...« Er schaute zu Boden und kratzte sich am Hinterkopf. »Ich wollte dir noch einmal persönlich die Daumen drücken. Es geht heute los mit den Tryouts, oder?« Sein Blick fand den meinen und Wärme durchflutete mich. Ich musste lächeln, zog mit einer Hand den Riemen meiner Sporttasche weiter auf meine Schulter und nickte. »Ja, ab heute beginnt der wirkliche Kampf um die Positionen bei uns im Team.«

Jay wirkte nachdenklich. Mit seinen Händen umfasste er ebenfalls beide Träger seines Rucksacks. »Bist du sehr aufgeregt?«

Nun war ich diejenige, die den Blick für einige Sekunden zu Boden richtete, um danach erneut aufzusehen. »Würde ich Nein sagen, würde ich lügen. Keine Ahnung. Ich wünschte, es wäre nicht so. Es ist schwer zu beschreiben, obwohl ich total nervös bin, freue ich mich unglaublich auf diesen Moment. Ich freue mich, zu zeigen, wofür ich die letzten Wochen so hart trainiert habe.«

»Ich weiß.« Er wippte auf seinen Fußballen vor und zurück und obwohl er auf derselben Treppenstufe wie ich zum Stehen gekommen war, musste ich meinen Kopf in den Nacken legen, um ihm ins Gesicht zu sehen. Früher war das einmal andersherum gewesen. »Du hast seit unserer Kindheit von nichts anderem gesprochen. Erinnerst du dich noch, wie du mir stundenlang davon erzählt hast?«

»Wie könnte ich das vergessen?« Während ich das sagte, ging ein Ziehen durch meinen Bauch. Er hatte es sich gemerkt. Ich hatte von nichts anderem geredet als von Cheerleading, den ganzen Tag. Und Jay hatte mir immer das Gefühl gegeben, es wäre das Interessanteste, was er je gehört hatte.

»Du hast so viel davon berichten können.« Ein tiefes Lachen drang aus seiner Kehle und jagte mir eine Gänsehaut über den Körper. Zugleich schüttelte er den Kopf, als könne er selbst nicht glauben, dass er sich das immerzu angehört hatte. »Wer von deinen Vorbildern welche Positionen besetzt und welche du später einmal haben möchtest. Du wusstest einfach alles. Und jetzt sieh dich an. Du bist einundzwanzig. Wie du hier vor mir stehst, auf dem Weg zu den nächsten Tryouts: Nun bist du selbst Flyer. Du wirst dir diesen Wettkampf in Florida nicht nur ansehen, du wirst dabei sein. Du wirst die Beste sein.«

»Jay«, brachte ich mühsam hervor. Die Hitze brannte auf meinem Gesicht und ich konnte nichts dagegen tun. Ich legte mir beide Hände an die Wangen, in der Hoffnung, so verbergen zu können, wie vermutlich auch die Röte in meinen Kopf geschossen war.

»Ich sage nur die Wahrheit.«

Ich seufzte. Schon seit unserer Kindheit war er gut darin, mich in meinen Träumen zu bestärken, meinen Weg zu respektieren und mich darin zu unterstützen. Auf ihn konnte ich mich immer verlassen, und dass er mich nun extra vor dem Training abfing, freute mich riesig. Dennoch wurde ich das Gefühl nicht los, dass es nicht der Grund war, weshalb er tatsächlich aufgetaucht war und mit seiner Weihnachtsmütze vor mir stand.

»Weshalb bist du wirklich hier? Was wolltest du noch von mir?«, hakte ich nach und verschränkte die Arme vor der Brust. Kurz meinte ich, dass er die Luft anhielt. Als wollte er etwas sagen, aber nicht die richtigen Worte dafür finden. Als hätte er sich spontan umentschieden, es doch nicht anzusprechen – was auch immer es gewesen wäre.

»Nur deshalb. Ich wollte dir das nur noch einmal persönlich sagen. Das mit dem Zettel ... kam mir dann irgendwie doch lächerlich vor.«

»Das mit dem Zettel war nicht lächerlich«, widersprach ich augenblicklich. »Ich habe mich sehr darüber gefreut. Danke.« Ohne zu überlegen, schlang ich meine Arme um ihn und vergrub mein Gesicht in seinem T-Shirt. »Ich werde das heute rocken. Mit einem Lächeln im Gesicht.«

»Das freut mich.« Jay erwiderte die Umarmung und drückte mich eng ans ich, bevor er mich an den Schultern festhielt und ein Stück von sich wegschob, um mir in die Augen sehen zu können. »In der Vorlesung vorhin, da sahst du alles andere als glücklich aus. Was war los?«

Sofort bildete sich ein Kloß in meinem Hals und ich schluckte einige Male. »Nichts. Es ist alles wieder gut.« Ich konnte ihn nicht länger ansehen, aber das duldete Jay nicht. Vorsichtig strich er mir eine Haarsträhne hinter das Ohr, bevor er mein Kinn mit den Fingern anhob.

»Du kannst mit mir über alles reden. Das war immer so und daran wird sich auch nichts ändern.«

Ich ertrank in dem Braun seiner Augen, ging in dem Meer der ungeweinten Tränen meiner Verzweiflung unter und erstickte an den ungesagten Worten. Wie konnte jemand so lieb sein? Womit hatte ich einen besten Freund wie ihn verdient?

In den letzten Wochen war einfach so viel passiert. Aber ich konnte darüber mit niemandem reden. Denn wie würde Jay das wohl verstehen, wenn ich ihm gestand, wie sehr ich mich in seinen besten Freund verliebt hatte? Ausgerechnet in den Star-Footballer Finn McGhee, der sich für meine beste Freundin entschieden hatte. Ob ich Liv noch als beste Freundin betrachten konnte, wusste ich nicht. Ich hatte Fehler begangen, weil mich meine Eifersucht blind gemacht hatte. Und bevor ich mir nicht selbst über all das im Klaren war, konnte ich auch nicht darüber reden, nicht mit Jay. So lange würde er wohl nicht nachvollziehen können, weshalb ich derart aufgebracht war, weil Liv uns schon wieder versetzt hatte. Vermutlich würde er mir sagen, dass das doch halb so wild sei und ich überreagierte.

Innerlich schüttelte ich mich. Nein. Das konnte ich nicht laut aussprechen. Wie ich das Foto von dem Kuss zwischen Liv und Finn an die Presse gespielt hatte, um ihnen eins auszuwischen. Auch wenn viele dachten, ich hätte es getan, weil ich die beiden unterstützen wollte, so fraß mich die Wahrheit insgeheim auf. Dass ich die Wut in mir an dem Abend nicht länger hatte kontrollieren können, dass ich Liv und Finn damit hatte schaden wollen. Obgleich es meine Aufgabe als beste Freundin gewesen wäre, mich mit ihnen und für sie zu freuen. Ich konnte es nicht. Würde ich es jemals können? Loslassen und mich für sie freuen können? Frieden schließen mit Liv? Nicht nur äußerlich, sondern auch inneren Frieden mit mir selbst und meinem Gewissen?

»Danke«, krächzte ich und erschrak vor meiner eigenen Stimme. Ich räusperte mich und fügte hinzu: »Das weiß ich sehr zu schätzen. Ich fürchte bloß, dass du mir dabei nicht helfen kannst.«

Stumm nickte er. Dennoch las ich in seinem Blick, dass ihn meine Antwort nicht überzeugte. Dass es ihn verletzte, dass ich ihm nicht anvertraute, was mir auf der Seele brannte. »Gib Bescheid, sollte sich das ändern.« Er ließ seine Finger meine Arme hinunterwandern und drückte einmal fest meine Hände. Ich spürte seine rauen Handflächen. »Und jetzt zeigst du denen da drinnen, dass sie sich vor dir fürchten sollten – nur auf der Matte, versteht sich.«

Ich löste meine Hände aus seinen und grinste, jedoch nicht derart unbeschwert wie zuvor. Der Gedanke an die Vorlesung mit Cassy und Liv ließ die Regenwolke über meinem Kopf wieder auftauchen. »Das werde ich, danke.« Damit kehrte ich ihm den Rücken zu und beeilte mich, im Inneren des Gebäudes zu verschwinden. Selten hatte sich ein Gespräch zwischen uns beiden so richtig und so falsch zugleich angefühlt.

***

»Gleich noch einmal!«, erklang die Stimme unserer Trainerin Lucie und hallte über die Tribünen. »Ich möchte keine Anspannung in euren Gesichtern sehen. Ihr macht das, weil es euch Spaß bringt.«

Spaß. Bei dem Wort hätte ich tatsächlich am liebsten laut gelacht. Ich beugte mich vornüber, um mit den Händen den Boden vor meinen Füßen zu berühren. Das Dehnen zwischen den Übungen beruhigte mich etwas und gerade jetzt betete ich inständig, mir so einen Teil der Aufregung nehmen zu können. Zu viele Gedanken wirbelten gleichzeitig durch meinen Kopf. Die Anspannung ließ meinen ganzen Körper kribbeln, sodass ich glaubte, hunderte kleine Ameisen hätten Besitz von mir ergriffen.

Das Training zog sich in die Länge wie Kaugummi. Immerzu musste ich daran denken, dass ich mich am Abend mit Liv und Cassy getroffen hätte. Es ärgerte mich, dass ich mir deshalb dermaßen den Kopf zerbrach, wo ich dem Training doch so entgegengefiebert hatte. Es war ja bloß ein einziges Treffen. Wie Cassy sagte, etwas, das sich wiederholen ließ.

Die ganze Zeit sah ich Liv mit Finn vor mir und musste mich häufig ermahnen, nicht mein wesentliches Ziel aus den Augen zu verlieren. Ich musste Finn vergessen. Ich musste aufhören, ständig über die beiden nachzudenken und mich aufzuregen. Dennoch tauchten immer wieder Bilder vor mir auf, wie Finn und sie auf einer von Jaydons Partys im Pool so eng beieinandergestanden hatten. Wie sie sich ansahen, als gäbe es nur sie und die Welt wäre ihnen vollkommen egal. Immer wieder ging ich meine eigenen Begegnungen mit Finn durch, wie er mir nach einem Football-Spiel die Tür zum Ausgang der Halle aufgehalten hatte und mein Herz beinahe aus meiner Brust gesprungen wäre. Ich hatte ihn nach seiner Nummer fragen, hatte ein Gespräch mit ihm beginnen wollen. Doch stets waren mir alle Worte entfallen, sobald ich ihm gegenübergetreten war. Vielleicht war diese Leere im Kopf zwischen Finn und mir ein Problem gewesen, aber zwischen Liv und ihm etwas ganz anderes – mehr. Als stünden in dieser Leere keine Fragezeichen, sondern sie erkannten ihre Gedanken und Gefühle, ohne ein Wort miteinander zu wechseln. Für Finn war ich immer nur irgendeine Freundin von Jay gewesen. Aber nie jemand, der ihm aufgefallen war.

Schwer atmend blieb ich stehen und strich mir mit beiden Händen über das Gesicht. Und obwohl mein Herz noch immer schneller schlug und die Freude und Aufregung in meiner Brust tobten, so wurden diese Glücksgefühle dennoch gedämpft.

»Grace?«

Ich horchte auf, als mein Name fiel und entdeckte unsere zweite Trainerin, die in dem Moment vor mir zum Stehen kam. »Magst du den vorletzten Part der Choreografie noch einmal vor den anderen zeigen?«

Sofort überlegte ich, was ich falsch gemacht haben konnte. Hatte ihr meine Körperspannung nicht gereicht? Hatte ich mir eine Schrittfolge falsch eingeprägt? Wieso sonst wollte sie, dass ich den anderen genau diesen Ausschnitt vorführte? Dass es auch sein konnte, dass ich ihn besser als die anderen durchgeführt hatte, traute ich mich gar nicht zu hoffen.

»Aber sicher«, entgegnete ich, streckte den Rücken durch und nickte.

Während sich die Mädels unseres Teams am Rand der Matte aufstellten und ihre Blicke auf mich richteten, atmete ich einmal tief durch. Nicht daran denken, dass all diese Augen nun auf mir lagen. Dass Lucie und Anne die Abfolge genau so sehen wollten, wie ich sie auch eben absolviert hatte.

Ich nahm Anlauf, spürte die Luft kühl an meiner nackten Haut an Armen und Beinen vorbeiziehen, und dann sprang ich. Einmal, zweimal, dreimal. Jedes Mal, bei dem meine Hände oder meine Beine wieder den Boden berührten, schien es, als wäre mein Körper unter Strom gesetzt.

Erst als ich in der Ecke in der gegenüberliegenden Seite zum Stehen kam, holte ich wieder Luft und der Strudel in meinem Kopf drehte sich abermals. Gespannt schaute ich zu Lucie und Anne hinüber. Alle klatschten, doch ich hörte nur das Rauschen in meinen Ohren, konnte nur auf die Rückmeldung warten, die ich dafür erhalten würde.

»Du solltest noch an deinen Füßen arbeiten, dass du die mehr durchstreckst. Vergiss nicht, die Arme mitzunehmen. Bislang schweben die noch ein bisschen im Raum, als würden sie nicht zu dir gehören«, meinte Anne.

»Wenn du noch ein bisschen weiter zurückspringst, sieht das super aus.«

Einige in meiner Umgebung kicherten, was mir die Hitze ins Gesicht steigen ließ. Sofort ärgerte ich mich über mich selbst. Sie alle hatten ihre Baustellen. Weshalb sollte ich mich für die meinen schämen? Schließlich waren wir hier, um Verbesserungsvorschläge zu erhalten und zu lernen. Oder?

Dennoch biss ich mir frustriert auf die Unterlippe und brachte lediglich ein Nicken zustande. Ich hatte es in den Sand gesetzt. Dabei war das Training heute so wichtig gewesen. Umso mehr wuchs der Entschluss in mir, dass ich es nun schaffen musste, beide Trainerinnen in den kommenden Übungsstunden zu überzeugen.

»Gut.« Sie nickte. »Und wo ich euch alle hier zusammen stehen habe, Lucie und ich, wir haben heute noch eine ganz besondere Überraschung für euch.«

Während ich mich wieder unter die Teammitglieder stellte, verflog mein Frust mit ihren Worten. Eine Überraschung?

»Wir haben heute einen Gast.« Anne lief vor uns auf und ab, bis sie anhielt und sich gespannt die Hände rieb. »Diese Überraschung wollte ich euch zum Ende des Trainings nicht vorenthalten.«

Als ich mich umdrehte, traute ich meinen Augen kaum. Meine Gedanken überschlugen sich beim Anblick des Mädchens, das am anderen Ende der Halle im Rahmen zwischen den beiden Türflügeln stand. Als sich unsere Blicke trafen, strich sie sich durch ihre kurzen Haare, zupfte dann ihren Rock glatt und ihre Mundwinkel wanderten wie von selbst in die Höhe.

Cassy? Was machte meine Freundin denn ausgerechnet hier? Ihr Lächeln war ansteckend und als ich in ihrer zweiten Hand eine Tasche entdeckte, wusste ich auch, was sie in der Trainingshalle tat.

Ich schien nicht die Einzige zu sein, die eine Vermutung hatte, was Cassy herführte. Der Ruf der Firma ihrer Familie – ein in unserer Gegend bekanntes Modeunternehmen – eilte auch ihr voraus und so ging nun ein Raunen durch unsere Gruppe. Einige der Mädchen neben mir kicherten und tuschelten aufgeregt hinter vorgehaltenen Händen.

Für den anstehenden Wettbewerb hatten Anne und Lucie uns neue Uniformen versprochen. Das reichte, um meinen Puls abermals in die Höhe zu jagen. Denn dass Cassy heute hier war, bedeutete nicht nur die Anprobe, sondern auch, dass womöglich heute schon die ersten Solo-Plätze für das Wettkampf-Team vergeben wurden.

»Ihr habt vielleicht schon eine Idee, was uns die Ehre verschafft«, erhob Anne erneut die Stimme über unser Gemurmel hinweg und sah uns dabei eine nach der anderen eindringlich an. »Cassy hat heute einige Uniform-Entwürfe für uns dabei. Zur Anprobe und zur Abstimmung, in welchen Farben wir als Team bei dem Wettkampf dabei sein wollen.«

Obwohl Cassy sonst stets fröhlich und die selbstbewussteste Person war, die ich am College kannte, so konnte ich in ihrer Haltung doch eine gewisse Unsicherheit ablesen. Wie sie sich durch die Haare gefahren war, wie sie mit viel kleineren Schritten auf uns zu gelaufen kam und schließlich mit leichter Röte auf den Wangen vor uns stehen blieb.

»Danke, Cassy.« Lucie drehte sich derart schwungvoll meiner Freundin zu, dass ihr blonder Pferdeschwanz dabei über ihre Schulter schwang. »Magst du dir drei Mädels mit in die Umkleidekabine nehmen, um uns an diesen die Entwürfe deines Vaters zu präsentieren?«

»Gern.« Cassy trat von einem Fuß auf den anderen, während sie ihre Augen wieder auf mich heftete, als hätte sie Angst, die übrigen Anwesenden anzusehen.

»Welche Größen hast du dabei?«, wandte sich unsere Trainerin an sie, dann richtete sie sich an uns. »Freiwillige vor. Wer möchte als Erste in dem künftigen Outfit stecken?« Sie wackelte mit den Augenbrauen und stemmte ihre Hände in die Hüften.

Sofort wandelte sich das Getuschel in aufgeregtes Kreischen und ich konnte gar nicht schnell genug gucken, wie die Hände in die Höhe schossen. Auch mein Arm war wie von selbst hochgeschnellt. Aber schnell genug? Wen würde Lucie auswählen? Wem wurde die Ehre zuteil, das erste Mal in die neue Uniform zu schlüpfen?

Mir rauschte das Blut laut in den Ohren und das Stimmengewirr wurde zu einer brummenden Masse um mich herum, die mich voll und ganz einnahm. Zu meiner Überraschung suchte jedoch nicht Lucie uns aus, sondern wies mit einer Hand zu Cassy. »Magst du die Glücklichen auswählen?«

Damit wusste ich, dass ich eine der drei sein würde, die in eine der Uniformen schlüpfen durfte, noch bevor Cassy meinen Namen aufrief.

***

»Hey.« Cassy stellte die Tasche neben mir ab und lächelte. Bis zur Umkleidekabine hatte sie kein Wort über die Lippen gebracht. Inzwischen musste ich mich wirklich zusammenreißen, nicht in schallendes Gelächter auszubrechen.

»Himmel, Cassy! Ich glaube, ich habe dich noch nie so aufgeregt gesehen.«

»Was denkst du denn? Ich darf einfach für meinen Vater diese Anprobe übernehmen und …« Sie sog scharf die Luft ein und strich sich durch ihre kurzen schwarzen Haare. »Oh, hoffentlich passt alles, Darling!«

Ich griff nach ihren Händen, um sie zu beruhigen, und sah ihr tief in die Augen. »Die Uniformen werden großartig aussehen. Ich bin mir ganz sicher. Wir alle hier freuen uns riesig darauf, deine Familie hat nicht ohne Grund diesen tollen Auftrag erhalten.« Anschließend schaute ich die übrigen Mädels an, mit denen wir zusammen in die Umkleidekabine gegangen waren. »Was meint ihr?«

»Ja, zeig her!«, stimmte Jessica hinter mir zu, die ihre Haare ebenfalls zu einem Pferdeschwanz zusammengebunden trug und ein blaues Kopftuch darüber geknotet hatte.

Cassy nickte und atmete tief durch, dann öffnete sie den Reißverschluss ihrer Tasche. Ich ertappte mich dabei, wie ich über ihre Schulter sah und wie die Anspannung auch auf mich übersprang, mich ergriff und ich keine Sekunde länger warten wollte, einen Blick auf die Stoffe zu werfen.

»Wer von euch hatte Größe L?«, fragte Cassy in die Runde, als sie ein grünes Outfit hochhielt.

»Ich«, meldete sich Jessica hinter mir zu Wort und nahm die Sachen entgegen. Die Augen meiner Kameradin funkelten ganz aufgeregt, als sie sich damit aus unserer Runde entfernte, um in die Klamotten zu schlüpfen.

»Hier.« Cassy brauchte gar nicht erst nach meiner Größe zu fragen, denn diese wusste sie auch so. Mit zittrigen Fingern nahm ich den blauen Stoff entgegen und erstarrte.

Blau. Wie die Trikots unserer Footballmannschaft. Ein Schauer überlief mich und ich fröstelte.

»Alles gut?«, wollte Cassy wissen.

Ich nickte und sah zu, dass ich meine alte Trainingskleidung gegen das neue Outfit wechselte. Das Blau erinnerte mich an den Farbton eines Bergsees im Winter. Klar und kalt. Der Stoff lag gut auf der Haut und die Sachen passten, als wären sie einzig für mich geschneidert worden.

»Du siehst gut aus!«, rief Leah begeistert, die hinter mir bereits ihre Klamotten angezogen hatte, wie ich bemerkte, als ich mich zu ihr herumdrehte. Sofort hellte sich ihre Mimik auf und ihre Blick wanderte an mir hinauf und hinunter. »Wow, es steht dir wirklich super.«

Nun wandte auch Cassy sich neugierig um. Meiner Freundin klappte der Mund auf. »Gray!«, entwich ihr mein Spitzname. »Deine roten Haare passen perfekt zu dem Farbton.«

Mit klopfendem Herzen ging ich zum Spiegel, traute mich fast nicht, hineinzusehen. Allerdings überwog meine Neugier und als ich aufsah, wusste ich, für welches Outfit ich meine Stimme abgeben würde. An diese Sachen kamen einfach keine der vorherigen Team-Uniformen heran.

Mittig auf dem Top hatte Cassys Vater das Logo unseres Colleges aufdrucken lassen, das umspielt wurde von einigen Ranken sowie zu beiden Seiten von einer Cheerleaderin umrahmt war. Der Stoff wurde von zwei weißen Streifen unterbrochen, ging jedoch nahtlos in den Rock über, sodass das gesamte Outfit beinahe wie ein Cocktailkleid wirkte.

»Das ist wirklich genial«, sagte ich und fand meine Stimme wieder. »Da hat sich dein Vater wieder einmal selbst übertroffen.«

»Wenn unsere Trainerinnen das nicht an dir absegnen, dann fresse ich einen Pompon.«

***

In dem Gang, der von den Umkleidekabinen zur Trainingshalle führte, klangen unsere Schuhe laut auf dem gummiartigen Untergrund. Die Laute hallten von den Wänden wider. Ansonsten hüllte uns gespannte Stille ein. Jeder schien in seinen eigenen Gedanken versunken.

Ich strich über das Outfit, fuhr die weißen Linien auf dem Rock mit den Fingern nach. Wie eine zweite Haut lagen Top und Rock an mir. Cassy lief neben mir her und knetete ihre Finger. Die leere Tasche hatte sie sich unter den Arm geklemmt.

»Mach dir keine Sorgen«, flüsterte ich, da mir die Stimme sonst viel zu laut und fehl am Platz vorgekommen wäre. Ich griff nach ihrer Hand. »Sie werden alle genauso begeistert sein wie wir.«

So war es. Als wir in die Halle traten, hielten alle in ihren Bewegungen inne. Sobald sie uns erblickten, kamen sie in der Mitte der Halle zusammen und unsere beiden Trainerinnen schlossen sich ihnen an.

»Wow!«, rief Anne über das Gekreische und den Tuscheln hinweg. Alle redeten plötzlich durcheinander und verstummten erst, nachdem Lucie mahnend ihre Hand hob.

»Dein Vater hat sich wirklich selbst übertroffen, Cassy«, stimmte Anne der allgemeinen Begeisterung zu. »Die Farben sind toll gewählt und die Schnitte stechen ins Auge. Damit sollten wir uns auf jeden Fall von der Menge abheben und einen bleibenden Eindruck hinterlassen.«

»Danke«, murmelte Cassy, aber strahlte dabei über das ganze Gesicht. Die Anspannung war mit den Worten der Trainerin sichtlich von ihr abgefallen. »Mein Dad hat erst einmal für jede Position eine Uniform in anderer Farbe erstellt. So könnt ihr euch für die jeweilige Position bereits ein Bild vom Schnitt machen und nun geht es nur noch um die Farbauswahl.«

Anne und Lucie nickten. »Was sagt ihr? Bitte stellt euch alle einmal hinter die Cheerleaderin, deren Outfit ihr euch am besten für den anstehenden Wettkampf vorstellen könnt.«

Das ließ sich unser Team nicht zweimal sagen. Die Mädchen kicherten, während sie zu uns dreien stürmten und sich hinter uns platzierten. Gelb, Grün und Blau. Das waren die Farben, die zur Auswahl standen. Ich traute mich nicht, mich umzudrehen und zu schauen, ob das restliche Team sich ähnlich entscheiden würde, wie wir in der Umkleidekabine gewählt hatten.

Bis Lucie die Reihen abschritt und schließlich nickend vor mir stehen blieb. »Blau passt wirklich perfekt zum College, zu euch und zu dir, Grace. Gerade, weil die Footballer in den Farben Blau und Weiß die Saison spielen werden, ergänzt sich das dann perfekt und auch der Schnitt sollte passen.« Ein Lächeln huschte über ihre Lippen. »Magst du uns den Flickflack-Übergang zur doppelten Drehung zeigen, bevor wir in der Formation zusammenkommen? Ich möchte deine Uniform einmal in Bewegung sehen.«

Mein Herz machte einen Sprung. Ich durfte noch einmal vor die Gruppe treten und einen Part der Choreografie zeigen? Das war eine zweite Chance, *meine* Chance.

»Die Stelle, die du auch am Anfang einmal vor allen gezeigt hast«, ergänzte Anne.

Dieses Mal würde ich auf ihre Anmerkungen achten. Dieser Durchgang würde perfekt werden, das wünschte ich mir, und das würde so werden. Ich musste nur fest genug daran glauben.

Ich stellte mich am Rand der Matte auf. Atmete tief durch, schloss die Augen und horchte in mich hinein. Da waren nicht länger die Anspannung und das Chaos des Tages. Es gab nur noch mich.

Just smile, girl. You'll rock it.

Ich lächelte. Ich konnte es. Ich hatte diesen Part so oft geübt. War diese Abfolge hunderte Male vor dem Einschlafen in meinem Kopf durchgegangen, jeden Bewegungsablauf, jeden Zentimeter meines Körpers. Damit alles genau so aussah, wie es gehörte.

Dann nahm ich Anlauf. Ich flog. Ich war frei.

Erst als ich zum Stehen kam, begann sich die Welt wieder zu drehen. Gespannt schaute ich zu beiden Trainerinnen, die einen Blick miteinander wechselten.

»Schön. Was sagt ihr? Ich würde behaupten, wir haben eine neue Uniform gefunden.« Alle applaudierten und kreischten und mein Puls raste. »Und noch etwas, Grace. Du hast das dieses Mal wirklich toll gemacht und deine Füße waren auch durchgestreckt. Ich sehe dich genau in dieser Position. Es wäre ein wundervoller Höhepunkt in der Choreografie, kurz vor dem Schluss.« Sie hielt inne, während ich glaubte, mein Herz müsste mir allmählich aus der Brust springen. Alle in der Halle waren schlagartig verstummt. »Der erste Solo-Part, den wir in diesem Jahr für den anstehenden Wettkampf vergeben, geht an dich, Grace.«

Wieder klatschten alle. Es brauchte jedoch viel länger, dass ich die Bedeutung ihrer Sätze in meinem Kopf sortiert bekam und verstand, was das bedeutete. Dass ich tatsächlich in Florida bei einem der größten Wettkämpfe dabei sein würde. Dass ich sogar einen Solo-Part erhalten hatte. Mein Traum war zum Greifen nahe, schien sich allmählich zu erfüllen und ich vermochte es nicht zu begreifen. Vielleicht war auch einfach die Angst zu groß, ich würde es mir nur einbilden oder es bestünde eine Verwechslung.

»Danke«, hauchte ich und erkannte meine raue Stimme selbst kaum wieder.

»An die anderen, ihr habt ihre Körperspannung deutlich in dem Part sehen können. Das brauchen wir auch in den restlichen Abschnitten der Choreografie, vor allem, wenn es an die Hebefiguren und den doppelten Sprung von der Pyramide geht.« Sie nickte in die Runde. »Auf geht's. Wir gehen die Abschnitte heute alle noch einmal von vorne durch. Es ist schließlich das letzte Training vor unserer Fahrt ins Camp und der Wettkampf rückt damit ebenfalls in greifbare Nähe. Ich will volle Konzentration.«

***

»Grace!« Ich war gerade dabei, meine Sachen in meine Tasche zu stopfen, als mich Leah ansprach. Sie knotete ihre braunen Haare zu einem wirren Dutt hoch, als sie auf mich zukam. »Das sind einfach unglaubliche Neuigkeiten. Ich meine, du warst echt gut: Das erste Solo ist deins und dann auch noch ein so geniales!« Sie strahlte über das ganze Gesicht und in ihren Augen funkelte ehrliches Interesse. »Du kannst so stolz auf dich sein.«

Leah war die Jüngste bei uns im Team und zeichnete sich durch ihre zierliche Figur aus. Dadurch durfte sie häufig die Sprungfiguren und Salti in unseren Gruppenformationen übernehmen. Dass auch ich neben ihr oftmals oben stehen durfte und geworfen wurde, war aufgrund meiner Größe ein Wunder. Mit meinen fast ein Meter achtzig war ich überdurchschnittlich groß für Wurffiguren. Aber ich hatte mich gegen die übrigen Teammitglieder durchgesetzt.

»Danke«, erwiderte ich lächelnd. Dann zog ich meine Wechselklamotten aus meiner Tasche und schnappte mir ein Handtuch. »Deine Haltung war heute ziemlich gut.« Ich nickte ihr aufmunternd zu, hatte jedoch das Gefühl, mein Kompliment wirkte erzwungen, obwohl ich es ernst meinte.

»Danke. Wir sehen uns!« Damit kehrte sie mir den Rücken zu und verschwand mit ihrer Tasche über der Schulter aus der Umkleidekabine.

Viele waren wir nicht mehr, wie ich mit Blick durch die Garderobe feststellte, und diejenigen, die noch da waren, packten, in Gespräche vertieft, ihre Sachen zusammen. Plötzlich kam ich mir allein vor, obwohl ich in Gesellschaft meiner Teamkameradinnen stand. Allein zwischen Menschen. Es tat weh, sie so unbeschwert zu sehen. Weil ich es nicht sein konnte. Egal, wie sehr ich mich über die Zusage für das Solo im Wettkampf freuen wollte. Ich wollte mich nicht allein darüber freuen. Ich wollte jemanden, der sich mit mir freute und ehrlich dafür interessierte. Denn für die meisten der Mädchen aus dem Team bedeutete meine Zusage für das Solo nur, dass es nun eins weniger zu ergattern gab. Leahs ehrliche Freude bildete da wohl eine Ausnahme.

Ich zog mein Handy hervor. Auf dem Display leuchteten einige neue Nachrichten auf. Ich tippte die von Cassy an, die mir mitteilte, dass sie sich bereits auf den Heimweg gemacht hatte und wir uns morgen im College sehen würden. In einer zweiten Nachricht gratulierte sie mir noch zu dem Solo und wünschte mir einen schönen Abend mit vielen Kuss-Smileys. Neben ihrer Nachricht fand ich auch eine neue von Liv.

Liv, 16:32 Uhr
*Tut mir leid. Ich habe das heute Abend wirklich einfach vergessen, aber freue mich schon auf kommende Woche, wenn wir unser Treffen nachholen. *Küsschen**

Wer es glaubte ... Unbemerkt hatte ich die freie Hand zu einer Faust geballt. Nicht einmal an die Tryouts hatte sie gedacht. Kein Wort. Nichts. Und ich hatte mir immer Gedanken über ihre Karriere als Journalistin gemacht, mir ihre wichtigsten Termine notiert, um mich mit ihr zu freuen.

Und sie? Hatte meine bedeutendste Trainingsphase mit keinem Wort erwähnt, obwohl sie wusste, wie wichtig mir dieser Sport war. Dass Cheerleading mir die Welt bedeutete. Schon zu meinen vorletzten Auftritt bei dem Football-Spiel, bei dem sie Finn interviewt und sie sich somit das erste Mal getroffen hatten, war sie zu spät gekommen. Auch dort hatte sie meinen Solo-Part verpasst und am kommenden Tag nur mit mir darüber gesprochen, weil Cassy es erwähnt hatte.

Ich hatte Finn ankündigen dürfen und es war mir in diesem Augenblick so wichtig gewesen. Auch jetzt reichte die Vorstellung, um mich in den Moment zurückzuwerfen, wie ich ihn im gut gefüllten Stadion vor die Zuschauer begleiten durfte. Er hatte nicht einmal meinen Namen gewusst. Ich war einfach eine Cheerleaderin gewesen, die sich bei ihm eingehakt hatte. Ein Mädchen, das er vergessen hatte, nachdem ich aus seinem Blickfeld verschwunden war. An Liv hatte er sich auch nach dem Abend noch besser erinnert, als ihm lieb war – dafür hatte sie gesorgt.

Die Schlagzeile schwirrte mir noch immer durch den Kopf und es wunderte mich nicht, dass Jay Liv noch jetzt manchmal als Teufelchen bezeichnete. Beinahe hätte sie

Finns Karriere ruiniert und nun bildeten sie das Traumpaar und waren auch auf Social Media dafür von tausenden Fans gefeiert. Sie lebte ihren Traum, ohne zu respektieren, dass ich für meinen noch kämpfte.

Aber es gab jemanden, der wusste, dass Cheerleading meine Leidenschaft war und ich dafür lebte. In diesem Moment wünschte ich mir nichts sehnlicher, als Jaydon davon zu berichten, wie es gelaufen war. Seine braunen Augen zu sehen, während ich ihm von den neuen Uniformen und dem Solo-Part berichtete.

Grace, 19:11 Uhr
Hey, Jay. Hast du heute Abend Zeit? Ich springe noch rasch unter die Dusche, dann könntest du mich am College einsammeln, wenn du magst?

Noch während ich überlegte, ob ich die Nachricht doch wieder löschen sollte, erschienen zwei blaue Haken darunter und unter Jays Namen erschien ein *Online.*

Jaydon, 19:12 Uhr
Gern. Ich bin in 15 Minuten bei dir.

Kapitel 4 – Jaydon Carter

09. Dezember, 16:32 Uhr

Freundschaft ist manchmal stärker als Liebe

»Vorlesungen überstanden?« Mein Dad sah auf, als ich zu ihm in die Werkstatt eintrat.

»Mhm«, gab ich zurück und zuckte mit den Schultern. Überstanden traf es wohl ganz gut. Dabei hatte ich weniger die Vorlesungen im Sinn, als den ganzen Tag mit einer dämlichen roten Mütze auf dem Kopf durch die Hörsäle gelaufen zu sein.

»War heute Training?«, startete mein Dad einen neuen Versuch, mehr als ein Wort aus mir herauszubekommen. Seine Stimme hallte in dem Raum wider.

»Ja, war ganz in Ordnung.« Ich ließ mich auf einer Werkbank gegenüber von ihm fallen und beobachtete, wie er mit gleichmäßigen Zügen Schmirgelpapier über ein Holzstück zog. Ihn bei diesem routinierten Ablauf zu beobachten, entspannte mich. »Heute war diese Weihnachtsaktion, wo wir Schokolade verteilt haben.«

Sein tiefes Lachen hob automatisch auch meine Stimmung und ich zog einen Mundwinkel in die Höhe. »Und da machst du so ein Gesicht? Ihr wart heute sicher sehr gefragte Studenten.«

»Das war mir ehrlich gesagt etwas zu viel Aufmerksamkeit.« Ich verschränkte die Arme vor der Brust und ließ meinen Blick schweifen, lauschte dabei dem Schaben auf dem Holz. Von den fünf Mitarbeitern, die er beschäftigte, war keiner mehr anwesend. Häufig fingen sie schon früh an und hatten entsprechend am späten Nachmittag Feierabend, wenn sie nicht gleich Aufträge außer Haus erledigten und nicht hier in der Werkstatt aushalfen. So saßen mein Vater und ich neben fünf freien Holzbänken und Tischen, während der Geruch nach frischen Sägespänen in der Luft hing. Ich liebte diesen Geruch neben dem Geräusch von Holz, das geschliffen wurde.

Zu gern saß ich deshalb einfach hier in der an unser Wohnhaus angebauten Halle, in der mein Vater seine selbst gegründete Firma hatte, und beobachtete die Mitarbeiter oder meinen Dad beim Abarbeiten seiner Aufträge. Häufig war er noch bis spät in die Nacht hinein hier anzutreffen, wenn mal wieder vermehrt Aufträge zu erledigen waren. Das Schicksal eines selbstständigen Handwerkers in Amerika.

»Wie läuft die Arbeit?«, erkundigte ich mich möglichst beiläufig und beobachtete, wie die Falten im Gesicht meines Vaters an Tiefe gewannen. Die Zeit vor Weihnachten war oftmals besonders hart, weshalb es mich nicht wunderte, dass er um diese Uhrzeit noch mitten in einem Projekt steckte.

»Es könnte besser sein«, presste er zwischen zusammengebissenen Zähnen hervor und stemmte sich mit seinem Gewicht gegen den Holzbalken, der vor ihm eingespannt war. »Ich muss momentan leider viele Aufträge ablehnen, weil wir jetzt schon am Limit sind.« Er seufzte. »Aber einen neuen Mitarbeiter einstellen, kommt nicht infrage, das ist zu teuer.«

»Ich könnte dir helfen«, bot ich sofort an und mein Herz geriet ins Stolpern. Wie lange hatte ich auf solch eine Gelegenheit gewartet?

Ruckartig hob mein Vater den Kopf, nur um diesen dann zu schütteln und mit seiner Arbeit fortzufahren. »Nein, du hast dein College und Football. Mach keine Witze, du hast überhaupt keine Zeit dafür. Konzentriere dich lieber auf das, was von Bedeutung für dich ist. Du darfst deine Ziele niemals aus den Augen verlieren. Du bist zweiundzwanzig, du hast dein ganzes Leben noch vor dir und so viel Wichtigeres zu tun, als deine Zeit bei mir in der Werkstatt zu verschwenden.«

»Das war kein Witz«, hielt ich dagegen. »Das war ernst gemeint. Ich könnte nach den Vorlesungen und zwischen College und Training helfen. Nur einige Stunden die Wochen. Bitte, lass mich dich unterstützen.«

Auch wenn ich ihm schon lange bei seiner Arbeit immer mal wieder über die Schulter geschaut hatte, so war mir erst in den letzten Jahren deutlich bewusst geworden, was sein Beruf für Vorteile brachte und wie schön es sein konnte, stundenlang in der Werkstatt zu sitzen und an einem Projekt zu arbeiten. Aber erst in den letzten Monaten hatte ich erkannt, dass ich mir diese Arbeit auch als Beruf für mich vorstellen konnte. Doch ob ich damit recht behielt, konnte ich nur wissen, wenn ich die Abläufe selbst ausübte und ausprobierte, wie gut mir die Handgriffe lagen.

Dieses Mal unterbrach mein Dad sein Schaffen nicht nur kurz, sondern setzte sich aufrechter hin und musterte mich. In seinen Augen fand ich deutliche Überraschung. »Das ist lieb von dir gemeint, aber das kann ich nicht annehmen. Ich kann mir keinen neuen Mitarbeiter leisten und wenn du hier arbeitest, möchte ich dir das zahlen, was alle anderen auch verdienen.«

»Du meintest doch, dass es gerade jetzt sehr viel zu tun gibt. Lass mich dir einfach drei Wochen unter der Hand helfen. Nur bis es wieder besser wird und das Geld zahlst du mir später oder in Raten aus, wenn du darauf bestehst.« Ich wollte mich nicht geschlagen geben. Seit ich klein war, saß ich neben seinen Brettern und Hölzern und wollte es selbst ausprobieren. Aber mein Dad hatte mich nur selten selbst anpacken lassen und mir dann stets eine entsprechende Vergütung gezahlt.

Die Aussicht, meinen Dad über Weihnachten unterstützen zu können, ließ mein Herz schneller schlagen. Die letzten Wochen am College hatten sich in die Länge gezogen und mich ausgelaugt. Mit jeder Vorlesung, jeder Übung, jedem Vortrag verstärkte sich das Gefühl, als wäre ich nicht am richtigen Ort. Als wäre es Zeitverschwendung.

Mein Dad ging als Tischler einer Arbeit nach, bei der man am Ende des Tages stets sah, was man getan hatte, und das war etwas, das ich sehr zu schätzen wusste. Etwas, das mir am College und im Sport fehlte. Zuletzt war mir das immer deutlicher aufgefallen, dass ich meinen Fortschritt sehen, in den Händen halten wollte.

Im Football hatte ich in den letzten Jahren den Ansporn verloren. Zunächst wollte ich mir schönreden, dass es nur eine Phase war. Es deprimierte mich jedoch zunehmend, zu sehen, wie Finn und Alex immer besser wurden, wie vor allem Finn an uns vorbeizog, Angebote von Sponsoren erhielt, auf Social Media bekannt wurde und in seinem Traum aufging. Und je länger ich ihn bei diesem Weg betrachtet hatte, desto mehr war mir bewusst geworden, dass ich das gar nicht erreichen wollte. Dass dieser Traum gar nicht meiner war und ich mich ehrlich für ihn freuen konnte, seit ich den Ehrgeiz und Frust losgelassen hatte.

Dagegen war mit jedem Tag der Wunsch gewachsen, eine andere Richtung einzuschlagen, und jetzt, wo mein Vater mir die Hand ausstreckte, hatte ich das Gefühl, wieder klar zu sehen. Dass diese neue Möglichkeit eigentlich unmittelbar vor meiner Haustür darauf wartete, ergriffen zu werden. Doch ich wollte mir diese neue Chance nicht gleich wieder kaputt machen und meinen Vater mit all diesen Informationen überfallen. Ich würde später noch Zeit haben, um ihn mit dem Gedanken vertraut zu machen, dass ich kein Profi-Sportler mehr werden wollte und dass ich mir stattdessen schon vorstellen konnte, in seine Fußstapfen zu treten.

»Wenn das wirklich kein Problem ist und du mir versprichst, das College und deine sonstigen Verpflichtungen nicht schleifen zu lassen ...« Er seufzte erneut. »Ich gebe es nur ungern zu, deine Unterstützung würde sehr gelegen kommen. Erwarte nur nicht zu viel. Wir haben kaum Zeit, um jemanden jetzt einzuarbeiten. Allerdings kannst du gern kleinere Aufgaben übernehmen, wo du nicht viel erklärt bekommen und beachten musst.«

»Es wäre mir eine Ehre, dich zu unterstützen.« Ich musste mich zusammenreißen, um nicht einen lauten Jubelruf auszustoßen. Endlich durfte ich ihm helfen, durfte mit anpacken, hatte eine Aufgabe neben dem College und Football. »Ab wann darf ich anfangen?«

»Ab morgen – nicht so übereifrig.« Mein Vater grinste nun ebenfalls. »Hilf lieber deiner Mutter beim Vorbereiten für das Abendessen, wenn du Langeweile hast. Wir klären dann morgen alles Weitere.«

Widerwillig stand ich auf und nickte ihm zu. »Ab morgen. Dann kannst du mich mit solchen Floskeln nicht mehr loswerden. Du weißt, dass ich Mom gern im Haushalt helfe. Und das nicht aus Langeweile.« Ich kehrte meinem Dad den Rücken zu und machte mich auf den Weg zum Haus. Innerlich stieß ich wirklich Jubelrufe aus. Konnte der Tag noch besser enden?

Der vertraute Piepton meines Handys erklang und machte deutlich, dass ich eine neue Nachricht erhalten hatte. Wie von selbst zog ich es aus der Tasche und warf einen flüchtigen Blick aufs Display. Sofort musste ich lächeln. Es war Grace, die fragte, ob wir uns heute Abend spontan treffen wollten. Meine Finger flogen über die Tasten, als ich eine positive Antwort tippte, und mit jedem Wort, das ich schrieb, hüpfte mein Herz in die Höhe.

Der Tag konnte wirklich kaum noch besser werden. Am liebsten hätte ich Grace gleich gefragt, wie das Training gelaufen war, aber die Frage wollte ich mir aufheben, um sie persönlich zu stellen. Denn wenn sie mich heute Abend noch sehen wollte, gab es genau zwei Möglichkeiten: richtig gut oder richtig schlecht.

Ich hoffte auf Letzteres.

Als ich mein Handy wegsteckte und aufsah, erstreckte sich an der Wand vor mir eine ganze Reihe an Auszeichnungen und Zertifikaten, die mein Dad für seine Arbeit erhalten hatte. Unwillkürlich war ich wieder stolz auf ihn und seine Arbeit.

Einige Jahre war er in Deutschland gewesen, um dort seine Ausbildung zum Tischler zu absolvieren und schließlich einen Meister darin zu machen. Nur wenige Handwerker konnten Zertifikate vorweisen oder eine anerkannte Ausbildung zu ihrem Werdegang zählen.

Und ich durfte ihn jetzt unterstützen.

Kapitel 5 – Grace Collin

09. Dezember, 19:35 Uhr

Weihnachtsfilme, Schnee und Herzklopfen

Sobald ich Jay sah, konnte ich meine Freude nicht länger für mich behalten. Grinsend warf ich mir die Tasche über die Schulter und rannte ihm entgegen. Bei ihm angekommen, ließ ich den Rucksack wieder fallen und sprang in seine Arme.

»Gray!«, rief er und stimmte in mein aufgeregtes Lachen ein.

»Ich hab's!«, quietschte ich und meine Stimme überschlug sich beinahe. Ich wollte ihm alles auf einmal erzählen, aber keine Worte verließen meinen Mund. Dafür passierten zu viele Dinge gleichzeitig in meinem Kopf.

»Ganz ruhig«, kam es von ihm zurück. Jay wich einen Schritt zurück, um mich genauer anzusehen, was mein Herz nur noch mehr ins Stolpern brachte. »Was hast du?«

»Ich hab den Platz und ...« Ich rang nach Luft. »Cassy war da, sie hat uns die neuen Uniformen zur Auswahl und Anprobe mitgebracht und ich durfte eine tragen. Ich meine, ich durfte die tragen, die wir jetzt auch beim Wettkampf tragen werden und ...« Abermals musste ich unterbrechen, um zu Atem zu kommen. Meine Hände zitterten, obwohl ich mich damit an Jay festhielt. »Die Trainerinnen haben mich einen Solo-Part vorführen lassen und genau die Stelle darf ich jetzt bei dem Turnier zeigen!«

Jetzt war es raus und ich glaubte, alles um mich herum würde sich drehen. Einzig Jay konnte ich noch vor mir erkennen, alles andere schien wie mit Wasserfarben verlaufen.

»Das ist ja großartig! Herzlichen Glückwunsch.« Der Griff meines besten Freundes um meine Schultern wurde fester und er zog mich direkt in die nächste Umarmung. »Ich freu mich sehr für dich! Du hast es dir verdient. Ach, Grace. Ich bin unglaublich stolz auf dich.«

Er glaubte an mich. Jay war da und dass er seine Freude so sehr mit mir teilen konnte, so unbeschwert mit mir lachte, obwohl er gar nicht dabei gewesen war, bedeutete mir die Welt. Bei ihm hatte ich das Gefühl, einfach alles erzählen zu können, ohne dass er mich falsch verstand oder nicht wusste, was ich ausdrücken wollte. Fast immer. Nur eine entscheidende Sache hatte sich in den letzten Wochen massiv verändert: Die Sache mit Liv und Finn und dass ich nicht mit ihm über meine Gefühle sprechen konnte – ich konnte Jay nicht sagen, dass ich bis über beide Ohren in seinen besten Freund verliebt war.

»Wissen die anderen schon davon?«, erkundigte er sich, als könne er meine Gedanken lesen.

Ich schüttelte den Kopf und befreite mich aus seinen Armen. »Nein. Wie gesagt, Cassy war dabei. Wir haben uns nach dem Training aus den Augen verloren, weil sie noch etwas mit den Trainerinnen geklärt hat und danach heimmusste. Du bist der Erste, dem ich es erzähle, der nicht dabei war.« Mit den letzten Worten entfachte ich erneut das Feuer auf meinen Wangen.

»Ich fühle mich geehrt.« Jay grinste und deutete eine Verbeugung an. »Und? Was hat die Profi-Cheerleaderin für heute Abend geplant? Wir müssen deinen Erfolg feiern, schlag was vor.«

Darauf wusste ich nichts zu erwidern. Denn was ich machen wollte, wenn Jay hier auftauchte, hatte ich nicht geplant. Sonst zerbrach ich mir gern über alles Mögliche den Kopf, doch die letzten Stunden hatte ich überwiegend gedanklich bei Liv und Finn gehangen oder mir ausgemalt, wie Jay auf meine tollen Neuigkeiten reagieren würde. Aber was wir nun machen konnten, darüber hatte ich nicht eine Sekunde nachgedacht.

Jay legte den Kopf schief und Falten bildeten sich auf seiner Stirn. »Hast du Hunger?«

»Was ist das für eine Frage? Immer!«, entgegnete ich lachend. Erst hinterher wurde mir bewusst, wie zweideutig die Antwort klang. Denn Cassy und Jay wusste nur zu genau, wie sehr ich in den Wochen vor Wettkämpfen oder entscheidenden Auftritten auf meine Kalorienzufuhr achtete. Ja, ich hatte dann immer Hunger, weil ich nur so viel aß, um zwischendurch satt zu werden und keinen Gramm zuzunehmen. Das gehörte eben mit dazu, wenn ich erfolgreich sein wollte. Hartes Training und auf das Gewicht achten. Außerhalb der Hochphase achtete ich weniger darauf.

»Meine Mutter macht gerade Burritos und meinte, dass sie uns gern welche zur Seite legt, falls du noch mit zu uns kommen möchtest.« Er wackelte mit den Augenbrauen und schaute mich erwartungsvoll an. »Was sagst du?«

»Klingt fantastisch.« Den einen Abend würde ich mit mehr Kalorien überleben. Ich brauchte das gerade. Vor allem, wenn ich daran dachte, dass ich nun eigentlich auf dem Weg zu Cassy und Liv wäre und ein Filmabend vor uns liegen würde. Anscheinend war es auch Cassy sehr gelegen gekommen, dass Liv den Termin *unbeabsichtigt* vergessen hatte.

Während ich Jay ein Lächeln schenkte, zog sich mein Magen zusammen und das nicht nur vor Hunger. Ich fühlte mich so hin- und hergerissen von der Freude und dem Schmerz. Wieso musste nur alles immer so kompliziert sein? Aber Jay war da ...

Ein Arm schlang sich um meine Taille. »Soll ich dir den Rucksack abnehmen?«

Dankend nahm ich das Angebot an, woraufhin Jay sich die Tasche mit den Trainingsklamotten und Kursmaterialien vom Vormittag über die Schulter warf und mir bedeutete, ihm zu folgen. »Auf geht's. Lass uns den Umweg durch die Stadt nehmen, ja?«

Erst wollte ich nachhaken, warum Jay ausgerechnet dort entlanggehen wollte, doch kaum dass wir uns der Innenstadt näherten, ahnte ich seinen Grund. Und zugleich wurde mir klar, dass ich die Straßenzüge seit langer Zeit einmal wieder bewusst wahrnahm. Dass ich nicht nur in der Schnelllebigkeit des Alltags die Wege entlanghastete, das nächste Ziel schon vor Augen. Dass ich nicht mit dem Auto an den Häusern vorbeiraste, ohne richtig aus dem Fenster zu schauen.

Während wir nun schweigend an den unterschiedlichen Fassaden vorbeiliefen, wanderte mein Blick von einem beleuchteten Schaufenster zum nächsten. Überall hingen rote Weihnachtsmützen oder Schneemänner standen in den Auslagen. In einem Laden rieselte im Schaufenster künstlicher Schnee zu Boden und unwillkürlich fragte ich mich, wann es wohl auch bei uns endlich weiß werden würde.

»Schau mal, dort hinten haben sie zwei kleine Holzhütten aufgestellt, die Gebäck und Plätzchen verkaufen«, meinte Jay plötzlich und deutete mit ausgestrecktem Arm eine Seitengasse hinunter.

Ich folgte seinem Finger und entdeckte tatsächlich eine kleine Menschentraube um einen Stand, der übersät war mit Tannenzweigen und auf dessen Dach ein aufgeblasener Weihnachtsmann umherwippte. Inzwischen dämmerte es, sodass die Lampen und überall angebrachten Lichterketten lange Schatten an die Hauswände und auf den Asphalt warfen.

»Ich mag diese Jahreszeit besonders gern«, meinte Jay, während ich die Menschen vor dem Stand am Straßenende beobachtete. »Sieh mal, wie sie dort dick eingemummelt stehen, reden und die heißen Getränke genießen. So unbeschwert.«

Obwohl ich ihn nachvollziehen konnte und es nicht zu übersehen war, wie glücklich diese Leute dort waren, ein Teil ihrer Freude ansteckend wirkte, so durchflutete mich dadurch auch ein unbehagliches Kribbeln. Denn welche Zeit war trügerischer als die Weihnachtszeit? Wenn plötzlich alle wieder mehr Zeit miteinander verbringen wollten, obgleich sie sich das ganze Jahr über nicht gesehen hatten.

Plötzlich drehte Jay mich zu sich herum und schenkte mir ebenfalls ein breites Lächeln, was die dunkle Regenwolke über meinem Kopf auflöste. »Das Beste habe ich dir noch gar nicht erzählt!«

»Jetzt mach es doch nicht so spannend«, erwiderte ich und das unangenehme Kribbeln, das zuvor meinen Magen eingenommen hatte, wandelte sich in Aufregung.

Seine Augen blitzten belustigt auf. »Geduld hat noch nie zu deinen Stärken gehört.« Er knuffte mich in die Seite und zwinkerte. »Hast du eine Idee, worum es gehen könnte?«

Angestrengt ging ich all die Termine und Vorhaben von Jay durch, über die wir in letzter Zeit gesprochen hatten. Mir wollte jedoch keine Idee kommen, was für Neuigkeiten er haben könnte. Vielleicht eine neue Position im Football-Team? Dabei war er mit seiner jetzigen eigentlich zufrieden, in der er Finn zuspielte. Vielleicht fuhr er im Winter spontan mit seinen Eltern weg? Würde er mich dann derart anstrahlen? Es musste etwas Größeres sein. Etwas von Bedeutung für ihn.

»Ich habe keinen blassen Schimmer«, sagte ich und gab ich mich geschlagen. »Jetzt rück schon raus mit der Sprache!«

»Ich werde meinen Vater die nächsten Wochen in der Werkstatt unterstützen. Erst einmal nur vor Weihnachten und die Zeit bis Neujahr. Aber immerhin. Er hat so viele neue Aufträge erhalten, dass ich ihm meine Hilfe angeboten habe.« Erwartungsvoll musterte er mich.

Ich hatte mit allem gerechnet, nur nicht damit. »Wow, das freut mich«, erwiderte ich und biss mir auf die Unterlippe, weil ich nach den richtigen Worten suchte. Ich hatte schon immer gewusst, wie sehr Jay seinen Vater bewunderte und wie gern er ihm bei seiner Arbeit zusah. Dass er sich nun jedoch so sehr freute, seinen Vater unterstützen zu dürfen, überraschte mich. »Und ich finde es toll, dass dein Dad dir alle Möglichkeiten in der Berufswahl offenlässt, dass er deine Hilfe nur verlangt, wenn es gar nicht anders geht. Es ist schön, dass er nicht erwartet, dass du die Firma übernimmst, das finde ich immer wieder bemerkenswert an ihm.«

Ein Schatten huschte über Jaydons Gesicht. »Er musste hart dafür kämpfen, dass er hier angesehen wird und hat immer noch Angst, dass seine Firma eines Tages einfach zusammenbricht und er unsere Familie nicht mehr ernähren kann, das weißt du. Er lebt seinen Traum und doch hat er mir schon immer gesagt, dass ich einen anderen Weg einschlagen sollte, einen sichereren. Sodass ich mir nie Sorgen machen muss, ob ich auch im kommenden Monat genügend Geld verdiene, um die Mitarbeiter über Wasser zu halten oder dass ein längerer Krankheitsausfall den Ruin der ganzen Familie bedeuten könnte.« Jay zuckte mit den Schultern. »Es ist, wie es ist. Mein Dad freut sich, mit mir über seine Arbeit zu reden und hatte auch nie etwas dagegen, wenn ich ihm stundenlang in der Werkstatt zugesehen habe. Ich sollte bloß nicht auf die Idee kommen, dieselbe Berufsrichtung einzuschlagen. Er hat stets versucht, mich davon abzuhalten.«

Ich umarmte ihn. »Deshalb sage ich ja, ein Glück, dass dein Vater dir deine Zukunft nicht aufdrängt, sondern dich eigene Entscheidungen fällen lässt. Dass er dich in deinen Zielen unterstützt. Es war schließlich nie dein Wunsch, in die Firma einzusteigen. Du wolltest schon seit wir uns kennen Profi-Footballer werden, und nun sieh dich an, du bist auf dem besten Weg. Finn wurde letztes Mal ausgewählt, der Nächste, der eine Aussicht auf einen Aufstieg hat, bist gewiss du.« Ich schlang meine Arme fester um ihn. »Es freut mich wirklich, dass du deinen Vater über den Winter ein wenig unterstützen darfst. Das bringt dich bestimmt auf andere Gedanken und nimmt den Druck der letzten Wochen mit den ganzen Prüfungen und wichtigen Football-Spielen raus. Danach kannst du sicher wieder voller Energie und fokussiert in die neue Saison durchstarten.«

»Ja, du hast recht«, meinte Jay. »Wobei ich nie verstanden habe, weshalb mein Dad mich im Football unterstützt, wo auch Profi-Spieler eine unsichere Zukunft haben. Schließlich weiß ich nicht einmal, ob ich es so weit schaffen werde und selbst wenn, wie lange der Erfolg bleibt. Eine Verletzung, und …« Er stockte.

Ich ergriff die Chance und versuchte, ihn weiter zu ermutigen, wie auch er mir immer gut zuredete, wenn ich einmal den Mut verlor. »Du wirst es schaffen, und welcher Beruf ist schon auf Dauer sicher? Ich meine, in jeder Branche verändern sich täglich unzählige Dinge. Wer sagt denn, dass ein Bürojob eine langfristige Zukunft hat?«

»Das stimmt. Wobei ich mich trotzdem wundere, dass mein Dad mich so vehement aus seiner Branche raushalten möchte.« Es schwang etwas in seiner Stimme mit, das mir fremd war. Als würde er mir nicht die ganze Wahrheit sagen. Ich wollte es ihm vorwerfen, hielt mich jedoch zurück. Schließlich war ich selbst nicht besser, also konnte ich es ihm wohl schlecht ankreiden. Dennoch fragte ich mich, seit wann wir Geheimnisse voreinander hatten. Seit wann wir zögerten, uns alles zu erzählen.

Den Rest des Weges liefen wir schweigend nebeneinander her, jeder in seine eigenen Gedanken vertieft. Zwischendurch schrieb ich eine Nachricht an meine Eltern, dass ich bei Jay war und sie sich keine Sorgen machen sollten.

Was Jay wohl nicht aussprach? Ich musterte ihn von der Seite, sein kantiges Gesicht, die Bartstoppeln. Wie er sein blondes Haar zur Seite gegelt hatte, es dennoch verstrubbelt vom Kopf abstand und ihm teils kürzere Haare in die Stirn fielen. Falten hatten sich auf seiner Stirn gebildet. Es schien nicht so, als wäre er unglücklich, und doch beschäftigte ihn ganz offensichtlich etwas, das er nicht über die Lippen brachte.

Als er sich mir zuwandte, fühlte ich mich ertappt und wandte eilig den Blick ab, woraufhin Jay lachte. »Na? Was ist dir gerade durch den Kopf gegangen?«

»Dasselbe habe ich mich bei dir gefragt«, gab ich zu und musste lächeln, als ich erneut aufsah. Während sich unsere Blicke ineinander verhakten, wirkte die Stadt um uns herum ganz klein und mein Herz wurde ganz groß.

***

»Ist schon viel in der Stadt los?«, wollte Jays Mutter wissen, als sie sich zu uns an den Tisch setzte. »Ich war vergangene Woche in der Innenstadt, da war bereits alles festlich geschmückt, die fangen jedes Jahr früher damit an. Wenn ihr mich fragt, ist es ein Wunder, dass sie die Weihnachtsgirlanden nicht schon Anfang November überall aufgehängt haben.« Ihr Lachen erfüllte den kleinen Wohnraum neben der Küche.

»Man könnte glauben, die Hälfte aller Einwohner hätte kein Zuhause mehr«, entgegnete Jay und stimmte in ihr Lachen ein. »Aber ganz so schlimm ist es noch nicht.«

Bei Jaydon daheim hatte ich mich schon immer wie in einem zweiten Zuhause gefühlt. Und während wir redeten und die Burritos aßen, vergaß ich Liv und Finn und alles, das mein Herz zu zerdrücken drohte. In den gemeinsamen Stunden am Abend löste sich das Gewicht auf meinem Brustkorb auf und ich konnte nach langer Zeit wieder frei atmen.

»Wie geht es deinen Eltern, Grace? Richte ihnen auf jeden Fall liebe Grüße aus«, wandte sich Jays Mutter Marie an mich und wechselte somit das Thema. »Wir freuen uns schon riesig auf das Weihnachtsfest in diesem Jahr.«

»Gut, danke, und richte ich aus«, beeilte ich mich zu sagen, sobald ich meinen Bissen hinuntergeschluckt hatte. Wieso hatten Menschen beim Essen auch das Timing, immer genau dann eine Frage zu stellen, wenn man gerade den Mund voll hatte? »Wir freuen uns auch schon alle sehr.« Noch während ich sprach, sah ich bereits den Weihnachtstag vor meinen Augen, wie meine Mutter und ich kochten und die letzten Dinge im Haus erledigten, bis schließlich Jay mit seinen Eltern vor der Tür stand. Oder wie ich im vergangenen Jahr aufgeregt darauf gewartet hatte, dass wir zu ihnen gehen durften, wenn das Fest nicht bei uns, sondern bei den Carters gefeiert wurde.

Unsere Eltern hatten sich kennengelernt, weil Jay und ich in derselben Krabbelgruppe gewesen waren. Seither trafen sich unsere Eltern regelmäßig und so war es Tradition geworden, dass unsere Familien zusammen Weihnachten feierten. Jays Großeltern waren genau wie meine schon früh gestorben und zugleich verband uns das Schicksal, dass die Großeltern väterlicherseits weit weggezogen waren, daher sahen wir sie nur selten und pflegten kaum Kontakt zueinander. Ich freute mich auch jedes Jahr wieder darauf, wenn sich unsere Familien zum Essen trafen und Geschenke austauschten.

»Das wird sicher wieder ein unvergesslicher Abend«, sagte Marie, während ich den letzten Bissen von meinem Burrito nahm und damit meinen Teller leerte.

»Das Weihnachtsfest bei den Collins?«, mischte sich plötzlich eine weitere Stimme ein und als ich mich umdrehte, entdeckte ich Jays Vater. Er musste aus der Werkstatt gekommen sein, denn er trug noch seine Arbeitshose und Staub und Sägespäne hingen an ihm. Als er sich über den Bart strich, rieselten einige der Holzspäne zu Boden. »Darauf freue ich mich auch schon. Deine Mutter kann großartig kochen, Grace.« Nachdem Mr Carter den Blick seiner Frau bemerkte, fügte er hinzu: »Genauso gut wie mein Engel hier zu Hause.«

Jay und ich sahen uns an und mussten grinsen. Es war alles wie immer und ich liebte es. Ich wünschte, es würde sich nie etwas ändern.

»Jetzt gehst du besser erst einmal duschen und dich umziehen. Sonst verteilst du noch den ganzen Dreck im Haus«, mahnte Marie ihren Mann. Dieser kam der Aufforderung seiner Frau murrend, aber umgehend nach.

Mittlerweile hatte Jay seinen zweiten Burrito verspeist, während ich gerade den ersten aufgegessen hatte, was seine Mutter sogleich kommentierte. »Haben wir dich auch satt bekommen, du Vielfraß?«

Wie auf Kommando verzog Jay das Gesicht. »Sehr witzig, wirklich.« Er erhob sich und machte Anstalten, unsere Teller mit in die Küche zu nehmen, als seine Mutter ihn aufhielt. »Lass ruhig. Ich räume hier auf.« Mitten in der Bewegung hielt sie inne und griff mit der freien Hand hinter sich ins Regal. »Möchtet ihr noch eine Flasche Wein mit aufs Zimmer nehmen?«

Jay nahm die Flasche entgegen. Nachdem ich mich für das Essen bedankt hatte, liefen wir in Jays Zimmer und machten es uns auf seinem Bett gemütlich.

»Ich finde, es ist Zeit für einen weiteren *Marvel*-Marathon«, verkündete ich und ließ mich lachend in die Kissen fallen. »Da soll doch demnächst ein neuer Film rauskommen. Bis dahin müssen wir unbedingt alle anderen Filme noch einmal gesehen haben.«

»Alle?« Jaydon brach ebenfalls in Gelächter aus. »Und das vor Weihnachten? Kommt gar nicht in die Tüte.«

»Dann aber so etwas richtig Kitschiges?«, zog ich ihn auf und reckte triumphierend das Kinn in die Höhe. »Sonst bringt es ja nur halb so viel Spaß, Weihnachtsfilme zu sehen. Oder einen Kinderfilm mit Weihnachtsthematik?« Ich wackelte mit den Augenbrauen, woraufhin Jay mir ein Kissen entgegenwarf.

»Hey!«, beschwerte ich mich.

»Wer so seltsame Vorschläge macht ...«, erwiderte er. »Auf gar keinen Fall. Keine kitschigen Weihnachtsfilme. Dann lieber alle *Marvel*-Filme noch einmal und meinetwegen auch den neuen im Kino.«

Ich ging in den Gegenangriff über und warf das Kissen zurück. Doch Jay war schneller und fing es mit der freien Hand ab. »Keine Angriffe auf Weinhändler. Ich habe wertvolle Nahrungsmittel bei uns, die wir noch brauchen werden, wenn wir tatsächlich kitschige Weihnachtsfilme sehen.«

»Wir? Dann brauchst ja wohl eher nur du den Wein, um durchzuhalten, so, wie du dich gerade angestellt hast.«

»Du auch, damit du mich und meine Kommentare zu den Filmen erträgst.«

»Alles klar, eins zu null für dich. Aber wir schauen einen Weihnachtsfilm?« Ich verschränkte die Arme vor der Brust.

»Gut. Unentschieden.« Jaydon gab sich geschlagen und ich jubelte los. »Nur dieses eine Mal, und du verrätst mir vorher noch, weshalb du heute am College so ein Gesicht gezogen hast, obwohl Cassy und Liv bei dir waren.«

Sofort verstummte ich. »Das ist unfair.« Wie kam er denn ausgerechnet jetzt darauf? Erst überlegte ich, mich zu weigern, ihm zu erzählen, was in der Vorlesung losgewesen war. Dann dachte ich daran, ihm einfach nur die Hälfte der Ereignisse zu berichten oder ihm einen anderen einfachen Grund zu nennen, der meine unglückliche Stimmung erklärt hätte. Doch vor allem bei Letzterem hätte mich schließlich irgendwann mein schlechtes Gewissen übermannt. Vielleicht erzählten wir uns neuerdings nicht mehr alles, aber Lügen kamen nicht infrage.

»Weil ich heute Abend mit den beiden verabredet gewesen wäre.« Es war nicht leicht, das auszusprechen, aber es nahm mir gleichzeitig auch den Druck, dass Jay nun zumindest diesen Teil wusste.

»Liv hat sich in der Vorlesung mit Finn verabredet«, schlussfolgerte Jay und nickte mitfühlend. »Autsch. Das ist natürlich mies.«

»Jap«, bestätigte ich und nickte. »Deshalb war ich etwas ... sauer. Der Termin stand seit Wochen und Cassy kann das einfach mit einem Lächeln abtun.«

»Und du bist jetzt hier«, stellte Jay fest.

»Wie meinst du das?« Ich zog die Augenbrauen zusammen und begegnete seinem durchdringenden Blick.

Ein Grübchen bildete sich in Jays Wange. »Wenn du dich mit deinen Freundinnen getroffen hättest, wärst du jetzt nicht hier. So schlimm ist diese Alternative doch gar nicht, oder?«

»Ganz im Gegenteil. Es ist vielleicht sogar viel besser, als es mit den beiden heute geworden wäre. Wein, kitschige Weihnachtsfilme mit dir anschauen, leckere Burritos von deiner Mutter ... ich könnte mir kaum einen schöneren Abend vorstellen.« Und das sagte ich in diesem Augenblick aus tiefstem Herzen. Als würden meine Worte mein Innerstes nach außen kehren, begann mein Körper vor Glücksgefühlen zu kribbeln. Etwas, das ich bei Jay noch nie empfunden hatte und das mich selbst überraschte.

»Dann lass uns diesen Abend genießen und mach dir keine Gedanken, weil du versetzt wurdest.«

So machten wir es. Jay schaltete eine unglaubliche Schnulze mit Weihnachtssetting ein, wir tranken Wein und ich vergaß Liv und Finn wieder. Mit jedem Schluck, den ich aus der Flasche nahm, wurden meine Gedanken leiser und der Herzschlag in meiner Brust immer lauter. Ob Jay das hörte? Ob er wusste, was er plötzlich in mir auslöste? Dass er es schaffte, all die Sorgen und Zweifel zu verbannen, die in meinem Inneren Karussell fuhren?

Schon bald sah ich nur noch verschwommene Bilder, die auf dem Display wechselten, verstand schon längst nicht mehr die Handlung dahinter. Viel zu deutlich nahm ich Jaydon neben mir wahr. Seinen flachen Atem, seinen Arm, der sich an meinen drückte.

Im Film lief das Pärchen gerade eine Einkaufspassage entlang, deren Decke mit unzähligen Lichtern versehen war. Als würden hunderte Sterne über ihnen leuchten. Als der Mann stehen blieb und sich zu seiner Begleitung drehte, war die Spannung zwischen den Figuren quasi greifbar. Wie ein Stromschlag ging es durch meinen eigenen Körper, als Jay seinen Arm schließlich um meine Schultern legte.

Was, wenn da mehr war? Es machte mir Angst, dass ich überhaupt darüber nachdachte. Stets hatten Jay und ich uns geschworen, nie Gefühle füreinander zu entwickeln, dass da nichts war und wir für immer Freunde bleiben würden. Er war schon immer da gewesen und ich hatte mich stets auf ihn verlassen können.

Aber was, wenn er dasselbe Gefühl in mir auslösen könnte, dass Finn in mir ausgelöst hatte? Oder sogar mehr? Wenn ich es nur einmal probierte? Ich schämte mich augenblicklich für den Gedanken, dass Jay mich von Finn ablenken könnte und ich das überhaupt in Betracht gezogen hatte. Der Alkohol musste mir zu Kopf steigen. Ganz sicher. Doch schon mit dem nächsten Gedanken war ich wieder bei Jay und ...

Ich wagte es kaum noch, mich zu bewegen. Wie versteinert saß ich da. Merkte Jay nichts? Was machte ich nur? Das plötzliche Gefühlschaos zerriss mich. Nie zuvor hatte ich solche Dinge verspürt, wenn ich neben Jay saß.

Obwohl ich wusste, wie sich seine Lippen auf meinen anfühlten, hatte ich nie etwas dabei empfunden. Ja, wir hatten uns schon beim Flaschendrehen geküsst. Niemals hätte ich mir im Traum ausgemalt, mehr von ihm zu wollen. Aber jetzt war dieser Gedanke da und nahm alles in meinem Inneren ein. Wie es wohl wäre, seine Finger auf meiner Haut ...

Plötzlich drehte sich Jay zu mir. In seinen Augen sah ich ein stilles Verlangen und die Erkenntnis traf mich wie ein Schlag. Ich war nicht die Einzige, die sich gerade Szenarien ausmalte. Wieder einmal kam ich mir so vor, als könnte Jay in meine Seele blicken und wusste genau, was in mir vorging. Er beugte sich vorsichtig in meine Richtung, und als ich meine Hand auf seinen Arm legte, brach das Eis.

Seine Lippen fanden die meinen. Dann gab es kein Zurück mehr.

Kapitel 6 – Grace Collin

10. Dezember, 09:44 Uhr

Die Realität wirft im Licht manchmal lange Schatten

Als ich die Augen aufschlug, war mir klar, dass es ein riesiger Fehler gewesen war. Das alles. Mit ihm. Ich hätte mich Jaydon niemals hingeben dürfen.

»Morgen, Grace«, murmelte mein bester Freund plötzlich hinter mir und sein Arm schob sich über mich. Sofort bekam ich wieder am ganzen Körper eine Gänsehaut, als seine Finger meine nackte Haut unter der Decke berührten. Die Bilder der letzten Nacht flackerten vor meinem inneren Auge auf und sofort wurde mir heiß.

»Morgen«, gab ich heiser zurück und drehte mich zu ihm herum. Blickte in diese unendlich tiefen braunen Augen, verlor mich in dem Glanz, der darin schimmerte.

Jaydon strich mit einer Hand über meinen Bauch, so nah unter meiner Brust entlang, dass ich glaubte, er müsste meinen Herzschlag spüren. »Du bist so schön«, hauchte er und ein Lächeln stahl sich auf seine Lippen. Seine Pupillen waren geweitet und die Art, wie liebevoll und erfüllt er mich ansah, versetzte mir einen Stich. Es war so perfekt – zu perfekt.

Warum hatte ich mich nur darauf eingelassen? Wieso hatte ich mich bei ihm so fallen lassen? Das hätte wirklich nicht geschehen dürfen.

Ich schluckte die aufkeimende Verzweiflung möglichst rasch herunter und schloss meine Augen, schmiegte mich in seine Arme und legte meinen Kopf an seine Brust. Lauschte dem regelmäßigen Schlag seines Herzens und wünschte, dass ich den beginnenden Strudel aus Gedanken einfach wieder verdrängen könnte.

Das war nur etwas Einmaliges. Es würde alles wieder so sein wie zuvor. Das zwischen uns hatte nichts geändert. Wie sehr ich hoffte, die Worte würden der Wahrheit entsprechen.

Wir waren nur beste Freunde. Das, was passiert war, war ein Ausrutscher gewesen. Das verstand Jaydon. Ganz sicher.

Während ich mich an ihn drückte, sein so vertrautes Aftershave tief einsog und mir einredete, dass alles gut werden würde und diese verfluchte Nacht nichts zu bedeuten hatte, tauchte das Bild von Finn und Liv vor meinem inneren Auge auf. Wie sie sich glücklich umarmten und wie verliebt sie sich ansahen. Als könnte nichts und niemand sie auseinanderbringen.

»Alles okay?«, hakte Jaydon nach und schloss seine Arme fester um mich.

Verdammt. Diese Nacht bedeutete mir so viel. Viel zu viel.

»Ja«, log ich und legte meine Hände auf seinen warmen Rücken, strich dort entlang und klammerte mich an dem Moment fest. Klammerte mich an dem Jaydon fest, den ich kannte. Meinen besten Freund Jaydon. Ich wollte ihn nicht verlieren. Ich wollte, dass alles zwischen uns blieb, wie es bisher gewesen war. Aber wie sollte das gehen, nachdem wir uns so vergessen hatten?

Ich wollte Jaydon. Ich wollte ihn nicht verlieren. Um mich selbst davon abzulenken, um meine Gedanken von Liv und Finn loszubekommen, rückte ich ein Stück von seiner Umarmung weg, um seinen ergreifenden Blick erwidern zu können.

»Es ist alles gut«, wiederholte ich. Doch das war es nicht. Damit Jaydon meine Unsicherheit nicht mitbekam, nahm ich sein Gesicht in meine Hände und drückte meine Lippen auf seine. Ich schloss die Augen, versuchte, die Realität loszulassen.

Vorsichtig öffneten seine Lippen meinen Mund und ich ließ mich erneut in seinen Armen fallen. In dem Gefühl, dass es falsch war, was wir hier taten, auch wenn es sich so verdammt gut anfühlte.

Fakt war, niemand durfte von diesem Ausrutscher zwischen uns erfahren. Und tief in mir flüsterte eine Stimme, dass diese eine Nacht der Anfang vom Ende war. Dass ich einen Fehler begangen hatte, der mich meinen besten Freund kosten könnte. Der mir das Letzte raubte, was mir geblieben war.

»Ich muss los«, meinte ich schlagartig, brachte Abstand zwischen und warf einen Blick auf die Uhr. Shit. Das hatte mir gerade noch gefehlt. Nun war ich diejenige, die eine Verabredung mit Liv und Cassy vergessen hatte.

Plötzlich wurde mir alles zu viel. Mein Brustkorb drohte, unter dem Gewicht zu zerquetschen, wie zwischen zwei Wänden, die mich einengten. Es war zu viel. Zu viel. Panik schnürte mir die Kehle zu. Ich konnte Jay nicht ansehen. Ich musste hier weg.

Doch als ich aufsprang, strich Jay mir sanft über den Arm und hielt mich an der Hand fest. »Grace.« Seine

Stimme war so leise, jagte mir einen warmen Schauer über den Rücken und nahm mir für einen Wimpernschlag die Panik. »Es ist alles gut. Beruhige dich.«

Allerdings wurde mir genau damit bewusst, dass ich splitterfasernackt vor ihm stand. Wir hatten uns schon so oft nackt gesehen. Nun schämte ich mich, dass er mich ohne Klamotten am Leib sah und wünschte mir sehnlichst irgendetwas, das ich mir vor den Körper halten konnte. Mit rasendem Puls löste ich mich aus seinem Griff und suchte den Boden nach meinen Sachen ab. Zugleich plagte mich das schlechte Gewissen. Wie musste Jay sich gerade fühlen, dass ich so vor ihm flüchtete? Was er wohl dachte?

Ich schlüpfte in meinen Pullover und den Rock, verlor das Gleichgewicht und ließ mich wie ein trotziges Kind auf den Boden fallen. Als ich aufsah, bemerkte ich Jay, der sich im Bett aufgesetzt hatte und mich stumm beobachtete. Das Licht brach durch seine halb geschlossenen Jalousien herein und warf ein wunderschönes Lichtspiel hinter ihn an die Wand. Meine Augen brannten. Mit aller Kraft versuchte ich, die aufkeimende Verzweiflung hinunterzuschlucken.

»Was ist los?«, wollte er von mir wissen. Auf seiner Stirn konnte ich Falten erahnen, die unter seinen zerzausten Haaren hervorblitzten. Es schien mir, als würde ich ihn zum ersten Mal sehen und es war, als würde mein Herz stehen bleiben. Kein Laut kam mir über die Lippen.

»Hey.« Jaydon stand auf. Es schien ihn nicht annähernd zu kümmern, dass er nackt war, während er sich zu mir auf den Boden setzte. Er ließ mir den Abstand, den ich jetzt brauchte, während alles kopfstand. Dass er selbst jetzt, wo ich so reagierte, ruhig und fürsorglich blieb, sich nicht aufregte oder mir Vorwürfe machte, jagte mir ein Stich durchs Herz.

Er verdiente mich nicht. Ich war eine Drama-Queen. Ich machte immer alles kaputt und unnötig kompliziert. Ich hatte Liv und Finn alle Steine in den Weg gelegt, die ich hatte finden können. Was für ein furchtbarer Mensch war ich?

Trotz allem saß Jay hier vor mir und warf mir nichts an den Kopf, sondern blickte mich einfach verständnisvoll und zugleich besorgt an.

»Ich ... bin mit den Mädels verabredet«, brachte ich mühsam hervor. Ich war ihm eine Erklärung schuldig. Wieso ich derart hektisch aufgesprungen war, wieso ich fortlief. Dieses Mal kam es mir tatsächlich wie eine Lüge vor. Dabei war ich wirklich mit Cassy und Liv verabredet. Ich nutzte es nur als einen Vorwand, jetzt wegzurennen. »Wir treffen uns zum Lernen in der Bibliothek, ich ... ich hab das vergessen.«

Jay nickte und streckte eine Hand nach mir aus, die er mit einem fragenden Ausdruck im Gesicht über meine Hand legte. Ich schloss die Augen, als seine Finger über meine strichen. »Magst du noch etwas zu essen mitnehmen?«

Ich schüttelte den Kopf, ohne die Augen zu öffnen, biss mir auf die Lippen, um ein Schluchzen zu unterdrücken. Was hatte ich nur getan?

»Danke«, hauchte ich, meine Stimme versagte. Dann nahm ich meine Hand unter seiner weg und stand auf. Mit jedem Schritt, den ich zur Tür machte, zersprang meine Welt ein Stück mehr, denn mir wurde deutlich bewusst, dass es keine Zukunft für das hier gab.

Als ich die Hand auf die Türklinke legte, meldete sich Jay zu Wort. »Zwischen uns ist alles okay, oder?«

Ich konnte ihn nicht ansehen. Mein Hals schnürte sich zu und mir stockte der Atem. Was sollte ich ihm sagen? Dass ich es nicht wusste? Dass diese Nacht für mich ein Ausrutscher gewesen war? Dass ich hoffte, wir würden einfach weiter beste Freunde bleiben und vergessen, was passiert war?

»Ja«, erwiderte ich, aber meine Stimme brach und ich konnte mich weiterhin nicht zu ihm umdrehen. »Ja, klar.«

Als ich die Tür öffnete und über die Schwelle trat, brach die Welt um mich herum zusammen. Es fühlte sich nicht danach an, dass zwischen Jay und mir alles gut war. Vielmehr fühlte es sich wie ein Abschied an.

Mein Schädel schien zu explodieren, sobald ich im Flur stand. Es war zu viel Alkohol gewesen. Und nun, im Licht des Morgens wieder in der Realität angekommen, schmeckten die Erinnerungen der letzten Nacht bitter.

***

Ich machte einen Abstecher zum Bäcker und deckte mich mit reichlich Nervennahrung ein – überwiegend mit schokoladigen Sachen. Dabei ignorierte ich, dass ich eigentlich keine unnötigen Kalorien in mich hineinstopfen sollte, nicht jetzt. Doch das schien mir in Anbetracht der Situation nun nicht mehr wichtig. Diese paar zusätzlichen Kalorien würden nach der Masse an Alkohol am gestrigen Abend auch keinen Unterschied mehr machen.

Mit Nervennahrung gerüstet, machte ich mich auf den Weg zum College und zum ersten Mal empfand ich es doppelt als Erleichterung, dass Jay so dicht am Coulden College wohnte. Die kühle Morgenluft strich über mein Gesicht und die Sonnenstrahlen suchten sich ihren Weg zwischen den hohen Hausfassaden bis auf die Straße hinunter. Rechts von mir zogen Autos im Frühverkehr vorbei. Das Rauschen nahm mir die lauten Gedanken, ließ mich innerlich verstummen.

Auf dem Gelände des Colleges angekommen, legte ich den Kopf in den Nacken und atmete kurz durch. Ich beobachtete, wie schäfchenartige Wolken über das Gebäude hinwegzogen und wie weiße Farbtupfer auf dem blauem Himmel aussahen.

Eigentlich mochte ich den Winter nicht. Aber eingehüllt in der kalten Luft zu stehen, tat gerade unglaublich gut. Als würde es mich aufwecken, mir wieder zeigen, was Wirklichkeit war. Doch als ich den Blick senkte, kehrten die lauten Stimmen in meinem Inneren zurück. Lange Schatten zogen sich über den Asphalt und zeichneten meinen Weg.

Ich ignorierte die anderen Studenten. Viele waren es um diese Uhrzeit noch nicht, da die meisten Vorlesungen nachmittags und abends stattfanden. Zudem vermutete ich einige Menschen schon in den Vorlesungssälen, sodass auf den Gängen lediglich eine Handvoll Leute anzutreffen waren.

Mein Weg führte zielstrebig zu den Toiletten. In dem Zustand konnte ich Cassy und Liv unmöglich gegenübertreten. Zu spät war ich ohnehin, dann konnte ich mich auch noch etwas frisch machen. Doch kaum dass ich mich in einer der Kabinen verschanzt hatte, brach mein mühsam aufgebautes Gerüst zusammen. Ein Blick auf das Display meines Handys genügte dafür:

Jaydon, 10:02 Uhr

Ich hoffe, zwischen uns ist wirklich alles in Ordnung. Es tut mir leid, wenn ich dich irgendwie überrumpelt habe. Das wollte ich nicht.

Ich konnte dem Druck auf meinem Brustkorb keine Sekunde länger standhalten. Ich konnte die Tränen nicht mehr aufhalten. Über meine heißen Wangen bildeten sich zwei kühle Flüsse und ich schlug die Hände vors Gesicht, ließ mich kraftlos auf den Toilettendeckel fallen und zog die Beine an.

Was hatte ich nur getan? Jay und ich waren wie Geschwister füreinander gewesen. Wir hatten alles zusammen gemacht, waren immer füreinander da gewesen, und was tat ich? Ich setzte das alles aufs Spiel. Und das nur, weil mich die Emotionen wegen Liv und Finn übermannt hatten. Weil ich auch das Gefühl hatte haben wollen, geliebt zu werden. Zu wissen, wie es war, wenn es jemanden gab, der einem Geborgenheit schenkte und der zuhörte.

Wie blind war ich gewesen? Jay hatte mir doch all das gegeben? Und ich riskierte, alles zu verlieren. Alles, was ich noch gehabt hatte.

Zugleich konnte ich nicht verdrängen, wie gut es sich angefühlt hatte, als hätte ich einmal endlich losgelassen. Als hätte Jay nur auf diesen Augenblick gewartet, um mir zu zeigen, was zwischen uns stand. Was, wenn da mehr zwischen uns war? Wenn diese Nacht doch nichts Einmaliges sein würde, sondern ... Ich traute mich nicht, den Gedanken zu Ende zu denken. Trotzdem fragte ich mich plötzlich, ob ich die Bilder und das Empfinden der letzten Nacht je wieder loswerden würde und ob ich mir vielleicht doch vorstellen konnte, dass Jay nicht nur mein bester Freund war.

Ich starrte den Bildschirm mit seiner Nachricht an. Was sollte ich denn antworten, wo ich selbst nicht wusste, was das war? Was letzte Nacht geschehen war und wie wir das wieder vergessen sollten?

Zugleich wuchs der Kloß in meinem Hals ins Unermessliche und nahm mir die Luft zum Atmen. Jay gab sich die Schuld, suchte nach seinen Fehlern, weshalb ich fortgelaufen war. Dabei war ich nicht vor ihm weggelaufen, sondern vor meinen eigenen Gefühlen. Dabei war ich diejenige gewesen, die versagt hatte – einmal mehr.

Kraftlos sperrte ich das Display und versteckte mein Handy, als könnte ich damit auch meine Fehler verstecken. Als könnte ich so vergessen.

Mein Körper erbebte unter meinen Schluchzern. Ich fröstelte, obwohl mir nicht kalt war. Ich schlang meine Arme um meinen Körper, als würde ich mir so selbst den Halt geben können, den ich verloren hatte. Mit den Fingern strich ich über die Gänsehaut, die sich an meinen Armen gebildet hatte, und ließ den Kopf darauf fallen. Schauer jagten über meinen Rücken, während die Tränen nicht aufhörten, zu laufen.

Meine Augen brannten. Wie sollte ich in dieser Verfassung die Flure des Colleges betreten? Wie sollte ich in dem Zustand Cassy und Liv gegenübertreten?

Ich warf einen weiteren Blick auf mein Handy.

Cassy, 10:22 Uhr

Alles gut bei dir? Du bist heute bei dem Treffen in der Bibliothek aber schon dabei, oder? Wir warten auf dich.

Eigentlich konnte ich es mir nicht leisten, das Lerntreffen ausfallen zu lassen. Vermutlich würde ich mich in Gesellschaft von Liv und Cassy zumindest einigermaßen auf die College-Unterlagen konzentrieren können. Mehr als wenn ich mich bei ihnen krankmelden und mich in meinem Zimmer verschanzen würde. Dazu kam, dass ich nicht wie Liv sein wollte. Ich wollte die beiden nicht versetzen, nur weil es mir gerade eventuell besser passte, das bereits vereinbarte Treffen doch nicht wahrzunehmen.

Wenn ich nicht erschien, wäre ich dann besser als Liv?

Grace, 10:25 Uhr
Ich bin gleich da.

Mit einem Ärmel wischte ich die Tränen fort und holte einige Male tief Luft, bis ich glaubte, dass ich nicht gleich wieder zu weinen anfing. Dann versuchte ich, mich auf etwas anderes zu konzentrieren, um die Gedanken an Jay und die letzte Nacht zu verdrängen. Und um mein schlechtes Gewissen nicht länger die Oberhand über meine Gefühle gewinnen zu lassen.

Schließlich schulterte ich meine Tasche und trat zurück in den Vorraum der Damentoilette. Erleichtert stellte ich fest, dass ich noch immer allein war und es keine Zeugen meines Zustand und meines kurzen Zusammenbruchs gab. Das konnte ich nun wirklich nicht gebrauchen, schon gar nicht Gerüchte über mein Privatleben im Cheerleading-Team.

Als ich mich über das Waschbecken lehnte und im Spiegel betrachtete, verlor ich jedoch die Hoffnung. Ich sah furchtbar aus. Meine Wimpern klebten aneinander, meine Augen waren geschwollen und gerötet. Die dunklen Ringe darunter bezeugten eine Nacht mit wenig Schlaf. Was sollte ich Cassy und Liv bloß sagen? Bis ich in der Bibliothek auftauchte, musste ich mir unbedingt etwas einfallen lassen.

Ich war heilfroh, dass ich bei Jay im Haus nicht noch seinen Eltern über den Weg gelaufen war. Die Vorstellung an ihn, wie ich ihn auf dem Boden sitzend zurückgelassen hatte, genügte, damit sich erneut alles in mir zusammenzog.

Ich durfte nicht aufgeben. Ich hatte keine Wahl. Cassy und Liv erwarteten mich und im Laufe des Tages würde mir gewiss eine Lösung einfallen oder zumindest eine Idee kommen, was ich Jay schreiben konnte. Irgendetwas musste ich ihm schließlich antworten, das war ich ihm schuldig. Doch was konnte ich schon erwidern, außer weitere Lügen, wenn ich nicht sein Herz brechen wollte?

***

»Tut mir leid«, murmelte ich und ließ die Taschen neben dem Tisch fallen, an dem Cassy und Liv in der Bibliothek saßen.

Meine beiden Freundinnen wechselten einen vielsagenden Blick. »Du siehst aus, als hättest du eine lange Nacht gehabt.« Cassy wackelte anzüglich mit den Augenbrauen, was mir jedoch bloß einen weiteren Stich ins Herz versetzte.

»Gibt es etwa jemanden, von dem wir wissen sollten?«, fragte auch Liv sogleich. »Oder ist es sogar jemand, den wir kennen?«

Ich konnte es ihnen nicht verübeln, dass sie solche Fragen stellten. Aber dass sie damit indirekt ins Schwarze trafen, machte es nicht gerade besser. Denn ich konnte ihnen auf keinen Fall verraten, was tatsächlich passiert war.

»Ihr seid unmöglich«, erwiderte ich und zwang mich um einen möglichst unbeschwerten Tonfall. Ich verdrehte die Augen. »Ich war bei Jay und wir haben den Filmabend gemacht, den ich mit euch geplant hatte. Der Abend ist ein bisschen länger geworden.«

Damit war ich gleich auf der sicheren Seite, dass sie keine Nachfragen stellten und mich in Bedrängnis brachten. Dass Liv das gestrige Treffen vergessen und ich mich sehr darüber geärgert hatte, dürfte für beide keine Neuigkeit sein. Und gelogen hatte ich auch nicht. Ich hatte nur nicht gesagt, wie der Filmabend mit Jay geendet war.

Doch in meinem Inneren kehrten die Bilder daran zurück und schüttelten mich. Schnell wandte ich den Blick ab und kramte die Lernunterlagen aus der Tasche, um sie neben den beiden auf dem Tisch auszubreiten.

»Wie weit seid ihr schon gekommen?«, wollte ich von Liv und Cassy wissen, um vom Thema abzulenken und die Bilder aus meinem Kopf zu verdrängen.

»Frag lieber nicht.« Cassy lachte. »Wir haben auf dich gewartet, könnte man sagen.«

»Wer auch immer sich überlegt hat, direkt in der Woche vor Heiligabend noch Klausuren zu schreiben, sollte sofort vom College geworfen werden«, warf Liv ein und stützte den Kopf in die Hand. Einige ihrer blonden Haarsträhnen rutschten in ihr Gesicht. »Das ist doch grausam. So kann man sich gar nicht richtig auf die schönen Dinge vor Weihnachten freuen.«

»Da hast du recht, wobei ich einwerfen muss, dass wir bis vergangenen Monat die Kurse ein kleines bisschen haben schleifen lassen, Honey«, erwiderte Cassy und grinste.

»Es gab halt wichtigere Dinge«, verteidigte Liv sich und verschränkte ebenfalls grinsend die Arme vor der Brust.

»Wie heiße Footballer und gute Partys, meinst du?« Cassy lachte, wobei sich mir erneut ein Kloß in den Hals setzte. Footballer. Damit war dann wohl Finn gemeint.

»Du bist gemein.« Liv zog eine Schnute und wandte sich an mich. »Sag du auch etwas dazu, Grace.«

Komplett überfordert suchte ich nach unverfänglichen Worten. Wieso wollte sie ausgerechnet jetzt meine Meinung dazu hören? »Ich würde sagen, die Partys waren echt nicht schlecht, und es gibt ja schließlich noch ein Leben neben dem College – für die meisten Studenten.«

»Siehst du!«, rief Liv aus und warf Cassy einen triumphierenden Blick zu. Dabei erntete sie jedoch einige böse Blicke von den Menschen, die in unserem Umkreis über ihren Büchern hockten.

Kopfschüttelnd gab sich Cassy geschlagen. »Lasst uns starten, damit wir vor der Mittagspause überhaupt noch etwas schaffen.«

Das taten wir. Es fiel mir schwer, mit den Gedanken nicht abzuschweifen, sondern mich auf die Zeilen des Textes vor mir zu konzentrieren. Die Tatsache, dass Cassy und Liv bei mir saßen, erleichterte es ungemein. Ich war nicht allein. Ich konnte nicht in Tränen ausbrechen und musste mich zusammenreißen. Zu Hause hätte mich nichts und niemand davon abgehalten, mich von meinen Gefühlen überrollen zu lassen.

Es lief solange gut, bis plötzlich jemand neben uns am Tisch auftauchte. »Hey«, erklang eine tiefe Stimme. Noch während ich den Kopf hob, um zu schauen, um wen es sich handelte, bereute ich es.

»Finn!« Strahlend sprang Liv auf und fiel ihrem Freund um den Hals. Als sich ihre Lippen trafen, schlossen nicht nur sie ihre Augen, sondern auch ich. Ich zwang mich, mich voll auf meine Aufzeichnungen zu konzentrieren. Aber ich konnte nicht weghören. Ich konnte den Schmerz in meiner Brust nicht ignorieren und zugleich musste ich an die vergangene Nacht und an Jay denken.

»Was machst du hier?«, wollte Liv hörbar überrascht wissen. »Hast du nicht gleich Training?«

Ohne dass ich Finn ansah, wusste ich, dass er lächelte. »Gut möglich. Wer sagt denn, dass ich es nicht schaffe, davor noch schnell einen Abstecher zu dir zu machen? Ich dachte, du bräuchtest ein bisschen Motivation, bevor wir uns heute Abend nach dem Training sehen.«

Nun musste ich doch hinschauen und beobachtete, wie er eine Tafel Schokolade aus seiner Tasche holte. »Ein bisschen Nervennahrung.«

Liv schmolz sichtlich dahin. Ihre Wangen waren rötlich verfärbt. »Danke! Das wäre doch nicht nötig gewesen.« Ihre Stimme überschlug sich und nun bemerkte ich auch das Tuscheln einiger Mädchen, die in unserem Umkreis saßen. Keine davon warf uns einen bösen Blick zu, vielmehr lag Neugier in ihren Augen oder es war dieselbe Rührung zu finden wie bei Liv. »Du bist sooo süß«, murmelte sie, nur um Finn dann erneut einen Kuss zu geben.

Auf einmal leuchtete das Display meines Handys auf, das ich neben mein Buch auf den Tisch gelegt hatte. Ein Anruf von Jay. Das Getuschel wurde zu einem Rauschen in meinen Ohren und ich musste mich an der Tischplatte festhalten, da sich plötzlich alles drehte. Ich konnte da nicht rangehen. Nicht hier. Nicht jetzt. Was sollte ich denn sagen? Was würden die anderen denken? Sofort brannten meine Augen wieder und ich schluckte einige Male.

»Willst du den Anruf nicht annehmen?«, fragte Cassy und lenkte damit auch Livs und Finns Aufmerksamkeit auf mein Handy. Eilig griff ich danach und sperrte das Display, sodass dieser schwarz wurde. »Ich rufe später zurück. Das ist nicht so wichtig. Ich habe bestimmt nur etwas bei ihm liegen lassen.« Meine Heiserkeit verriet mich. Ganz sicher. Doch niemand sagte etwas.

»Ich muss dann auch wieder los«, meinte Finn und zog Liv ein letztes Mal in seine Arme. Seine Hände lagen auf ihrem Rücken und strichen darüber. »Wir sehen uns später, ja? Schreib mir einfach, wenn ihr hier fertig seid und ich melde mich, wenn das Training vorbei ist.«

Meine Freundin wirkte wie der Sonnenschein persönlich, während ich einer Gewitterwolke Konkurrenz machte. »Du bist zu lieb. Ich freue mich schon auf später. Viel Spaß beim Training.«

Als Finn weg war, wagte ich einen Blick unter dem Tisch aufs Handy. Allerdings wurde mir schlecht, als ich sah, wie oft Jay vergeblich versucht hatte, mich zu erreichen. Vier verpasste Anrufe, zwei neue Nachrichten.

Jaydon, 15:11 Uhr
Bitte melde dich.

Ich mache mir Sorgen.

Damit er nicht die Polizei rief, entschied ich mich doch zu einer knappen Antwort. Dabei fühlten sich bereits diese wenigen Worte wie ein Verrat an. Es würde nie wieder so werden, wie es einmal gewesen war.

Grace, 15:20 Uhr
Alles gut.

Eine Lüge. Nichts war gut. Ich konnte es nicht. Ich konnte nicht mehr. Plötzlich durchflutete mich unbändige Hitze, ließ mich in Schweiß ausbrechen. Gefühlt alle Blicke lagen auf mir. Ich spürte die Anwesenheit aller Studenten in diesem Raum wie noch nie zuvor. Keine Minute länger würde ich es hier aushalten. Nicht in dem Glauben, sie alle würden es wissen. Dass ich Jay belogen hatte.

»Ich ... muss los«, presste ich hervor, warf noch währenddessen meine Sachen zusammen und sprang auf.

Die verwunderten Gesichter meiner Freundinnen begegneten mir, was das Ganze nur noch schlimmer machte. Ich nahm alle bloß verschwommen war, Tränen vernebelten meine Sicht. Alles drehte sich. Mein Herz war dabei, mir alle Rippen zu brechen.

Es war nur fair.

Ich zerstörte mich selbst, wie ich es mit Jay getan hatte.

Ich zerstörte einfach alles.

Immer.

Kapitel 7 – Jaydon Carter

13. Dezember, 07:56 Uhr

Keine Antwort ist auch eine Antwort

Als ich aufwachte, hätte ich mich am liebsten direkt wieder umgedreht und die Augen geschlossen. Ein weiterer Tag, an dem Grace sich nicht melden würde.

Vor drei Tagen war sie aus der Tür gegangen und hatte seither jeden Kontakt zu mir gemieden, bis auf eine kurze Rückmeldung all meine Anrufe und Nachrichten ignoriert. Seit gestern Morgen hatte ich es aufgegeben, sie weiter anzurufen oder immerzu dieselben Phrasen zu schreiben.

Alles gut. Natürlich.

Weggelaufen war sie. Ohne eine Erklärung, ohne auf meine Fragen einzugehen.

Ich wusste nicht, was mich mehr verletzte: Dass sie einfach abgehauen war und mir keine Antworten gab, oder dass sie sich auf das eingelassen hatte, was da vor drei Tagen zwischen uns passiert war.

Denn ich war mir nie sicher gewesen, ob sie dasselbe empfand wie ich. Ob sie auch nur einen Wimpernschlag dieselben Gedanken geteilt hatte oder ich mir vergeblich Hoffnungen machte. Damit hatte ich mich bereits abgefunden, als wir klein gewesen waren. Ich hatte mich damit abgefunden, wie sie bei ihren Freundinnen von Finn geschwärmt hatte. Ich wusste nicht, ob ihr klar war, dass ich das mitbekommen hatte und ob sie auch nur einmal daran gedacht hatte, dass der Kuss auf jener Party beim Flaschendrehen nicht einfach nur irgendein Kuss für mich gewesen war.

Es war so viel mehr gewesen. Uns verband mehr als gemeinsame Erinnerungen. Das war schon seit unserer Kindheit so gewesen, und ich wünschte mir nichts sehnlicher, als dass es so blieb. Wie konnte man jemanden so sehr vermissen und solch eine Angst haben, eine Person verloren zu haben, obwohl sie noch da war?

Ich konnte gar nicht genau sagen, seit wann ich mir mehr erhoffte – mehr als Freundschaft zwischen Grace und mir. Vielleicht hatte das angefangen, als sie nach einem Football-Spiel zu mir an den Rand gelaufen war, wir unseren freundschaftlichen Handabschlag gemacht hatten und mein Herz mir förmlich aus der Brust gesprungen war. Vielleicht auch schon früher.

Als wir uns beim Flaschendrehen geküsst hatten, war ich mir fast sicher gewesen, dass sie es hätte merken müssen, dass es für mich nicht nur um dieses dämliche Spiel gegangen war. Wie viel mir dieser Kuss bedeutet hatte. Aber Grace hatte nur Augen für Finn gehabt. Selbst auf dieser dämlichen Party im Herbst, auf der ich es gewesen war, der immer an ihrer Seite gestanden hatte. Aber womöglich war genau das der entscheidende Punkt: Ich war immer da gewesen.

Ich mummelte mich tiefer in der Decke ein und schlang meine Arme um den Oberkörper, als könnte ich mir selbst Halt geben, bevor ich fiel. Den Blick richtete ich starr an die Decke, als würde ich nicht die trostlose weiße Farbe ansehen. Vor meinem inneren Auge spielten sich tatsächlich bunte Bilder ab wie in einem Film, Erinnerungen, die bereits verblassten. Aber auch solche Ereignisse, die erst kürzlich geschehen waren.

Immerzu sah ich Grace' Gesicht, ihr strahlendes Lächeln. Wie sie ihre roten Haare über ihre Schulter nach vorne strich, den Ehrgeiz in ihren Augen. Ich hatte noch nie so jemanden wie sie kennengelernt und als wir uns das erste Mal begegnet waren, hatte ich mir geschworen, sie niemals gehen zu lassen.

Vielleicht war es nicht ganz das erste Treffen gewesen, das mich so hatte entscheiden lassen. Da waren wir wohl noch zu jung gewesen, kaum drei und hatten noch nicht einmal laufen können.

Die ganze Zeit war sie an meiner Seite gewesen. Hatte mich verteidigt, als mir ältere Jungs im Kindergarten mein Playmobilauto wegnehmen wollten. Sie war da gewesen, als ich das erste Mal nicht nach Hause laufen wollte, weil ich eine schlechte Note in Mathe bekommen hatte. Stundenlang saßen wir an jenem Nachmittag unter der alten Eiche und überlegten uns Strategien, wie ich das meinen Eltern beibringen konnte. Bis die Dunkelheit sich um uns gelegt hatte und uns zu kalt geworden war, hatte Grace mit mir gewartet. Und dann hatte sie mich zu meiner Haustür begleitet. Letztendlich war daheim überhaupt nichts passiert und meine Eltern hatten Verständnis gezeigt.

Sie hatte immer die richtigen Worte für mich gefunden. Meine Grace. Gray.

Vielleicht hatte sie damals einen Schalter in mir umgelegt. Vielleicht war es auch ein Moment in der Schule gewesen, wo wir in den Kursen nebeneinandergesessen hatten. Oder in einer der Unterrichtsstunden, wo uns die Lehrerin auseinandergesetzt hatte, weil wir zu laut gewesen waren, zu viel gelacht hatten. Eine der Stunden, in der wir Briefe zugeschoben hatten. Ich spürte noch genau dieses Kribbeln im Bauch. Den Nervenkitzel, dass man uns nicht erwischen sollte. Dass wir Angst hatten, unsere Briefe würden doch einmal laut vor der Klasse vorgelesen werden.

Kurz bevor der erste Schulwechsel angestanden hatte, waren wir auf die Idee gekommen, unsere Träume auf Zettel zu schreiben und zu vergraben. Und diesen Traum lebte Grace nun gerade, wenn denn stimmte, was sie damals aufgeschrieben hatte.

Ob sie auch manchmal noch an die Schachtel dachte, die wir unter der alten Eiche vergraben hatten? An unsere Träume, die wir dem Baum anvertraut hatten? Bei dem Gedanken daran musste ich lächeln. Ich dachte gern daran zurück, wie unbeschwert wir an diesem Tag gewesen waren. Wie sie mich wieder einmal überholt und zuerst den Baum erreicht hatte, bei einem unserer unzähligen Wettläufe dorthin.

Auf keinen Fall würde ich einen weiteren Tag verstreichen lassen, ohne zu wissen, was sie darüber dachte, was vor drei Tagen zwischen uns geschehen war. Ohne zu wissen, ob es eine Zukunft für uns gab. Auch wenn ich damit riskierte, dass Grace sich gegen uns entschied. Gegen unsere Freundschaft. Denn sie war schon immer jemand gewesen, der sich im Zweifel in sich selbst kehrte und um sich schlug, wenn man ihn dann in die Enge trieb. Aber ich musste mich ihr einfach nähern. Ich musste wagen, ihr zu nahe zu kommen, wenn ich in ihre Seele schauen, wenn ich wissen wollte, was ich jetzt tun konnte. Das wollte ich, um jeden Preis.

Ich musste Gewissheit haben, sonst würde es mich mehr zerstören, als eine Abfuhr von ihr zu bekommen. Ich musste wissen, ob ich sie loslassen musste oder ob es eine Chance gab, sie festzuhalten.

Die Melodie von *Californication* der Red Hot Chili Peppers riss mich aus meinen Gedanken. Der Sänger trällerte aus vollem Hals, sodass ich zusammenzuckte und auf das Display starrte. McGhee. Was wollte Finn denn um diese Uhrzeit?

Irritiert nahm ich den Anruf an. »Guten Morgen, was gibt's?«

»Hey, Carter«, begrüßte er mich. »Hast du einen Moment oder auch zwei?«

»Auch drei«, entgegnete ich wie aus der Pistole geschossen und setzte mich im Bett auf. Wenn Finn schon so anfing, dann musste etwas passiert sein.

»Danke«, meinte er und seufzte. Kurz herrschte Schweigen in der Leitung und es schien, als müsste er sich kurz ordnen, bevor er weitersprach. »Du weißt ja, dass ich von der NFL ein Angebot erhalten habe, in einer der Nachwuchsmannschaften einzusteigen? Sie haben sich heute Morgen bei mir gemeldet.«

»Gerade eben?«, hakte ich mit Blick auf meine Wanduhr nach. Wow. Die National Football League.

»Gerade eben«, bestätigte er. »Es ging darum, ab wann ich anfangen kann und ... und wo.«

»Wie meinst du das – *und wo*?« Eine ungute Vorahnung breitete sich in mir aus und auch wenn mein Magen eben schon rebelliert hatte, so zog sich nun alles in mir zusammen, was bis noch nicht verkrampft gewesen war.

Ich hörte sein Schlucken am anderen Ende der Leitung sehr deutlich. »Ich habe einen Platz an einem neuen College in Washington erhalten und sie haben mir auch schon eine Unterkunft in der Nähe organisiert. Zum nächstmöglichen Zeitpunkt darf ich wechseln.«

Bei Finn klang es, als hätte er eine Wahl. Dabei war es wohl keine Option, sondern ein Angebot, das er entweder annehmen oder ablehnen konnte, und wenn er sich jetzt dagegen entschied, dann war's das. »Wir reden von einem Platz etwa vierzig Stunden von hier entfernt.« Die Stille, die sich zwischen uns ausbreitete, war deutlicher als jedes weitere Wort.

»Wow«, brachte ich nur hervor und brauchte einen Moment, um seine Aussage zu verdauen. »Also, versteh mich nicht falsch, ich freue mich für dich – sehr sogar. Das ist nur echt eine ordentliche Entfernung. Du ziehst ja quasi ans andere Ende des Landes.«

»Jap.« Ich konnte mir bildlich vorstellen, wie er seinen Mund zu einem Strich verzog und nickte.

Die nächste Frage traute ich mich kaum, laut auszusprechen. »Was sagt Liv dazu?«

»Deshalb rufe ich dich an. Ich wollte, dass du es als Erster erfährst, als mein bester Freund und weil ich nicht weiß, wie ich das meiner Freundin beibringen soll. Du weißt, was für ein Chaos wir die letzten Wochen hatten. Liv wird am Boden zerstört sein, wenn ich ihr berichte, was die NFL mir gerade mitgeteilt hat oder besser gesagt, der Coach der Nachwuchsmannschaft.«

»Sicher, trotzdem wirst du es ihr früher oder später sagen müssen. Wenn du das Angebot nicht gerade ausschlägst, aber ich brauche dir wohl nicht zu sagen, dass ich das für selten dämlich halte, nach allem, was du für deinen Traum geopfert und getan hast?«

Ein Schnauben erklang. »Nein, ich werde das schon annehmen. Aber wie soll ich ihr das mitteilen?«

»Sicherlich wird sie enttäuscht und verzweifelt sein, wenn sie erfährt, dass du so weit wegziehst. Allerdings darfst du nicht vergessen, dass sie weiß, wie viel dir der Sport bedeutet, dass es nicht nur deine Leidenschaft ist, sondern auch die beste Chance, dass du deine Leidenschaft zum Beruf machen kannst.« Ich atmete tief durch. »Wenn Liv kein Verständnis dafür hat, dann weiß ich auch nicht. Ich bin mir sicher, dass ihr eine Lösung findet, wenn du jetzt wegziehst.«

Es klang so leicht. Als könnten Worte das Problem aus dem Weg schaffen und eine räumliche Entfernung weniger weit wirken lassen. Wenn es nur wirklich derart simpel wäre ...

Wie sehr ich Liv anfangs für ihre Aktionen verabscheut hatte. Wie sie Finn bloßgestellt hatte und dennoch hatte sie es geschafft, meinem besten Freund den Kopf zu verdrehen. Inzwischen konnte ich nachvollziehen, was Finn an ihr fand. Dennoch kannte ich auch die andere Seite, hatte von Grace mitbekommen, dass es zwischen den Freundinnen ebenfalls nicht immer gut gelaufen war und dass noch immer etwas zwischen Liv und Grace stand.

»Du hast schon recht«, murmelte Finn und brach damit mein eigenes Gedankenchaos. »Ich weiß auch nicht. Es fühlt sich so falsch an. Mein Traum erfüllt sich gerade und ich kann mich nicht darüber freuen, weil ich an ein Mädchen denke.« Er schnaubte abermals, als würde er den Kopf über sich selbst schütteln. »Wenn ich dir vor einem Jahr erzählt hätte, dass ein Mädchen mich zögern lässt, ein solch großartiges Angebot anzunehmen ...«

»Ich hätte dich einen Kopf kürzer gemacht. Und wenn du wirklich auf die Idee kommst, nicht ins Nachwuchsteam der NFL einzusteigen, dann mache ich dir das Leben hier zur Hölle«, drohte ich ihm. »Wie gesagt, Liv wird das verstehen und wenn nicht, dann ist sie nicht die Richtige für dich. Dann kommen andere Mädchen, die dich in deinen Träumen unterstützen und den Weg mit dir gehen.«

»Jaydon!«, rief Finn empört. »Ich mag Liv. Ich mag sie wirklich. Und es tut mir jetzt schon weh, zu wissen, ihr damit das Herz zu brechen. Wenn du nur endlich auch jemanden hättest. Dann könntest du vielleicht ein bisschen besser nachvollziehen, wie sich so etwas anfühlt.«

Ich wusste, dass er es nicht so meinte, und trotzdem zerrissen mir seine Worte die Brust.

»Na ja«, meinte Finn dann, bevor ich noch etwas sagen konnte. »Danke dir auf jeden Fall. Es tut schon gut, es laut auszusprechen und zu wissen, dass du es nun auch weißt. Bitte sag niemandem etwas davon, ja? Ich möchte es allen selbst sagen, zumindest den engeren Freunden und ... Liv.«

»Klar, von mir erfährt keiner etwas«, erwiderte ich.

»Danke.«

Ich starrte an die Schrankwand gegenüber von meinem Bett. Das Holz hatte ich mit Postern und Stickern übersät, sodass von den Türen nicht mehr viel zu sehen war. Allesamt drehten sich um Football.

»Jay, sehen wir uns nachher beim Training?«, wollte Finn wissen und riss mich damit erneut aus den Gedanken.

Das Training. Eigentlich sollte ich mich über etwas Ablenkung freuen. Aber gerade konnte und wollte ich an nichts anderes denken als an Grace. Trotzdem stimmte ich Finn zu, da ich ihm schlecht erklären konnte, weshalb ich nicht kommen wollte. Dass Football mir gerade gar nicht so wichtig war. Als Letzteres in meinen Gedanken auftauchte, erschrak ich. Lange Zeit war der Sport mein Pause-Knopf gewesen, meine Zuflucht aus dem Alltag und ein Ziel, an dem ich festhalten konnte.

»Wir sehen uns später«, bestätigte ich.

Nachdem Finn aufgelegt hatte, festigte sich mein Entschluss nur noch. Ich würde Grace zur Rede stellen. Heute noch. Sie konnte mir nicht ewig aus dem Weg gehen.

Kapitel 8 – Grace Collin

13. Dezember, 10:18 Uhr

Zeit ist nicht immer eine Lösung

Als ich den Spind schloss, wäre ich am liebsten im Boden versunken. Zwei braune vorwurfsvolle Augen starrten mich an und ich konnte bloß sprachlos zurückstarren. Mein Hals war schlagartig wie zugeschnürt.

»Was ist los?«, wollte er von mir wissen.

Alles. Ich wusste nicht, was ich darauf erwidern sollte. Davon abgesehen, war mein Kopf plötzlich wie leergefegt und quoll zugleich über mit möglichen Antworten. Antworten, die ich nicht laut aussprechen konnte. Konnte sich Jay die Frage nicht selbst beantworten? Konnte er nicht erahnen, was in meinem Inneren los war?

Zugleich wusste ich, dass mein bester Freund nie zulassen würde, dass ich etwas in mich hineinfraß, von dem er nichts wusste, wenn nur die geringste Chance bestand, dass er mir helfen konnte. Was in dem Fall jedoch viel schlimmer war: In seinen Augen fand ich neben dem ausgesprochenen Vorwurf auch stumme Gefühle, Zweifel. Und ich hoffte inständig, dass ich mich täuschte – er war verletzt. Meinetwegen.

Ich wollte ihm sagen, wie sehr ich ihn nachvollziehen konnte, dass ich verstand, was in ihm vorging. Aber ich hatte Angst. Angst, ihn zu verlieren. Und deshalb konnte ich keinen Mucks von mir geben.

»War's das jetzt?«, fuhr er mich an und warf die Arme in die Luft. »Willst du mir echt für immer aus dem Weg gehen? Alles wegwerfen, was zwischen uns war?«

»Nein!« Ich erschrak selbst darüber, wie energisch meine Stimme klang. »Ich ...«

Wie sollte ich ihm sagen, dass all das ein Fehler gewesen war? Diese eine Nacht. Dass es dafür keine Erklärung gab. Dass ich es bereute, aber mich doch danach zurücksehnte. Nach dem Gefühl von seinen Lippen, seinen Händen auf meiner Haut ...

Als ich bemerkte, wie ich seinen Mund anstarrte, wandte ich den Blick ab und fixierte meine Füße. Hitze breitete sich auf meinen Wangen aus.

»Grace.« Meinen Namen aus seinem Mund zu hören, zerbrach mein Herz in tausend Splitter. »Sprich mit mir. Lass mich dir helfen. Es ist doch nichts, worüber wir nicht reden können und wofür es keine Lösung gibt.«

Wenn er nur wüsste. Wenn er wüsste, dass ich auf seinen besten Freund stand und ihm deshalb mit zu viel Alkohol verfallen war, um mich abzulenken. Dass es nicht war, weil er Jay war, sondern weil er da gewesen war und ich Nähe gebraucht hatte. Weil ich keine Kontrolle mehr über mich gehabt hatte. Oder? Dass ich bei seinem Anblick schon wieder ein Kribbeln im ganzen Körper hatte, versuchte ich, zu verdrängen.

»Ich ... ich kann nicht«, stammelte ich.

Jay überbrückte den Abstand zwischen uns und nahm meine Hände in seine. »Bitte«, flüsterte er und jagte mir mit seiner Berührung einen heißen Schauer über den Rücken.

Vollkommen überfordert machte ich einen Schritt von ihm weg und entriss ihm meine Hände. Irgendwie tat ich das gröber als beabsichtigt. Seinem Gesichtsausdruck war zu entnehmen, dass ich ihn damit verletzt hatte.

»Tut mir leid«, hauchte ich und wandte abermals den Blick ab. Ich konnte ihn einfach nicht ansehen, konnte nicht ertragen, wie sehr ihn meine Worte und Gesten verletzten.

Bis ich mich selbst und meine Gefühle wieder unter Kontrolle hatte, konnte ich unmöglich mit ihm über irgendetwas sprechen, schon gar nicht über jene Nacht und was das für uns bedeutete. Wie sollte ich ihm Antworten für etwas liefern, auf das ich selbst keine hatte?

Ich brauchte Zeit und Abstand, und von beidem so viel wie möglich. Zugleich sträubte sich alles in mir, Jay noch weitere Worte an den Kopf zu werfen. Es war egal, was ich nun sagte oder tat, es würde ihm wehtun und ich wusste nicht, was schlimmer war: Dass ich ihn darum bat, mich in Ruhe zu lassen, bis ich wieder mit mir selbst im Reinen war, oder ob ich jetzt gleich mit ihm sprach und ihm sagte, was er hören wollte, dabei aber mich selbst verriet.

Jay löste mit seinen Worten und Handlungen Dinge in mir aus, die ich bisher für unmöglich gehalten hatte. Noch nie hatte ich auch nur mit einem Wimpernschlag in Erwägung gezogen, dass da mehr sein könnte. Es reichte, dass mich dieses Wirrwarr aus Gefühlen und Gedanken komplett einnahm, während Jay forderte, dass ich ihm Klarheit verschaffte. Wenn er wüsste, wie sehr ich mir das auch wünschte – einen klaren Gedanken und eine einfache Antwort.

Ich wusste ja selbst nicht, weshalb es derart kompliziert war. Doch da waren plötzlich diese Emotionen, die ich nie mit meinem besten Freund in Verbindung gebracht hatte und jetzt konnte ich sie nicht mehr verdrängen.

»Es braucht dir nicht leidzutun«, erwiderte er und machte es mir damit nur noch schwerer. Auch wenn seine Worte mir sein Verständnis zeigten, so zeugte das Glitzern in seinen Augen von dem Schmerz in seinem Inneren. Wie konnte er jetzt – nach alldem, was passiert war und nachdem ich einfach vor ihm weggelaufen war, so lieb sein? Verständnis zeigen, obwohl ich ihn drei Tage ohne Begründung ignoriert hatte.

»Ich möchte doch nur wissen, was ich falsch gemacht habe. Wieso du mir aus dem Weg gehst. Bitte sag mir, was das zwischen uns war.«

Da war sie. Die Frage, vor der ich Angst hatte. »Du hast nichts falsch gemacht.«

Es lag ja nicht an ihm. Ich war das Problem. Ich und meine dämlichen Gefühle. Damit beantwortete ich alles, was ich konnte. Denn ja, was war das zwischen uns gewesen? Warum konnte ich es nicht mit Sicherheit sagen? Ich kam mir so bescheuert vor, es derart unnötig kompliziert zu machen. Trotzdem konnte ich den Knoten in meinem Inneren nicht lösen.

Ich klammerte mich mit meinen Händen an den Riemen meines Rucksacks fest, als könnte ich daran Halt finden. Alles um mich herum schien sich zu drehen. Die Menschen, die auf dem Flur an uns vorbeiliefen, nahm ich lediglich als verschwommene Silhouetten wahr, registrierte kaum, dass wir nicht allein waren. Und doch war ich froh, im College zu sein. Es kam mir vor, als hätte ich so eine Fluchtmöglichkeit, obwohl ich mich gerade in die Enge getrieben fühlte.

Meine Emotionen fuhren Karussell. Mir war heiß und kalt. Ich dachte, ich könnte weglaufen und zugleich waren meine Füße wie angewurzelt am Boden. Ich wollte alles aus mir hinausschreien, Jay alles erzählen. Aber ich konnte ihm gar nichts erzählen. Nicht mehr.

»Ich weiß es nicht«, sagte ich und gestand ihm schließlich die Wahrheit. »Ich habe keine Ahnung, und ich kann dir zu diesem Zeitpunkt nicht sagen, was in dieser Nacht passiert ist. Bitte tu nicht so, als könnte ich allein die Antwort darauf liefern.«

Ein Schatten huschte über Jays Gesicht und Falten bildeten sich auf seiner Stirn. »Wie kann ich dir helfen? Was brauchst du?«

»Weihnachten sehen wir uns. Gib mir bis dahin Zeit.« Ich fasste den Entschluss, während ich ihn aussprach. In elf Tagen konnte viel passieren und in der Zeit konnte ich in mich selbst hineinhorchen, was ich eigentlich wollte, ohne Druck und mit Abstand.

Das lag nicht allein an jener Nacht mit Jay und an dem, was zwischen uns passiert war. Ich brauchte auch Abstand zu Liv und Cassy und Finn. Zu allen und allem, was mich die letzten Wochen verletzt hatte. Ich brauchte Zeit, um noch einmal über all die Ereignissen nachzudenken und um meinen Standpunkt in dem Durcheinander zu erkennen. Um mir klar zu werden, ob ich noch immer dieselbe Grace war und wer ich sein wollte. Wie ich mich mit den Ereignissen fühlte und wie ich in Zukunft damit umgehen wollte.

Dafür brauchte ich Zeit. Für mich. Allein.

»Gib mir Zeit bis Weihnachten«, wiederholte ich und konnte nur beobachten, wie Jay nun sprachlos vor mir stand. Er sackte förmlich in sich zusammen, als hätten ihn schlagartig alle Kräfte und Hoffnungen verlassen.

»Okay«, kam es schließlich von ihm, obwohl für ihn offensichtlich nichts in Ordnung war. Dass nichts zwischen uns okay war. Und dennoch ließ er mir abermals den Freiraum, dass ich mich selbst in dem Chaos wiederfand. Damit ich mich nicht ganz verlor.

Bevor ich mich umwandte und in der Menge verschwand, um zur ersten Vorlesung zu gelangen, sah ich ihm ein letzten Mal in die Augen. »Danke.«

***

Den Tag über hatten Cassy, Liv und ich unterschiedliche Vorlesungen besucht, sodass wir uns am späten Nachmittag vor dem College trafen. Als ich aus der Tür trat, warteten die beiden bereits. Sie bemerkten mich nicht, schienen voll und ganz in ihr Gespräch vertieft. Livs Gesicht war gerötet.

Sie weinte.

Die Erkenntnis traf mich wie ein Schlag. Wenn Liv weinte, musste irgendetwas Drastisches passiert sein. Ansonsten war sie eher taff und nicht leicht unterzukriegen.

»Wir können das Treffen auch verschieben«, hörte ich Cassy sagen und alles in mir zog sich zusammen.

Doch Liv schüttelte den Kopf. »Nein, ihr könnt das nicht schon wieder meinetwegen abblasen. Außerdem brauche ich euch heute Abend. Ich packe das sonst nicht.«

»Was ist passiert?« Als ich mich zu Wort meldete, zuckten beide meine Freundinnen zusammen. Liv wischte sich hastig die Tränen mit dem Ärmel vom Gesicht, als würde sie sich schämen, dass ich sie so sah. »Das erzähle ich dir, sobald wir bei Cassy sind. Erst einmal möchte ich von diesem Gelände weg und mich irgendwo verkriechen. Hauptsache, keine Aufmerksamkeit mehr.«

***

Sie schmiss sich neben mir auf das Bett und richtete den Blick ins Nirgendwo. »Wieso muss denn immer alle so kompliziert sein?« Sie ließ einen tiefen Seufzer hören, während Cassy sich ebenfalls in die Kissen sinken ließ. Ich blieb auf dem Bettrand sitzen und musterte die beiden.

»Ich meine …«, setzte sie an, stockte und ihr Blick wurde glasig. Liv schluckte. »Ich meine, wieso denn ausgerechnet jetzt? Hasst mich das Schicksal? Es war alles so perfekt …«

»Livy«, hauchte Cassy mitfühlend und legte eine Hand auf ihren Oberschenkel. »Es wird alles gut.«

»Wie denn? Ja, es war absehbar und zu erwarten. Jeder in seinem Umfeld wusste es – ich war so blind. Jeder wusste, was mit dem Erfolg einhergehen würde und dass sich dadurch unsere Wege trennen würden.«

»Was?« Sofort war ich hellwach und wirbelte zu den beiden herum. »Jetzt spannt mich nicht unnötig auf die Folter, kann mir einer von euch beiden bitte sagen, worum es hier geht?«

Cassy und Liv sahen erst einander an, bevor Liv ihren Blick zur Zimmerdecke richtete. Sie war kurz davor, erneut in Tränen auszubrechen. Unwillkürlich fühlte ich mich schlecht, dass mein Körper so auf ihre Worte reagierte und ich wissen wollte, was zwischen ihr und Finn passiert war. Denn es musste um die beiden gehen. Livs Zustand nach zu urteilen, musste Finn sie ziemlich verletzt haben.

»Finn wird wegziehen«, übernahm Cassy, als absehbar war, dass Olivia nichts sagen konnte, ohne erneut zusammenzubrechen.

Mir wurde schwindelig und ich setzte mich aufrechter hin, nachdem mir allmählich die Bedeutung der Aussage klar wurde. »Was?«, hakte ich dennoch nach, weil ich es nicht recht glauben konnte.

»Liv und ich haben schon darüber gesprochen, dass es jederzeit passieren könnte und dass sie sich darauf vorbereiten soll.« Es war eben doch noch einmal etwas anderes, wenn es dann so weit war. Cassy brauchte das gar nicht zu sagen, denn auch ohne dass diese Antwort im Raum stand, konnte ich sie förmlich aus der Luft greifen.

»Es hätte ja auch genauso gut nicht eintreten können. Vielleicht hätten sie Finn hier in der Nähe in eins der Nachwuchsteams aufgenommen«, erwiderte Liv und schluchzte. Damit war der Damm bei ihr gebrochen und erneut bildeten sich kleine Flüsse auf ihren Wangen. »Wieso denn am anderen Ende des Landes? Ich verstehe es nicht.«

»Du kannst ihn ja jede Semesterferien besuchen. Und auch zwischendurch gibt es immer wieder Wochenenden, wo ihr euch sehen könnt oder wenn er Spiele hier in der Nähe hat«, sagte Cassy und versuchte, sie aufzumuntern. »Am anderen Ende des Landes heißt ja nicht aus der Welt.«

»Aber das ist nicht dasselbe.« Livs Gesicht fiel in ihre Hände und ihr Körper bebte.

Wie gut ich sie in diesem Moment doch nachvollziehen konnte. Wie auch mein Innerstes auseinanderzufallen drohte, während ich mir den Kopf darüber zerbrach, ob ich einen guten Freund verloren hatte. Wie auch Liv nun fürchten musste, ihren zu verlieren. Und auch wenn das zwischen Jay und mir keine Beziehung war, wusste ich genau, was Liv gerade fühlte. Dabei wusste sie nicht, was in mir vorging und konnte es auch nicht erahnen. Weil sie die letzten Wochen bloß über sich selbst und über Finn gesprochen hatte. Seit ich damit aufgehört hatte, über ihn zu reden. Als hätten wir die Plätze getauscht.

Cassy schlang ihre Arme um unsere Freundin. Ihre schwarzen Haare hingen ihr dabei ins Gesicht und sie warf mir einen mitfühlenden Blick aus den dunklen Augen zu. Als würde zumindest Cassy meine Maske durchschauen und mich neben Liv und ihren Problemen bemerken. Wobei ich mir zugleich unfair vorkam, Liv zu unterstellen, sich nicht mehr für mich zu interessieren und schon gar nicht für meine Gefühle.

Vielleicht hatte ich es nach allem auch nicht anders verdient, dass sich Livs und meine Rolle so gewandelt hatte. Dass sie nicht mehr fragte, wie es mir ging, und dass sie stattdessen sich selbst in den Vordergrund stellte, nachdem sie wochenlang geschwiegen und mir zugehört hatte. Vielleicht war es ihre stille Rache an mir, dafür, dass ich fast alles getan hatte, damit sie nicht mit Finn zusammen kam.

»Natürlich ist das nicht dasselbe, da hast du recht«, gab ich meinen Senf dazu. »Aber ihr findet garantiert eine Möglichkeit, euch trotzdem noch häufig zu sehen, wie Cassy schon sagt. Wenn ihr euch über die Weihnachtsferien zusammensetzt, fallen euch bestimmt ganz viele Optionen ein.«

»Denkst du, wir hätten nicht schon darüber geredet?« Liv befreite sich aus Cassys Armen und ihr vorwurfsvoller Blick traf mich.

Doch. Natürlich hatten sie schon miteinander gesprochen. Allerdings hätte ich ihr nun liebend gern an den Kopf geworfen, dass ich bloß sichergehen wollte, dass sie nicht schon vor einem vernünftigen Krisengespräch den Teufel an die Wand malte. Denn fast machte es den Anschein, als hätte Liv zwar die Tatsache erfahren, aber weder sie noch Finn hatten sich ernsthaft darüber unterhalten, was das für sie bedeutete und was sich nun am besten machen ließ.

Ich zuckte jedoch nur mit den Schultern. Mir fehlte schlichtweg die Kraft, um mich mit ihr anzulegen. Also schwieg ich und ließ mich von meinem inneren Chaos auffressen. Ja, es war schlimm, solche Neuigkeiten zu erfahren, und vermutlich hätte ich ähnlich reagiert, wäre es mein Freund gewesen. Von außen ließ es sich schließlich häufig objektiver oder zumindest mit kühlerem Kopf beurteilen.

Wäre es mein Freund gewesen.

Der Satz hallte in meinen Gedanken wider und sorgte dafür, dass sich in meinem Hals erneut ein Kloß bildete. Wenn Finn mich nicht nur nach der Party nach Hause gebracht hätte, sondern geblieben wäre. Wenn er Liv nicht bei diesem Interview kennengelernt hätte ... Ich könnte es ewig so fortführen.

»Die Idee von Grace ist doch gar nicht so schlecht, Honey«, wandte sich Cassy an sie und nahm damit zugleich die Spannung aus der Luft.

Dankbar blinzelte ich meine Freundin an, die sich nun bereits so oft zwischen Liv und mich gestellt hatte. Ohne sie wäre es vielleicht schon häufiger zu einem Konflikt zwischen uns gekommen, und dafür war ich Cassy unglaublich dankbar.

»Gib euch beiden ein paar Tage, um darüber nachzudenken und das Ganze zu verdauen. Finn hat es sicher auch überrumpelt, dass er tatsächlich so weit weg von zu Hause wohnen und trainieren soll. Ihr müsst jetzt mehr als zuvor füreinander da sein und euch gegenseitig stärken. Steckt nicht den Kopf in den Sand.« Sie nickte Liv zu, sah kurz zu mir, um dann wieder unserer Freundin die volle Aufmerksamkeit zu schenken. »Hör mal, Darling. Ihr habt schon so vieles gemeinsam gemeistert. Da können euch ein paar Meilen rein gar nichts und Finn ist doch nun wirklich kein Typ, der dich einfach links liegen lässt, nur weil er nun umzieht. Er weiß dich zu schätzen und das ist auch gut so. Du bist so ein großartiges Mädchen. Das gilt für dich im Übrigen auch, Grace. Ich bin so stolz auf euch beide. Und jetzt schaltet ihr den Rest des Abends bitte einmal eure Gedanken aus und wir genießen die Zeit zu dritt.«

Wieder einmal hatte Cassy es geschafft, mir Mut zu machen. Ich rang mir ein Lächeln auf die Lippen und rückte näher zu den beiden. Währenddessen wischte sich Liv die Tränen ab und schnaubte sich die Nase.

»Danke«, murmelte sie in das Taschentuch.

Damit wagte niemand von uns, das Thema den Abend über noch einmal in den Mund zu nehmen oder auch nur einen Satz in Richtung Jungs fallen zu lassen. Obwohl ich an nichts anderes dachte. Jay nahm mich komplett ein und damit auch die Erinnerungen und Bilder von Finn und Liv in den letzten Wochen. Es war ein einziges Durcheinander und obgleich mich die Wellen trugen, drohte ich mittlerweile, in ihnen zu ertrinken.

Die Stimmung war im Keller und auch wenn Cassy immer wieder mit neuer Nervennahrung um die Ecke kam und uns mit witzigen Kommentaren zu den Weihnachtsfilmen aufheitern wollte, gelang es ihr nur mäßig. Die Filme zogen in bunten Bildern und ohne Bedeutung an uns vorbei. Liv und ich mussten in Kombination eine wirklich bombastische Gesellschaft für sie sein.

Während Liv fürchtete, Finn zu verlieren, so hoffte ich im Stillen, dass Jay keine Gefühle für mich hatte, und doch kribbelte mein Inneres jedes Mal wieder, wenn ich an seine Berührungen oder Blicke dachte.

Mit diesem Gedanken überkam mich ein flaues Gefühl. War es das gewesen, was ich in seinem Blick gesehen hatte? Wir hatten gar nicht thematisiert, ob das für beide Seiten ein Ausrutscher gewesen war. Jay hatte nicht von mir hören wollen, dass ich keine Gefühle für ihn hatte. Ob er sich gerade das erhoffte? Diese Möglichkeit legte sich wie Klauen um meinen Brustkorb und klammerte sich fest.

Was, wenn Jay Gefühle für mich hatte? Wieso sonst hatte er mir die ganze Zeit geschrieben, und doch mit keinem Wort erwähnt, dass es für ihn nichts bedeutete? Dass er es genau wie ich einfach vergessen würde? Und vor allem, wieso hatte ich ihm nicht gesagt, dass es bedeutungslos für mich war, sondern nur um Bedenkzeit gebeten?

Ununterbrochen knetete ich meine Hände. Vielleicht sollte ich es Liv und Cassy gegenüber doch ansprechen? Es fühlte sich falsch an, wo Liv gerade von ihren Problemen mit Finn gesprochen hatte. Ich wollte mich nicht in den Vordergrund drängen. Nachher fasste Liv es noch so auf, als dass ich ihre Probleme nicht ernst nahm und egoistisch war.

Deshalb schwieg ich lieber und schaute immer wieder auf mein Handy. Es beunruhigte mich, dass ich insgeheim die Hoffnung hatte, Jay würde mir trotzdem schreiben. Obwohl ich ihn um Abstand und Zeit gebeten hatte. Ich wünschte mir, er würde schreiben und einen Vorschlag machen, eine Lösung liefern. Doch am meisten vermisste ich es, mich einfach mit ihm auszutauschen. Dass er da war und ich wusste, dass ich über alles mit ihm reden konnte. Nun war da ein Loch, als hätte mir jemand einen Teil von mir genommen.

Als könnten Kekse dieses Loch stopfen, futterte ich irgendwann die selbstgemachten Plätzchen, die Cassy mit ihrem Vater gebacken hatte. Zumindest betäubte die Schokolade die schier endlose Verzweiflung in mir und hüllte mich wie in Watte. Trotzdem starrte mich immer wieder mein Handydisplay an, gähnende Leere erstreckte sich darauf. Keine neuen Nachrichten. Deshalb öffnete ich schließlich den Chat mit Jay, als könnte das etwas daran ändern, wenn ich sah, ob er online war oder nicht. Ob er auch gerade an mich dachte und womöglich ebenfalls über der Tastatur hing.

Und wenn ich ihm doch schrieb? Nur eine kurze Nachricht, dass alles in Ordnung war. Aber es wäre eine Lüge. Und ich konnte und wollte Jay nicht in meinen Strudel aus Gefühlen hineinziehen. Denn das war ein Kampf, den ich allein kämpfen musste.

Er starrte mich von seinem Profilbild aus an, als wüsste er genau, was für ein Sturm in mir tobte. Das Foto war im Herbst nach einem der Football-Spiele entstanden. Ich erinnerte mich genau daran, wie ich nach dem Spiel auf Jaydon vor der Umkleidekabine gewartet hatte und er schließlich mit zerzausten Haaren und in frischen Trainingssachen vor mir aufgetaucht war. Eine Hand hatte er in seinen blonden Haaren vergraben und den Kopf leicht geneigt. Mit breitem Grinsen entblößte er seinen weißen Zähne und wenn man genau hinsah, konnte man auf seiner Nasenspitze Sommersprossen erkennen. Er trug den blauen College-Pullover, der unser Logo zeigte. Seine weiße Sporthose wies ebenso blaue Streifen an den Seiten auf.

Mein Blick wanderte zurück zu seinem Gesicht und ich konnte nicht wegsehen. Obwohl wir noch am Vormittag miteinander gesprochen hatten, kam es mir wie eine

Ewigkeit vor. Als hätten wir seit Wochen oder Monaten kein Wort gewechselt. Ich vermisste ihn. Aber das konnte ich ihm nicht sagen, weil ich nicht wusste, wie. Und weil es mir Angst machte. Was, wenn es doch mehr war, als ich je zu denken gewagt hatte? Mehr, als ich mir jemals erhofft hatte?

Seine braunen Augen konnte ich nicht anlügen.

Niemals.

Kapitel 9 – Jaydon Carter

15. Dezember, 09:44 Uhr

Zeit ist manchmal doch eine Lösung

Sechs Tage. Und ich hatte jeden einzelnen davon an Grace gedacht. Jede Stunde, jede Minute, seit sie mich in meinem Zimmer hatte sitzen lassen. Immerzu sah ich ihr Gesicht vor mir und wie sie mich von sich gestoßen hatte.

Diese eine Nacht mit ihr hatte mir alles bedeutet. Ich wollte sie nicht verlieren und doch konnte ich sie seitdem noch viel weniger bloß als eine Freundin betrachten. Immerzu sah ich sie vor mir, spürte ihre Hände auf mir.

»Weihnachten sehen wir uns. Gib mir bis dahin Zeit.«

Wenn wir uns im College begegneten, wich sie meinem Blick aus, aber ich konnte ihr ansehen, dass es auch ihr nicht leichtfiel. Was, also, war es gewesen? Wieso hatte sie sich auf mich eingelassen, wenn sie mich nun einfach fallen ließ? Wieso brauchte sie Zeit, wenn ihr das gar nichts bedeutet hatte? Ich verstand sie nicht und das machte mir Angst, bereitete mir Bauchschmerzen. Die sonst immer so selbstbewusst und zielstrebige Grace wusste einmal nicht, was sie wollte, und das machte es noch schlimmer. Dass sie nun vor mir weglief und nicht mehr wusste, was in ihr vorging. Ich hatte keine Ahnung, ob das ein gutes oder ein schlechtes Zeichen war.

Jahrelang hatte ich die Gefühle für sie einfach heruntergeschluckt und ignoriert. Jahrelang hatte ich mein Herz ignoriert und dieses Kribbeln, das sie in mir auslöste. Hatte die Gänsehaut ignoriert, die sich auf meinen Armen bildete, wenn sie lachte. Und nun hatte ein Abend mit ein bisschen Alkohol gereicht, um diese Dinge nicht länger zu ignorieren. Dass ich einfach über meinen Schatten gesprungen war. Und vielleicht war es nun dieser Sprung gewesen, der mir etwas besonders Wertvolles genommen hatte: echte Freundschaft.

Es würde nie wieder sein, wie früher. Dennoch hatte ich plötzlich eine Idee, wie ich ihr etwas aus den letzten Jahren zurückgeben konnte. Wie ich dennoch gleichzeitig festhalten und loslassen konnte, was Grace und mich miteinander verband. Und vor allem, wie ich gedanklich bei ihr sein konnte, ohne daran zu zerbrechen.

Nach der Arbeit in der Werkstatt meines Vaters konnte ich gewiss etwas Zeit herausschlagen, in der ich an einem Weihnachtsgeschenk für Grace tüfteln konnte. Und ich hatte auch schon eine Idee, womit ich ihr in diesem Jahr eine Freude machen konnte.

***

Die Stunden, in denen ich meinem Vater in der Werkstatt helfen durfte, verflogen. Mit jedem Handgriff, mit jedem Projekt, das ich begleitete, fühlte ich mich sicherer. An etwas zu arbeiten und am Ende des Tages zu sehen, was ich geschafft hatte, machte mir Mut. Gerade jetzt, wo mir alles aus den Händen zu gleiten schien und ich gar nichts unter Kontrolle hatte, tat es besonders gut.

Zudem hätte ich nicht gedacht, dass mich die gemeinsame Arbeit mit meinem Vater so stärken könnte. Sein Zuspruch, seine Begeisterung, wenn er mir etwas erklärte und dass wir stundenlang schweigend und doch in völligem Verständnis für- und miteinander in der Werkstatt schuften konnten, hätte ich vor einigen Jahren nicht für möglich gehalten.

Obwohl mir mein Vater immer den Rücken gestärkt hatte, so waren wir auch oft anderer Meinung, was alltägliche Dinge betraf. Aber egal, wie oft wir aneinandergeraten waren, am Ende des Tages waren wir stets versöhnt ins Bett gegangen – darauf hatte meine Mutter Wert gelegt und das wusste ich bis heute an ihr zu schätzen.

Nun neben meinem Dad zu arbeiten und einfach zufrieden mit dem zu sein, was man tat, das erfüllte mich. Und endlich fühlte ich mich irgendwo richtig angekommen. Als hätte ich etwas gefunden, das ich nie gesucht hatte, und war genau da, wo ich hingehörte.

Auch heute musste ich lächeln, als ich an meiner kleinen Werkbank stand, die er mir freigeräumt hatte. Da der schmale Tisch in einer der Ecken platziert war, hatte ich den gesamten Raum im Überblick. So konnte ich von hier aus meinen Vater dabei beobachten, wie er in gleichmäßigen Zügen eine Holzplatte schliff. In den letzten Wochen waren viele Aufträge für neue Tischplatten eingegangen, in deren Holz noch die Maserung des Baumstamms zu sehen war.

Ich selbst hatte diese Tätigkeiten die letzten Tage übernommen und schliff aktuell die Beine für einen dieser Tische. Immerzu dachte ich an Grace und wie sie mich angesehen hatte, nachdem sie ihren Spind geschlossen hatte. Dieser Schock in ihrem Gesicht, mir so unerwartet gegenüberzustehen. Vor einer Woche hatte sie noch gestrahlt, wenn unsere Blicke sich getroffen oder ich sie auf dem Collegeflur überrascht hatte. Und nun?

Als ich mit den ersten beiden Tischbeinen für heute fertig war, war mein Kopf wie leergefegt. Befreit von dem Knoten meiner Gedanken, stand ich auf und streckte den Rücken durch.

Während ich das geschliffene Bein betrachtete, fielen mir kleinere Unebenheiten im Holz auf, die ich morgen noch nacharbeiten sollte. Dabei dachte ich wieder an Grace und dass ich ihr Zeit geben musste. Vielleicht konnte nicht alles mit mehr Zeit gut werden. Vielleicht war für manche Dinge nie genug Zeit.

Mit einem Ärmel wischte ich mir über die schweißnasse Stirn und seufzte. Heute war wirklich ein produktiver Tag gewesen. Doch meine gute Laune schwand, als ich mein Handy hervorholte und die Liste mit Anrufen entdeckte, die auf meinem Display auftauchten.

Mein Herz sprang mir schlagartig fast aus der Brust und ich legte eine Hand darauf, als könnte ich es so verhindern. Keine einzige Nachricht von Grace. Dafür unzählige von Alex und Finn. Ein heißer Schauer jagte meinen Rücken hinauf, als ich mit feuchten Fingern den Chat mit Alex öffnete.

Alex, 16:03 Uhr
Sag mal, wo bist du???
Das ist jetzt das zweite Training, bei dem du diese Woche nicht dabei bist. Was ist los?

Finn, 16:14 Uhr
Ich verstehe es nicht. Seit wann sagst du Treffen nicht mehr ab? Dass du es einmal vergisst, ja, meinetwegen. Aber jetzt gleich NOCH MAL???
Wir sind jetzt drinnen, wenn du noch nachkommen magst.

Mit jedem Satz, den ich las, zog mich der Boden mehr an und ich fühlte, wie ich in mich zusammensackte. Der Tag war so schön gewesen ...

Wie hatte ich unser Training nur vergessen können? Alex hatte recht. Es war nun schon das zweite Mal, das sich derart in meine Arbeit versunken gewesen war, dass ich die Zeit aus den Augen verloren hatte, zugleich meine Gedanken so weit weg waren, dass ich es nicht nur zeitlich, sondern komplett verdrängt hatte. Sofort breitete sich das schlechte Gewissen in mir aus. Was sollte ich jetzt schreiben?

Jaydon, 16:57 Uhr
Sorry.
Hab's total vergessen. Schaffe es heute nicht mehr. Tut mir leid.

Dafür würden sie mich morgen im richtigen Mannschaftstraining einen Kopf kürzer machen. Mindestens.

Seit die Spielsaison sich näherte, trafen wir uns zu dritt an unterschiedlichen Tagen die Woche, um zusätzlich zu trainieren. Auch wenn es mir Spaß machte und mich motivierte, so sah ich dennoch jedes Mal, dass Finn und Alex vieles leichter fiel. Dass sie Bewegungsabläufe und Übungen für Ausdauer und Kraft besser bewältigten als ich.

Doch das war nicht der alleinige Grund für meinen Frust. Denn in ihren Augen fand ich das Feuer und die Leidenschaft für diesen Sport, den auch ich einmal gehabt hatte. Die Motivation und den Ehrgeiz, es bis ganz nach oben zu schaffen. Das fand ich bei mir nicht mehr. Auch ich hatte einmal dafür gebrannt, aber seit den letzten Spielen fragte ich mich, ob ich das noch wollte und konnte. Dieser ständige Leistungsdruck, die unzähligen Spiele und Trainings und weiteren Spiele und weiteren Trainings und das jedes verdammte Wochenende, jeden Nachmittag die Woche.

Vielleicht hatte mich all das mal erfüllt, aber gerade nicht. Dieser Gedanke machte mir Angst. Denn je häufiger ich darüber nachdachte, desto greifbarer wurde es.

Am laufenden Band ging ich durch, wann ich meinen Spaß an dem Sport verloren hatte und wie ich ihn wiederfinden konnte. Ich sprach mit niemandem darüber, denn alle in meinem Umfeld würden mir sagen, dass das nur eine Phase sei und die schon wieder vorbeigehen würde. Auf der anderen Seite hörte ich bekannte Spieler und meinen Coach, Profisportler, die in die Kameras sagten, dass es eben kein Zuckerschlecken war und man manchmal richtig kämpfen musste. Dass man sich bloß reinhängen musste, damit es wieder leichter wurde.

Vielleicht.

Vielleicht auch nicht.

Mit schweren Schritten lief ich in die Lagerhalle – einen Raum, den mein Vater selbst an die Werkstatt angebaut hatte und der noch durch mehrere Schuppen und offene, überdachte Lagerplätze hinter unserem Haus ergänzt wurde.

Ich stand eine ganze Weile vor den hohen Regalen und starrte die Holzblöcke an. Nahm einen nach dem anderen heraus, um sie doch wieder zurückzulegen. Keiner schien mir perfekt genug für das, was ich machen wollte. Ich stieß ein frustriertes Schnauben aus und machte mich auf den Rückweg zu meinem Platz, als mein Vater mir entgegenkam.

»Kann man dir helfen?« Er musterte mich interessiert, als wüsste er genau, dass ich etwas vorhatte, was nicht zur Arbeit gehörte.

»Ich suche irgendwas aus dunklerem Holz, was sich gut schnitzen und schleifen lässt«, überlegte ich laut. »Aber die Stücke in der Halle sind alle zu groß. Ich würde nur ungern eines davon zerkleinern.«

»Geh mal zu Andy.« Mein Vater deutete auf einen stämmigen Mann, der zwei Tische weiter neben meinem werkelte. »Der müsste noch Reste haben und sonst findest du in den Kisten am Rand der Halle Kleinkram, den wir nur noch für wenige Sachen verwenden können. Hilft dir das?«

An die Kisten hatte ich gar nicht gedacht. Dankbar lächelte ich meinen Dad an. »Das ist super, danke.«

»Ach, Jaydon.« Er hielt er mich auf, als ich schon loslaufen wollte. »Wenn die Mitarbeiter heute gehen, magst du nachher mit mir gemeinsam die Weihnachtskörbe verteilen?«

Es war Tradition in seiner Firma, dass er zu Weihnachten und zu Geburtstagen kleine Präsente an die Kollegen verteilte. Ich hatte den Brauch schon immer toll gefunden, weshalb ich nun keine Sekunde zögerte. »Klar, dabei helfe ich dir gern.«

Zufrieden nickte mein Vater, dann wandte er sich ab und ich machte mich auf die Suche nach dem Holzstück, das ich mir vorstellte.

Als ich schließlich fündig wurde, atmete ich erleichtert durch. Doch kaum an meinem Platz zurück, wurde mir bewusst, dass mir die Zeit davonlief und es nur noch knapp eine Woche bis Weihnachten war. Dass mir dieses Projekt einiges abverlangen würde. Aber es wurde sich lohnen. Jede einzelne Schweißperle, jeder Gedanke.

Denn ich wusste, wofür ich das tat. Zumindest redete ich mir das ein. Denn selbst wenn ich damit nicht das bezweckte, was ich mir erhoffte, dann würde es ein Abschied sein. Dann konnte ich nicht nur all meine Gefühle hineinstecken, die ich für Grace hatte, sondern all diese Gefühle damit verschenken und loslassen, konnte sie gehen lassen, wenn Grace sich falsch entschied. Gegen uns.

Kapitel 10 – Grace Collin

24. Dezember, 6:10 Uhr

Weihnachten oder der Tag, der nie kommen sollte

Am liebsten wäre ich im Bett liegen geblieben und hätte den Tag mit einer *Skip*-Taste übersprungen. Dabei war ich immer ein Mädchen gewesen, das Weihnachten gern gefeiert hatte. Nur eben nicht dieses Jahr.

Meine Wimpern klebten noch aneinander, als ich einen verschlafenen Blick auf mein Handy wagte. Sofort sank ich stöhnend in die Kissen zurück. Das hatte mir gerade noch gefehlt. Diese zwei Worte. Wie konnte eine einzige Nachricht einem so viel bedeuten und zugleich solch ein Chaos in einem selbst auslösen?

Jaydon, 00:14 Uhr
Frohe Weihnachten, Gray.

Alles in mir zog sich zusammen, wenn ich auch nur daran dachte, Jay heute gegenüberzutreten und mit ihm zu reden. Vor unseren Eltern so zu tun, als wäre alles normal und nichts passiert.

Immerhin waren nun alle Klausuren überstanden und ich konnte mich voll und ganz auf die Vorbereitung für das Trainings-Camp konzentrieren. So wäre es zumindest der Plan gewesen, wenn dieser eine Abend nicht passiert wäre.

Ich hatte noch immer keine Ahnung, was ich dazu sagen sollte. Dass ich den Kuss erwidert und mich auf Jay eingelassen hatte, hatte sich nicht falsch angefühlt, aber das war es. Falsch. Wir waren beste Freunde gewesen und nun, so kurz nachdem Liv mit Finn zusammengekommen war, kam es mir verkehrt vor. Unfair Jay gegenüber.

Selbst wenn er nicht gewusst hatte, dass ich für Finn – seinen besten Freund – bis vor wenigen Wochen alles getan hätte. Ich wusste es. Und das reichte, damit es sich falsch anfühlte, mich nun mit meinen verletzten Gefühlen auf Jay zu stürzen. Bloß weil er da war und weil wir uns vertrauten. Ich wollte seine liebevoll Art nicht ausnutzen und mir die Gefühle geben lassen, die ich gerade brauchte. Nicht, weil ich ihn liebte.

Ich wusste, wie sehr ich Jay damit verletzte, und es tat auch mir weh. Denn obwohl wir uns schon ewig kannten, so war mir doch bewusst, dass das, was zwischen uns passiert war, nicht einfach nur dem Alkohol zuzuschreiben war.

Obwohl mich die Nachricht traf, so zeigte sie mir zugleich, wie sehr ich mir in den letzten Tagen ein Lebenszeichen von Jay gewünscht hatte, irgendetwas. Denn es war, als würde mir jemand mit dieser Nachricht einen Teil des Gewichts von den Schultern nehmen, das seither auf mir lastete.

Grace, 6:22 Uhr
Frohe Weihnachten, Jay.

Ich schickte die Nachricht ab, bevor ich es mir anders überlegen konnte, und sprang dann aus dem Bett. Den

Tag über würde ich dringend Ablenkung brauchen, damit der Abend schnell da war. Ich brauchte Zeit allein, um Jays Geschenk einzupacken, die Karte zu schreiben und um zu wissen, was ich abends sagen sollte. Denn zugleich wünschte ich mir, der Abend würde nie kommen.

Mit gemischten Gefühlen trat ich in den Flur, wo mir bereits der Duft nach Plätzchen entgegenkam und leise Weihnachtsmusik zu mir hinaufklang. Schien ganz so, als wäre auch meine Mutter aus dem Bett gefallen und hatte schon mit den Vorbereitungen für den Abend begonnen.

Ich freute mich jedes Jahr aufs Neue, sie dabei zu unterstützen und die letzten Dinge im Haus zu schmücken. Meistens bereiteten wir dann das Essen für den Abend vor oder die Mitbringsel, bevor Jays Familie dann zu uns kam. Heute freute ich mich besonders über diese willkommene Ablenkung.

***

»Du siehst fertig aus«, stellte meine Mutter fest, als wir uns gemeinsam daran machten, den Tisch für den Abend zu dekorieren und die Teller darauf verteilten. Anstelle einer Antwort zuckte ich bloß mit den Schultern, sodass meine Mom in der Bewegung innehielt und mich mit schräg gelegtem Kopf musterte.

»Ich hab einfach viel trainiert«, murmelte ich, weil ich nicht wusste, wie ich ihr das Chaos der letzten Wochen sonst beibringen sollte. Dass ich in Finn verliebt und dieser nun mit Liv zusammen gekommen war, war für sie kein Geheimnis, und sie konnte sich vermutlich denken, dass es mich noch immer beschäftigte.

»Du warst wirklich viel unterwegs die letzte Zeit«, stimmte sie beinahe nachdenklich zu.

»Es stehen ja auch die NFC-Meisterschaften in Florida an«, half ich ihr auf die Sprünge und rang mir ein Lächeln ab. »Ich möchte einfach das Beste aus mir herausholen.«

»Aber sicher.« Ihre Stimme war warm, als sie mir antwortete, um den Tisch herumkam und ihre Arme um mich schlang. »Du warst schon immer so ehrgeizig. Das zahlt sich gewiss auch dieses Mal aus. Ich bin stolz auf dich.«

Ein Kloß bildete sich in meinem Hals, während ich nickte und mich an sie drückte. Wieder einmal sah ich mich mit dem vertrauten Leistungsdruck konfrontiert. So, wie sie es sagte, wollte ich es nun auch wirklich perfekt machen. Ich durfte nicht versagen, hatte Angst, sie zu enttäuschen.

»Jetzt backen wir die restlichen Plätzchen für heute Abend! Dein Vater dürfte auch gleich zurück sein – der hat sich glücklicherweise erbarmt und den Einkauf mit den fehlenden Zutaten für das Festmahl erledigt.« Sie schob mich ein Stück von sich und strahlte mich an. Ihr Lächeln war ansteckend und damit löste sich auch das Engegefühl in meiner Brust.

Es war wirklich fast wie jedes Jahr. Mein Vater besorgte die letzten Dinge, währen ich Mom im Haushalt half. Auch jetzt zeichnete sich bereits Mehl auf ihrer Schürze ab, die sie vor ihr dunkelblaues Kleid geknotet hatte.

Als sie meinen Blick bemerkte, kicherte sie und hielt sich eine Hand vor den Mund. Mit der anderen zog sie mich in die Küche und deutete zum Ofen. Damit fand ich auch die Ursache für den Zimtgeruch, der sich im ganzen Haus verbreitet hatte. »Ich habe schon ein bisschen Vorarbeit geleistet, weil ich nicht wusste, wie lange du noch schläfst. Aber jetzt kannst du mich liebend gern unterstützen.«

Schneller als ich wusste, was geschah, hatte sie mit einem Finger in die Schale neben sich getippt und stupste mich an der Nase an, sodass ich gewiss einen Fleck Mehl darauf hatte.

»Hey!«, beschwerte ich mich. Das konnte ich schlecht auf mir sitzen lassen.

Deshalb tauchte nun auch ich einen Finger in die Schale und startete den Gegenangriff. Ich liebte es, mit meiner Mutter zusammen zu kochen. Es fühlte sich nicht an, als wäre sie meine Mom, sondern eine Schwester.

Kapitel 11 – Jaydon Carter

24. Dezember, 17:49 Uhr

Antworten muss man manchmal erzwingen

Als Grace die Tür aufriss, war es zu spät. Ich konnte nicht mehr weglaufen, konnte meinen Eltern nichts von wegen plötzlichem Unwohlsein vorgaukeln. Ich musste mich den Ängsten stellen, die mich seit über zwei Wochen auffraßen.

Ihr nach so langer Zeit gegenüberzustehen, brachte meine Welt zum Stillstand. Ihre roten Haare fielen in Wellen um ihr Gesicht und ihren Rücken hinunter. Jedes Jahr zu Weihnachten trug sie ein dunkelgrünes Kleid, das ihre Taille betonte und in ihrem V-Ausschnitt lag eine silberne Kette mit einem kleinen Elefanten-Anhänger.

Je länger ich sie musterte, desto mehr nahm mich das Gefühl ein, die Zeit würde stillstehen. Es war, als würde alles um mich herum einen Moment einfrieren und jeder hielt den Atem an – wie auch ich.

Als sich unsere Blicke trafen, wandte sie sich eilig ab und richtete ihre volle Aufmerksamkeit wieder auf meine Eltern. Das Spiel ging also weiter. Sie würde mich den ganzen Abend ignorieren, wie sie es die letzten Wochen getan hatte. War das ein gutes Zeichen? Oder eher nicht? War sie sich noch unsicher oder wollte mir ihre Entscheidung nicht jetzt schon auf die Nase binden?

Hatte ich erst geglaubt, mein Herzschlag würde meinen gesamten Körper einnehmen, so erdete er mich nun. Die Realität brach ernüchternd über mich herein, während mein Puls sich beschleunigte. Wie sollte ich ihr einen ganzen Abend gegenübersitzen und so tun, als wäre nichts gewesen? Meine Hände waren jetzt schon schweißnass und ich glaubte nicht, irgendeinen sinnvollen Satz herausbringen zu können. Alles, was ich tat – allein wie ich vor ihr stand –, fühlte sich seltsam an.

Grace war so viel mehr als nur eine beste Freundin für mich. Das wurde mir nun bei ihrem Anblick wieder bewusst. Nach all den Tagen, die wir uns nicht gesehen oder gehört hatten, zog sich meine Brust nun umso mehr zusammen, wenn ich in ihre grünen Augen sah. Warum ignorierte sie mich?

»Grace!«, begrüßte meine Mutter sie überschwänglich und schlang ihre Arme um sie. »Toll siehst du wieder aus.«

Röte bildete sich auf ihren mit Sommersprossen besetzten Wangen und verlegen senkte sie den Blick, bevor sie wieder hochsah. »Danke. Kommt doch rein.« Einladend deutete Grace an sich vorbei ins Innere des Hauses.

Dann drückte auch mein Dad sie an sich und lachte herzlich auf. Mit seinem Vollbart sah er an Weihnachten immer ein bisschen aus wie Santa Claus persönlich, nur mit dem Unterschied, dass sein Bart noch nicht weiß geworden, sondern braun war. Wobei die ersten grauen Haare darin schon zu sehen waren.

»Henry, nun erdrück das arme Mädchen nicht gleich.« Meine Mutter stimmte in das Lachen ein und klopfte ihrem Mann auf die Schulter. Beide traten in den Hausflur, wodurch ich mit Grace allein in der Tür stehen blieb.

Doch der Augenblick währte nur kurz. Sie strich sich mit einer Hand durch die Haare, zupfte mit der anderen nervös an ihrem Kleid und schaute mich dabei bloß flüchtig an, als wären ihre Schuhspitzen so viel interessanter als ich.

»Es ist schön, dich zu sehen«, flüsterte ich und obwohl ich es kaum wagte, lauter zu sprechen, durchdrang meine Stimme die kühle Nachtluft.

Es genügte, damit Grace den Kopf hob und ihr Blick den meinen fand. Sie schlang ihre Arme um ihren Oberkörper, wodurch mir erst wieder bewusst wurde, wie kalt es war und dass sie nur mit einem dünnen Kleid vor mir stand.

Gänsehaut hatte sich auf ihren Armen gebildet und sie trat unruhig von einem Fuß auf den anderen. »Danke. Ich freue mich auch ... dich zu sehen.« Ihre Antwort war bloß ein Hauch, der mit einer Windböe fortgetragen wurde. Dennoch verstand ich sie klar und deutlich.

Am liebsten hätte ich sie in meine Arme geschlossen oder ihr meine Jacke gegeben, damit wir noch einige Minuten länger zu zweit in der geöffneten Tür stehen konnten. Nur sie und ich. Ich wollte nicht, dass wir reingingen und damit dieser Moment vorbei war, wo sie mich wieder so ansah, wie wir es einmal getan hatten. Ich wollte nicht, dass sie dort reinging und mich den Rest des Abends nicht wahrnahm.

Doch sie drehte sich um, kehrte mir den Rücken zu und verschwand hinter meinen Eltern im Hausflur. Dort hielt mir die Tür auf und wartete, dass ich eintrat, um sie hinter mir zu schließen.

»Oh, ihr habt wieder so schön dekoriert!«, stellte meine Mutter gerade fest, als sie Grace' Mom in die Arme schloss. »Und es duftet schon unglaublich gut!«

»Ich hoffe, ihr habt Hunger mitgebracht«, scherzte Sue. Ihr Strahlen war Antwort genug, wie sehr sie sich über die Worte meiner Mutter freute.

»Ich könnte einen Bären verspeisen«, meldete sich mein Dad, woraufhin die beiden in Gelächter ausbrachen.

»Henry!«, rief Grace' Vater und kam mit ausgebreiteten Armen aus dem Wohnzimmer zu uns. »Wie lange wir uns nicht gesehen haben. Schön, dass du da bist.« Dann wandte er sich an meine Mutter. »Und schön, dich auch wiederzusehen.« Seine Mundwinkel zuckten.

Grace stand daneben und beobachtete schweigend, wie sich unsere Eltern begrüßten und die Winterjacken auszogen. Und obwohl sie lächelte, so konnte ich deutlich erkennen, dass es ihre Augen nicht erreichte. Die Tatsache, dass sehr wahrscheinlich ich der Grund dafür war, bereitete mir Kopfzerbrechen.

Die letzten Tage hatte ich mich oft gefragt, was ich tun und sagen konnte, um sie nicht noch weiter in die Enge zu treiben und ihr den gewünschten Freiraum zum Nachdenken zu geben. Auch jetzt würde ich wohl ihre Reaktion und Antwort abwarten müssen. So war Grace schon immer gewesen, sie brauchte Zeit und zog sich in sich zurück, wenn ihr die Welt zu laut und zu viel wurde.

»Erde an Jaydon!« Meine Mutter schnipste mit den Fingern vor mir in der Luft und ich zuckte zusammen. »Wo warst du denn gerade mit deinen Gedanken?«

Eilig wandte ich den Blick von Grace ab und bemerkte, dass mir ihre Mutter die Hand entgegenstreckte, um mir meine Jacke abzunehmen. Ich zog diese aus und beobachtete, wie Sue meine Sachen an die Garderobe hängte. »Danke.«

»Setzt euch ruhig schon. Grace und ich kommen gleich zu euch«, meinte Sue und winkte uns in Richtung des

Wohnzimmers. Am liebsten hätte ich protestiert, dass ich ihnen auch helfen konnte. Wieder verschwand Grace aus meinem Sichtfeld und die Enge in meiner Brust wuchs. Als hätte sie sich mit ihrer Mutter abgesprochen, dass sie mir heute aus dem Weg gehen wollte. Doch ich verdrängte diesen Gedanken und folgte meinen Eltern mit Grace' Dad zum Esstisch.

Die beiden Frauen hatten sich wirklich große Mühe gegeben und den ganzen Tisch aufwendig mit Tannenzweigen und kleinen roten Kugeln dekoriert. Auf jedem Teller lag ein Zweig auf einer Servierte, die zwei Männer mit Zipfelmütze und Bart zeigte. Hinter dem Tisch war der Tannenbaum zu sehen.

Ich bezweifelte jedes Jahr aufs Neue, wenn ich den Baum dieser Familie betrachtete, jemals so viel Lametta und Lichter an einer Tanne gesehen zu haben. Sie machten mit ihrer Art der Weihnachtsdekoration den Kaufhäusern Konkurrenz.

»Wow«, staunte auch mein Dad. Er deutete jedoch nicht nur auf den Baum und die Tischdeko, sondern blieb vor dem Kamin stehen. Dort stoben Funken auf, als einer der Holzscheite von dem anderen herunterrutschte, und die Flammen streckten sich in die Höhe.

Am Kaminsims entdeckte ich sechs Socken, was mich unwillkürlich lächeln ließ. Es war Tradition bei unseren beiden Familien geworden, dass wir unsere Geschenke an diesem Abend austauschten, bevor wir sie am nächsten Morgen auspackten. Um dennoch ein kleines, zusätzliches Andenken an den Abend zu haben, steckten wir im Laufe der gemeinsamen Zeit kleine Nachrichten und Süßigkeiten in die Socken, die über dem Feuer hingen.

Unsere Namen standen über je einer der Socken. *Marie. Henry. Jaydon. Sue. Madson. Grace.*

Ich nutzte die Gelegenheit, wo wir noch zu dritt im Raum standen und die beiden Väter ins Gespräch vertieft waren. Aus dem Beutel, den ich über meiner Schulter trug, zog ich das kleine Päckchen, das ich für Grace eingesteckt hatte, und legte es zwischen die übrigen unter den Tannenbaum. In die Socke steckte ich einen Briefumschlag.

Keine Sekunde zu früh, denn die Frauen stießen zu uns, als ich den Beutel gerade versteckt hatte und mich aufrichtete. Davon abgesehen, gab sich Grace alle Mühe, keinen Wimpernschlag in meine Richtung zu schauen.

»Und, was macht das Football-Training?«, erkundigte sich Madson bei mir, wodurch ich mich nicht länger auf Grace konzentrieren konnte.

»Läuft ganz gut«, log ich.

Football. Noch ein Thema, über das ich an diesem Abend am liebsten nicht gesprochen hätte. Ich wusste, dass sie es alle nur gut meinten. Dass sie glaubten, ich würde mir noch immer nichts Besseres vorstellen können, als in die Profiliga aufzusteigen wie Finn. Denn das war ja auch mein Wunsch. Oder? Die Zweifel der letzten Wochen knabberten an meinen Traum und an meiner Leidenschaft für den Sport und ich fragte mich, wie viel Leistungsdruck ich noch ertrug, damit das Feuer in mir endgültig erlosch. Oder war es bereits erloschen und zu spät, diese Flamme in mir wieder zu entfachen?

Schon bald beließen es die Männer bei den oberflächlichen Floskeln zum Sport und begannen wieder ihre eigenen Gespräche. Es war mir nur recht, dass ich schweigend neben ihnen stand. Zu viel wirbelte durch mein Innerstes, als dass ich mich vollständig auf ihre Worte konzentrieren konnte.

Sue und Grace brachten nach und nach die unterschiedlichsten Gänge und Gerichte auf den Tisch, unsere Eltern scherzten und tranken Wein. Niemand schien zu bemerken, dass ich lediglich die Zeiger der Standuhr dabei beobachtete, wie sie sich immer und immer weiterdrehten, bis sie kurz vor zehn Uhr standen und das letzte Essen verzehrt war.

Grace sagte kaum ein Wort. Eigentlich kein einziges. Sie beantwortete nur genauso höflich Fragen unserer Eltern wie ich. Mich würdigte sie keines Blickes. Dafür nahm ich sie umso bewusster neben mir wahr. Wie sie an jenem Abend neben mir auf dem Bett gesessen hatte, wie sie auch schon tausendmal zuvor. Ob ihr klar war, wie schön sie war?

Der liebliche Duft von Lilien und Mango stieg mir in die Nase und ich schloss die Augen. Für eine war die Welt wieder in Ordnung. Bis ich die Augen öffnete und die Realität mich einholte.

Im Hintergrund erklang die zehntausendste Wiederholung von *Last Christmas* und ich fragte mich, wie oft ich dieses Lied allein diesen Winter schon gehört hatte.

Das Schweigen zwischen uns fraß mich innerlich auf. Die Stille in mir war so laut, dass ich keinen Gedanken zu fassen bekam. Nichts, was ich aussprechen konnte, um mit Grace ein Gespräch zu beginnen. Und ich hasste mich dafür. Früher hatte ich mir nie darüber Gedanken gemacht, worüber wir reden konnten. Früher hatten wir einfach über alles gesprochen. Früher war alles leichter gewesen. Früher …

»Können wir kurz rausgehen?« Ich hielt es keinen Moment länger aus. Wie sie meinen Blicken auswich, schwieg und dennoch so nah neben mir saß. Ich bräuchte bloß meine Hand auf die Stuhllehne zu legen und könnte sie berühren.

Grace sah mich an, als hätte ich sie sonst was gefragt. Zuerst fürchtete ich, sie würde ablehnen und mich weiter leidend neben sich sitzen lassen. Dann seufzte sie. »Ich ziehe mir etwas anderes an.«

»War das ein Ja?«

Es war das erste Mal diesen Abend, dass sie mich länger als einen Wimpernschlag musterte und es genügte, um mich komplett aus der Fassung zu bringen. Denn mit ihrem Blick hatte ich das Gefühl, dass sie mich nicht einfach ansah, sondern dass sie *mich* sah und was gerade in mir passierte. Sie fühlte es.

Etwas blitzte in ihren Augen auf. Ich bildete mir sogar ein, einer ihrer Mundwinkel würde zucken. Dann nickte sie und erhob sich von ihrem Platz. »Ich bin gleich wieder da.«

An die fragenden Gesichter unserer Eltern gerichtet, fügte sie hinzu. »Jay und ich gehen etwas frische Luft schnappen.«

Kapitel 12 – Grace Collin

24. Dezember, 22:14 Uhr

Last Christmas ... Von gebrochenen Herzen

Ich konnte ihn nicht ansehen. Zu schwer wog das Gewicht seines Blicks auf mir. Zu schwer waren all die Worte, die ich aussprechen musste. Ich konnte ihm das nicht sagen. Aber ich musste.

Wir liefen die geschmückten Straßen hinunter, während ich die bunt beleuchteten Fassaden der Häuser beobachtete, um bloß nicht Jay anschauen zu müssen. Es waren nur wenige Menschen auf den Straßen unterwegs. Die meisten machten es wohl ähnlich wie wir und verbrachten den Weihnachtsabend mit ihren Familien.

»Es schneit«, meinte Jay plötzlich und brach damit das Eis zwischen uns. Seine Stimme bewegte etwas in mir, als würde dieser einfache Satz genügen, um meine Schockstarre zu lösen und wieder Wärme in meinen Körper zu lassen.

Als ich den Kopf in den Nacken legte und gen Himmel schaute, entdeckte ich tatsächlich kleine Flocken im Licht einer Straßenlaterne, die zu Boden rieselten. Es war immer wieder schön anzusehen. Schnee war etwas, das ich an den kalten Tagen im Winter am meisten liebte. Schnee hatte einen ganz eigenen Zauber, den der Winter auch nicht verlor, wenn man älter wurde. Unwillkürlich musste ich lächeln. Was für ein schönes Weihnachtsgeschenk.

Die weißen Sterne landeten bald schon in regelmäßigen Abständen auf unserer dunklen Kleidung und verblassten dort. Ich schlang meinen Schal enger um meinen Hals und vergrub die Hände samt Handschuhen in meiner Manteltasche.

Nach Jays Feststellung liefen wir weiter, jeder in seine eigenen Gedanken vertieft. In den Fenstern der Häuser brannten Lichter und Kerzenleuchter. In einige Wohnzimmer konnte ich einen Blick hineinwerfen und fand mich bei Familien, die zusammensaßen, lachten und tranken.

Ich zog meine Mütze tiefer ins Gesicht, als eine Windböe den Schnee aufwirbelte. Allmählich bildete sich auf dem Gehweg vor uns ein dünner weißer Flaum. Ein Blick zurück zeigte mir unsere Fußspuren, die sich dunkel auf dem hellen Untergrund abzeichneten.

Wir liefen so lange weiter, bis ich mir sicher war, wo Jay mit mir hinwollte und dass er bloß einen Umweg durch die Stadt genommen hatte, vermutlich, um Zeit zu schinden. Als wir den Stadtrand erreicht hatten, zeichnete sich im Halbdunkel die Wiese ab, die zu unserem Baum hinaufführte, einzig von den Lichtern der Häuser und Laternen beleuchtet. Oben angekommen, blieben wir stehen. Geschützt unter den Ästen der Eiche.

Von hier hatte ich nicht nur einen großartigen Ausblick über die Dächer der Stadt, sondern auch auf unsere Spuren im Schnee. Denn die Wiese lag bereits weiß in der Dunkelheit zu unseren Füßen. Nur unsere Spuren waren darin deutlich zu erkennen und unterbrachen die gleichmäßige Puderschicht.

So einen weiten Weg waren wir schon zusammen gegangen. Hinter uns lag so vieles, auf das ich gern zurückblickte und das mir Kraft gab, wenn ich glaubte, keine mehr zu haben. Uns verbanden unzählige Erinnerungen und Zukunftspläne. Das konnte ich nicht wegwerfen.

Ich wollte Jay nicht verlieren.

Meine Augen brannten und ich blinzelte. Eine Hand legte sich auf meinen Rücken, was einen Schauer durch mich hindurchjagte. Als ich mich umwandte, schaute ich in Jays vertrautes Gesicht. Darin stand die unausgesprochene Frage, ob es für mich in Ordnung war. Zugleich lagen seine Finger so vorsichtig auf meinem dicken Mantel, sodass ich sie kaum spürte. Ich merkte, wie sich eine Träne aus meinen Wimpern löste, und drückte mich an ihn. Fest vergrub ich mein Gesicht in seiner kalten Jacke, damit er nicht sah, dass ich weinte.

Er legte seine Arme um mich und hielt mich einfach fest, ohne etwas zu sagen. Plötzlich konnte ich die Gefühle nicht länger zurückhalten. Heiße Tränen brannten auf meinen Wangen und trotzdem gab ich mir alle Mühe, nicht zu schluchzen oder zu schniefen. Jay durfte nicht mitbekommen, wie sehr mich seine Geste berührte. Er lehnte den Kopf sanft gegen meinen. Es war ganz still, nichts war zu hören. Kein Vogelzwitschern, keine Autos, nichts. Und für einen Moment genoss ich diese ungewohnte Ruhe, ließ mich ganz in ihr fallen. So verharrten wir, bis Jay schließlich erneut den Mut fasste, die Stille zu brechen.

»Ich weiß nicht, was ich sagen soll. Wie ich einen Schritt auf dich zumachen kann, ohne dass ich dich überrenne.« Er holte tief Luft. »Grace, ich ... was da passiert ist, es tut mir leid. Wirklich. Ich wollte dich nicht verletzten und schon gar nicht riskieren, dich zu verlieren.«

Ich hob vorsichtig den Kopf, als ich mir sicher war, dass keine Tränen mehr zu sehen waren. Auch wenn es dunkel war, so wollte ich nichts riskieren. Zugleich beruhigte es mich, zu hören, wie auch sein Herz raste, während er sprach. Doch kaum dass ich den Kopf gehoben hatte und ihn ansah, hörte ich nur noch meinen wilden Herzschlag.

»Jay, ich …« Weiter kam ich nicht. Meine Stimme brach. Nun bildeten sich doch heiße Flüsse auf meinen Wangen. Sofort griff Jay nach meinen Händen.

»Bitte weine nicht«, hauchte er und die Betroffenheit stand ihm ins Gesicht geschrieben. »Es wird alles gut. Ich möchte nicht, dass das zwischen uns kaputtgeht. Bitte.« Mit den Fingern fuhr er über meine Wange und wischte die Tränen fort.

»Vielleicht ist das jetzt nicht das Richtige«, flüsterte er und ein Laut, der ähnlich einem Schnauben klang, verließ seinen Mund. »Aber wenn ich es jetzt nicht ausspreche, habe ich womöglich nie wieder eine Chance, es dir zu sagen.« Für einen Wimpernschlag schaute er zu Boden, bevor sich unsere Blicke wieder trafen. »Weißt du eigentlich, wie schön du bist?«

Gänsehaut überkam mich und seine Worte ließen nur noch weitere Tränen über mein Gesicht laufen. Ich schloss die Augen.

Es hätte nie passieren dürfen. Wenn ich jetzt zugab, dass ich vielleicht doch nicht gar nichts empfand, würde ich womöglich unsere Freundschaft zerstören. Denn Beziehungen waren so zerbrechlich. Oft so endlich. Freundschaften waren manchmal so viel stärker. Ich wollte dieses Band zwischen Jay und mir nicht zerreißen, nur weil ich mich jetzt gerade nach Liebe sehnte.

Noch nie hatte ich Jay auf diese Weise betrachtet. Noch nie hatte ich gesehen, was er alles mitbrachte, wie perfekt er war. Wie aufmerksam, und dass er immer für mich da war, dass ich mich auf ihn verlassen konnte. Noch nie hatte ich mir vorstellen können, ihn zu küssen. Dass ich es mir jetzt gerade vorstellte, wie es wohl wäre, seine Lippen erneut auf meinen zu spüren ... Das machte mir Angst.

Eilig schüttelte ich mich, um die Vorstellung zu verdrängen. Denn das würde bedeuten, dass ich Jay früher oder später verlor. Wir hatten so lange als beste Freunde funktioniert. Das wollte ich auch weiterhin. Ich konnte mir ein Leben ohne ihn als einen Freund nicht vorstellen. Um nichts auf der Welt würde ich das riskieren.

»Jay«, flüsterte ich und schüttelte den Kopf. Ich konnte ihn nicht ansehen. Ich fragte mich, ob ich das jemals wieder können würde, ohne einen Hintergedanken. Es sollte alles so werden wie zuvor. Dafür musste ich jetzt den Schritt in die richtige Richtung gehen.

»Es tut mir leid. Dir muss nichts leidtun. Ich habe einen Fehler gemacht. Nicht du hast mich verletzt, ich habe dir wehgetan und das wollte ich nicht. Bitte verzeih mir.« Ich brachte die Worte bloß stockend hervor, unterbrach mich schließlich durch ein Schluchzen und wandte den Blick ab.

Jaydon zog mich erneut in seine Arme, als wollte er mir selbst jetzt Halt geben, wo ich ihn so verletzte. Das machte das Chaos in mir nur noch schlimmer und brachte auch den letzten Stein der Mauer zu Fall, die ich mühsam über die letzten Tage errichtet hatte.

»Ich wollte dir durch den Abstand keine falschen Signale senden und auf keinen Fall, dass du glaubst, ich wollte dich nicht sehen. Denn das wollte ich. Jeden verdammten Tag.« Ich merkte, wie ich zitterte, als ich mich mit einer Hand an ihm festklammerte. »Gott, Jay. Ich wollte dich immerzu um Rat fragen, um deine Meinung. Ich habe gemerkt, wie sehr ich meinen besten Freund brauche.«

Jetzt war es raus und ich traute mich nicht, in seine Augen zu sehen. Stattdessen hielt ich den Atem an und krallte mich weiterhin an ihm fest, als könnte ich so verhindern, dass er mich einfach stehen ließ. Als könnte ich ihn so vom Gehen abhalten.

Wie er wohl reagierte? Ob er die Andeutung verstanden hatte? Doch die Fragen brauchte ich mir nicht allzu lange zu stellen, weil er mir rasch sehr deutlich zu verstehen gab, dass es angekommen war. Er machte einen Schritt von mir weg, wodurch ich mich plötzlich verloren fühlte. Als hätte er nicht nur ein wenig Abstand zwischen uns gebracht, sondern mich ganz allein auf der Welt zurückgelassen. Selten hatte ich mich durch eine so schlichte Geste so einsam gefühlt.

»Beste Freunde also?«, hakte er nach und nickte. Aber als ich seinem Blick begegnete, wusste ich, dass ihn meine Entscheidung tief traf. Denn er wirkte plötzlich abwesend und in sich gekehrt.

Aus mir kam lediglich ein Krächzen hervor, als ich seine Nachfrage bestätigte. »Ja.«

»Okay«, entgegnete er heiser, und als müsste er es erst realisieren, wiederholte Jay das Wort noch einmal. »Okay. Ja.«

»Jay«, flüsterte ich vorsichtig und machte wieder einen Schritt auf ihn zu. Er wich jedoch noch weiter zurück, was mir einen Stich durchs Herz jagte. Neue Tränen stiegen in mir hoch. Dabei konnte ich ihm überhaupt keinen Vorwurf machen. Ich hatte es ja nicht anders gewollt. Es war meine Schuld und ich hatte ihn mehrere Tage hingehalten, nur um ihm nun das an den Kopf zu werfen. Was war ich für eine schlechte Freundin? Seine Reaktion war nachvollziehbar.

Trotzdem tat es weh. So sehr.

Alles in mir schrie danach, ihn jetzt sofort in meine Arme zu schließen und nie wieder loszulassen. Ich brauchte ihn doch. Aber es schien, als hätten wir unsere Rollen gerade getauscht und nun würde ich ihm die Zeit geben müssen, die er brauchte, damit wir wieder zueinander fanden.

Schlagartig spürte ich den eisigen Wind umso bewusster auf meiner Haut und der Schnee fiel nicht mehr gleichmäßig vom Himmel, sondern tobte und wirbelte in wilden Kreisen um uns herum.

Währenddessen vergrub Jay seine Hände in den Jackentaschen und starrte in die Ferne. Sein Blick führte ins Leere. »Es ist schon in Ordnung. Du hast ja recht. Das, was zwischen uns passiert ist, hätte nicht passieren dürfen.«

Seine Antwort überraschte mich, und der folgende Themenwechsel machte mich ebenfalls stutzig. »Weißt du, dass wir Weihnachten noch nie an diesem Ort standen? Dabei ist das hier doch unser Platz für besondere Momente. Hier hat sich schon so viel entschieden.«

Nun war ich es, die ihm zustimmen musste. Unzählige Entscheidungen hatten wir hier gemeinsam getroffen. Deshalb hatte es mich nicht verwundert, dass er ausgerechnet heute mit mir zu unserem Platz unter der Eiche gekommen war. Dass wir nun mit der Frage unseres gemeinsamen Weges hier gestrandet waren, während der Baum wieder einmal leise flüsterte und seine Äste im Wind wiegte.

Dennoch traute ich mich fast nicht, nachzuhaken, was er mir damit sagen wollte. Meinte er es tatsächlich so? Oder wollte er mir nur entgegenkommen, um mir kein schlechtes Gewissen zu machen? Empfand er wirklich genauso wie ich? Waren da keine Gefühle? Plötzlich zweifelte ich daran, dass alles wieder so werden würde wie zuvor. Denn obwohl mir Jay gerade genau das zusicherte, was ich mir gewünscht hatte, so schien es mir unmöglich, dass wir diesen Abend einfach vergessen konnten oder einmal darüber lachen würden.

Zugleich wusste ich, wenn Jay jetzt abstritt, dass alles gut war, er mir sagen würde, dass er etwas für mich empfand oder er mich einfach wieder küsste, ich einknicken würde. Ich würde mich ihm hingeben und seine Gefühle erwidern. Wenn er nur etwas sagte.

»Also ist alles gut zwischen uns? Wir sind und bleiben Freunde?«, wollte ich wissen und betete, dass Jay nicht hörte, wie sehr meine Stimme zitterte.

Vielleicht bildete ich mir sein Zögern auch nur ein, aber er ließ sich einige Sekunden mit seiner Antwort Zeit.

»Ja, so ist es. Es ist alles gut.«

Damit nahm er mir einen großen Stein vom Herzen, auch wenn ich nicht vollends überzeugt war und sich mein Hals zuschnürte. Es war besser so. Ganz sicher.

Kapitel 13 – Jaydon Carter

25. Dezember, 09:16 Uhr

Von Verzweiflung und verlorener Hoffnung

Seit drei Stunden lag ich hier. Seit drei Stunden war ich wach und starrte wieder einmal die Decke an. Inzwischen hatte ich meine Air Pods eingesteckt, um die Welt auszusperren. Ich brauchte einen Moment ohne das Leben. Nur mit mir. Und mit meinen Gedanken.

Grace war meine beste Freundin, seit ich denken konnte. Und ich hatte nie Worte dafür gefunden, um das ihr gegenüber auch nur annähernd zum Ausdruck zu bringen. Jetzt hatte eine Flasche Wein gereicht, um über meinen Schatten zu springen und statt über meine Gefühle zu reden, hatte ich sie einfach geküsst und anschließend mit ihr geschlafen. Gestern Abend hätte ich ihr die Wahrheit sagen können. Dass zwischen uns nicht alles gut war. Dass unsere gemeinsame Nacht für mich kein Ausrutscher gewesen war. Dennoch hatte ich einfach erwidert, was sie hatte hören wollen.

Ich war ein Feigling.

Es würde nie wieder werden wie zuvor und auch da war sie die letzten Jahre nicht bloß eine Freundin für mich gewesen. Ob sie wusste, dass es für mich schon lange nicht mehr wie früher war? Dass wir nicht mehr einfach beste Freunde waren, die füreinander da waren und sich über alles austauschen konnten? Dass ich nicht mehr mit ihr über wirklich alles reden konnte, seit ich dieses Herzrasen in ihrer Nähe hatte?

Als die Anfangsmelodie desselben Songs zum gefühlt tausendsten Mal an diesem Morgen erklang, riss ich mir die Air Pods aus den Ohren. Vielleicht musste ich es Grace früher oder später doch noch sagen. Vielleicht würde sich dieses Engegefühl auch mit der Zeit legen – jetzt, wo ich wusste, dass sie meine Gefühle nicht erwiderte.

Mit der Stille kamen mir meine Gedanken schlagartig noch lauter und unerträglicher vor. Ich musste mich ablenken. Ich musste raus hier. Seit vergangener Nacht war mein Hals wie zugeschnürt und meine Gedanken waren ein einziges Knäuel in meinem Kopf. Ich war erst spät in der Nacht zurückgekehrt, was womöglich wesentlich zu dem Dröhnen in meinem Schädel beitrug. Und trotzdem hatte es mir geholfen, gestern im Dunkeln noch eine Runde allein an der frischen Luft zu drehen, nachdem ich Grace wieder bei ihren Eltern abgesetzt hatte.

Mir vor Augen zu führen, was die letzten Wochen geschehen war und dass es okay war, wenn Grace und ich nur Freunde blieben, das spielte sich noch immer in Dauerschleife in meinem Kopf ab und ich hoffte, es so vielleicht irgendwann glauben zu können. Trotzdem war ich mir gerade nicht mehr sicher, ob das für mich okay war oder je okay sein würde. Aber wenn ich Grace nun doch noch das Gegenteil erzählte, dann verlor ich sie. Und das war keine Vermutung. Es war eine Tatsache. Also blieben mir nur zwei Möglichkeiten: Schweigen und damit zurechtkommen oder sie und unsere Freundschaft aufzugeben.

Anstatt weiter Trübsal zu blasen, zog ich mir etwas über und ging hinunter ins Erdgeschoss. Erst als ich meine Eltern beide im Wohnzimmer vor unserem Tannenbaum sitzen sah, wurde mir bewusst, dass heute Bescherung war. Ich hatte Weihnachten vergessen.

»Da hat jemand ausgeschlafen«, stellte mein Dad fest. »Du warst ja gestern Nacht noch ganz schön lange unterwegs ...« Er wackelte anzüglich mit den Brauen, woraufhin ich nur die Augen verdrehen konnte. Sie waren beide schon gegangen, als ich Grace bei sich zu Hause abgesetzt hatte. Wenn er wüsste.

»Wir haben deine Socke und das Geschenk von Grace mitgenommen. Ihre Eltern haben es uns für dich gegeben. Geh ruhig kurz hoch, bevor du unsere Geschenke auspackst, wenn du dabei allein sein möchtest.« Mom schenkte mir ein Lächeln, das mich direkt in die vergangene Nacht zurückwarf.

Ich nahm ihr das liebevoll verpackte Päckchen ab und kam ihren Vorschlag nach. Doch kaum dass ich meinen Eltern den Rücken zukehrte, fraß die Unsicherheit mein Herz auf. Wie sollte ich das Geschenk von Grace nur öffnen, ohne dass mich die gestrige Verzweiflung übermannte? Was sie wohl zu meinem Geschenk sagen würde? Ob sie es schon ausgepackt hatte? Ich warf einen flüchtigen Blick auf mein Handy, aber hatte keine neuen Nachrichten.

Vermutlich hatte sie ebenfalls länger geschlafen, redete ich mir ein und versuchte, den Kloß herunterzuschlucken, der sich beständig in meinem Hals hielt. Nun lag es an ihr, wie sie mein Geschenk interpretierte. Ob als Abschied oder als Chance.

Die Socke legte ich unter mein Kopfkissen. Ich fühlte mich nicht bereit, den Zettel darin zu lesen. Nicht jetzt. Zudem platzte ich fast vor Aufregung, was Grace sich überlegt hatte, mir zu schenken. Ich ließ mich auf den Fußboden sinken und löste das Schleifenband. Als die ersten Umrisse unter dem Papier zum Vorschein kamen, stockte ich und strich mir mit einer Hand über mein Kinn.

Konnte es das sein, was ich dachte?

Tatsächlich. Dass sich Grace daran noch erinnerte. Zugleich fragte ich mich, wie sie darangekommen war. Wir mussten etwas älter als zehn gewesen sein, als eine der bekanntesten Football-Mannschaften der NFL bei uns in der Nähe ein Spiel gehabt hatten. Natürlich waren die Tickets nahezu unbezahlbar und dennoch schnell ausverkauft gewesen. Wochenlang hatte ich dem Spiel hinterhergetrauert, bei dem ich nicht selbst in der Zuschauermenge stehen konnte. Stattdessen hatte ich daheim vor dem Bildschirm gehockt. Einige Tage danach erfuhr ich, dass die Spieler Tickets und Trikots signiert hatten. Ein einziges Mal hatte ich in Grace' Gegenwart erwähnt, dass ich mich über solch ein Trikot mit der Unterschrift von einem Profi-Spieler freuen würde.

Nun hielt ich ein Trikot ebendieser Mannschaft in der Hand und als ich es herumdrehte, leuchtete mich die Signatur des Spielers an. Das musste unglaublich teuer gewesen sein.

Zugleich fand ich in dem T-Shirt eingewickelt eine Karte, auf der ein Weihnachtsbaum abgebildet war, an dem lauter kleine Footballs hingen und unter dessen Zweigen ein Helm versteckt lag. Allein diese Details und dass sie sich solche Gedanken bei der Auswahl meines diesjährigen Weihnachtsgeschenks gemacht hatte, rührte mich.

Die Zeilen auf der Karte konnte ich nur überfliegen, da die Buchstaben rasch vor meinen Augen verschwammen. Ich musste einige Male durchatmen, bevor ich sicher war, nicht von meinen Emotionen überrollt zu werden, wenn ich mir vorstellte, wie Grace den Text geschrieben hatte. Dann las ich noch einmal.

In diesen Worten steckte so viel mehr als bloß die Wünsche zu Weihnachten und das Überreichen eines Geschenks. Sie zeigte mir jedes Jahr wieder, wofür Weihnachten eigentlich stand und was es bedeutete, nämlich, seinen Liebsten nah zu sein und ihnen zu zeigen, dass man an sie dachte. Eine kleine Aufmerksamkeit, als Dank für die gemeinsame Zeit und die Unterstützung. In diesem Jahr hatte sich Grace übertroffen. Obwohl sie sicherlich ein Vermögen für das Trikot ausgegeben und damit tatsächlich etwas gefunden hatte, womit ich niemals gerechnet hätte und worüber ich mich sehr freute, bedeutete mir ihre handgeschriebene Karte um einiges mehr. Ich schob sie zu der Socke unter mein Kopfkissen und hob dann das weiße Trikot auf, um es zu begutachten.

Nach kurzem Zögern zog ich es schließlich über und lief zum Spiegel, um mich mit dem brüllenden Löwen auf der Brust zu betrachten. Das Trikot reichte mir bis zu den Knien, was mir einmal mehr vor Augen führte, wie klein ich im Verhältnis zu anderen Spielern war.

Jaydon, 10:09 Uhr
Danke. Ich weiß gerade ehrlich nicht, was ich schreiben soll. Diese Karte … das Trikot …

Kurz darauf schickte ich eine weitere Nachricht hinterher.

Jaydon, 10:12 Uhr
Seit wann machen wir uns so teure Geschenke???

Ihre Antwort folgte prompt und mein Herz blieb beinahe stehen. Ich wollte offline gehen, aber ihr *Online* wandelte sich so schnell in ein *Schreibt…*, dass mich die Neugier wie versteinert innehalten ließ.

Grace, 10:12 Uhr
Wer sagt denn, dass es teuer war? Vielleicht habe ich einfach meine Kontakte spielen lassen?

Unwillkürlich musste ich lächeln. Dann folgte eine zweite Nachricht von ihr und ich ließ mich auf mein Bett fallen, um nicht das Gleichgewicht zu verlieren und wie ein Betrunkener durch meine Zimmer zu taumeln.

Grace, 10:13 Uhr
Und ich sage Danke für dein Geschenk. Das bedeutet mir unglaublich viel.

Danach ging sie offline. Ich wollte etwas schreiben, aber egal, was ich tippte, es erschien mir nicht richtig. Also sperrte ich meinen Display und entschied, dass ich wieder zu meinen Eltern ins Wohnzimmer gehen würde. Sicher warteten sie bereits ganz gespannt, damit wir unsere Aufmerksamkeiten austauschen konnten.

Mit dem übergezogenen Trikot betrat ich erneut den Wohnraum und bemühte mich, mir nicht ansehen zu lassen, wie sehr mich dieses Geschenk hin- und herriss, wie mich der Gedanke an Grace beschäftigte und ich mich nicht nur freuen konnte, sondern zugleich diese beständige Angst an mir nagte, sie zu verlieren. Dass sich unsere Freundschaft nicht mehr richtig anfühlte und sie sicher ähnlich empfand, es nur nicht aussprach.

»Schönes Shirt«, sagten meine Eltern fast zeitgleich. »Das ist ja der Hammer! Hat Grace dir das geschenkt? Freust du dich gar nicht?« Ihre Fragen kamen vollkommen durcheinander hervor und zogen die Schlaufe zusammen, die sich nicht nur um meinen Hals, sondern auch um meinen Brustkorb gelegt hatte.

»Doch«, brachte ich krächzend hervor, was Mom und Dad einen Blick wechseln ließ.

Immer wieder fragte ich mich, was Grace wohl gerade machte, was sie dachte und wie sie sich mit meinem Geschenk fühlte. Ob sie ahnte, was in mir vorging? Egal, was ich tat, meine Gedanken kehrten zu denselben Punkten zurück. Es war, als würde ich den Boden unter den Füßen verlieren.

Am liebsten hätte ich mich zu meinem Vater gesetzt, der sich einen Stuhl vom Esstisch herumgedreht hatte, sodass er dem Baum zugewandt saß. Meine Mutter hockte ihm gegenüber am Boden. Ich wollte zu ihnen gehen, doch ich konnte mich nicht rühren.

Als stünde mir ins Gesicht geschrieben, dass ich mich zwar über das Geschenk von Grace freute, aber es mich auch innerlich zerriss, hakte meine Mutter nach: »Ihr wart einmal wie Geschwister füreinander. Was ist los? Gestern Abend war es schon so distanziert zwischen euch.«

»Es ist alles gut«, erwiderte ich, obwohl es mich traf, dass selbst meine Mutter mitbekam, dass zwischen Grace und mir etwas vorgefallen war, das alles verändert hatte. Sicher dachte sie, dass es eine große Sache war, wir einen riesigen Streit gehabt hätten. Dabei war es nur eine einzige Nacht gewesen, die alles verändert hatte. Womöglich waren es manchmal gar nicht die großen Dinge, die etwas bewegten, sondern die kleinen.

***

Die Tage bis Silvester kamen mir wie eine halbe Ewigkeit vor und vergingen zugleich wie im Flug. Ich half meinem Vater von morgens bis abends in der Werkstatt. Obwohl alle Mitarbeiter im Urlaub waren, arbeiteten mein Dad und ich auch die Tage zwischen Weihnachten und Silvester durch. Und wenn ich dort nicht anzutreffen war, trainierte ich mit Finn und Alex.

Die Arbeit und meine besten Freunde zu sehen, tat mir gut. Einfach nicht allein zu sein und etwas zu tun zu haben. Den Kopf frei zu bekommen und nicht dauerhaft Grace' Gesicht vor meinem geistigen Auge zu sehen. Doch mit der Dunkelheit der Nacht kehrten auch der Schmerz und die Erinnerung an das letzte Gespräch zwischen Grace und mir zurück. Und mit dem Schmerz legte sich ein Gewicht auf meinen Körper, der mir die Luft zum Atmen raubte.

Dennoch stand ich jeden Morgen auf und versuchte, Kraft aus anderen Dingen zu ziehen. An keinem dieser Tage erhielt ich eine Nachricht von Grace, als würden wir unseren Abstand aufrechterhalten.

Bis Silvester kam und wir uns wiedersahen.

Kapitel 14 – Grace Collin

25. Dezember, 10:52 Uhr

Die Gewissheit der Unwissenheit

Noch immer starrte ich auf den geöffneten Chat mit Jay. Doch je länger ich auf eine Antwort wartete, desto sicherer wurde ich, dass diese nicht mehr kommen würde.

> ***Grace, 10:13 Uhr***
> *Und ich sage Danke für dein Geschenk. Das bedeutet mir unglaublich viel.*

Hätte er nicht irgendetwas darauf erwidern können? Frustriert ließ ich das Handy sinken und seufzte. Dabei fiel mein Blick erneut auf das Geschenkpapier, das zerknüllt neben mir auf der Bettdecke lag. Ich hockte im Schneidersitz vor Jays Geschenk und fragte mich, womit ich das verdient hatte. Auch wenn es Unsinn war, die Geschenke miteinander zu vergleichen, so machte mein Kopf das wie von allein. Denn seines schien mir plötzlich viel persönlicher als mein eigenes.

Ob er sich wirklich so sehr über ein Trikot und die Spielerunterschrift gefreut hatte? Die Erinnerung war mir in einer zu langen Nacht gekommen und damit die Idee für das Geschenk.

Doch Jay würde mich nicht anlügen, und wenn ich Gewissheit haben wollte, dass er die Wahrheit sagte, dann würde ich ihn wohl anrufen müssen oder zu ihm fahren. Doch beides sorgte unmittelbar dafür, dass sich mein Magen zusammenzog. Ergab es Sinn, sich davor zu fürchten, jemanden zu sehen und sich gleichzeitig nichts mehr zu wünschen, als demjenigen gegenüberzutreten?

Wie von selbst nahm ich den Pokal erneut in die Hand und strich über das glattgeschliffene Holz. Jede Kontur, jedes Muster, einfach alles passte. Er musste stundenlang daran gearbeitet haben, um das Abbild des Pokals perfekt hinzubekommen.

Erneut verschwammen die Konturen vor meinen Augen, als mir einfiel, dass ich die Socke ungeöffnet neben mir liegen hatte. Allein das genügte, um die Enge in meinem Brustkorb noch unerträglicher werden zu lassen. Ich wollte wissen, ob Jay mir dort ebenfalls einen Gruß hinterlassen hatte. Gleichzeitig war da auch die Angst, ich würde das Innere des Strumpfes leer vorfinden.

Es war einen grundlose Sorge, die mich in diesem Moment jedoch komplett einnahm. Die Angst, dass mich meine Eltern und Jay vergaßen – gar nicht einmal mit böser Absicht. Ich kam mir zugleich so lächerlich deshalb vor. Als würde ich mir wesentlich mehr aus den kleinen Gesten machen, als sie es eigentlich waren. Doch in diesem Jahr war derart viel drunter und drüber gegangen, dass ich mich in den Hintergrund gedrängt fühlte. Als würde ständig jemand anderes die Hauptrolle in meinem Film spielen und ich wäre bloß eine Komparsin.

Ich freute mich generell über kleine Briefe und hob die meisten davon auf. Unter meinem Bett hatte ich eine Kiste versteckt, in der ich all die Texte und Aufmerksamkeiten sammelte, um sie hervorzuholen, wenn es mir einmal nicht so gut ging.

Während ich nun eine Handvoll Zettel aus der Socke hervorholte, schlug mein Herz schneller. Auch wenn ich mich genauso über die Briefe von Jays und meinen Eltern freute, so wollte ich zunächst wissen, was er in seinen geschrieben hatte und ob es überhaupt einen von ihm gab.

Ich blätterte die Briefe durch, bis ich auf einen mit meinem Namen darauf stieß, der eindeutig Jays Handschrift aufwies. Sofort machte mein Herz einen Sprung. Aber ich hielt inne und betrachtete das Stück Papier in meinen Händen, als könnte ich mich daran verbrennen, wenn ich es nur öffnete.

Schließlich hielt ich die gespannte Stille, die allein von den lauten Schlägen meines Herzens unterbrochen wurde, nicht länger aus. Das Rauschen meines Blutes in meinem Kopf war nahezu unerträglich und meine Hände schweißnass, als ich den Brief öffnete und das Stück Papier daraus hervorholte. Mit zittrigen Fingern entfaltete ich die Botschaft.

Das ist zwar nicht der echte Preis, aber dann weißt du schon mal, wie er sich in deinen Händen anfühlen könnte – so als kleiner Ansporn. Ich glaube an dich. – Jaydon

Unter der Botschaft fand ich eine Auflistung mehrerer Daten. Die Tage bis Silvester. Zudem fielen mir lauter kleinere Briefumschläge entgegen, auf denen Nummern geschrieben standen. Eine Nachricht für jeden Tag bis ins neue Jahr.

Was hatte Jay vor? Hatte er geahnt, dass wir nach dem Abstand zwischen uns beiden dennoch weiterhin einige

Zeit für uns brauchen würden, obwohl es mich zerriss, ihn nicht wie sonst jeden Tag nach Weihnachten zu sehen und die Ferien zusammen zu verbringen? Den ersten Umschlag durfte ich jetzt öffnen.

Grace, wenn du das hier liest, solltest du dir eine heiße Schokolade machen. Oder einen Kaffee. Oder einfach beides. Mach es dir gemütlich und schließ die Augen. Siehst du, wie sich die Zweige unserer alten Eiche im Wind wiegen? Wie wir als Kinder auf der Wiese darunter lagen und die Sonne durch das Blätterdach blitzte? Oft waren wir dort, bis es dunkel wurde. Da ist mir neulich ein Gedanke gekommen. Gut möglich, dass ich davor ein oder zwei Glas Wein zu viel getrunken habe. Aber ich wollte dir diese Gedanken trotzdem festhalten:

Und wenn wir lernen, die Sterne auch im Dunkeln zu sehen, erkennen wir das Leuchten in unserem Inneren. Lerne, im Dunkeln zu leuchten. Strahle, wenn es sonst keiner tut und die Welt dunkel erscheint. Dann wirst du am hellsten leuchten und auch dein Umgebung wieder zum Strahlen bringen.

Die Worte ergriffen mich und legten sich wie eine wärmende Decke um meinen Körper, wie Finger um mein Herz, und drückten zu. Der Text überraschte mich. Ich kannte Jay in- und auswendig und dennoch hatte ich ihn selten so poetisch und tiefgründig erlebt.

Und mit jeder Stunde, die seit unserem Gespräch an Heiligabend verstrich, wuchs die Sorge, dass ich mich vielleicht doch falsch entschieden hatte. Den Gedanken schüttelte ich immer wieder ab. Es war das Richtige gewesen, an der Freundschaft festzuhalten. Ich brauchte Jay als besten Freund an meiner Seite.

***

Die Tage zwischen Weihnachten und Silvester nutzte ich vor allem, um mich auf das anstehende Trainings-Camp vorzubereiten. Die Tasche dafür hatte ich direkt nach Weihnachten schon gepackt, seitdem fuhr ich jeden Vormittag und manchmal auch abends ans Coulden College, um die Choreografie durchzugehen und um einzelne Schrittfolgen zu verinnerlichen. Es sollte einfach perfekt werden.

Jay hatte mir vor Augen geführt, wofür ich trainierte und dass sich mein hartes Training lohnen konnte. Wenn ich nur dranblieb. Und dass es egal war, wer an mich glaubte oder nicht, solange ich es selbst tat. Und wenn ich nicht an das Training und den bevorstehenden Wettbewerb dachte, der damit zusammenhing, dann brachten mich die Gedanken an Jay um den Verstand. Jeden Morgen vor dem Aufstehen – wenn ich sein Gesicht vor mir sah – öffnete ich einen seiner Briefe und fand oftmals eine Tagesaufgabe darin.

Neuer Tag, neue Aufgabe. Schreib fünf Dinge auf, die du am liebsten mit diesem Jahr vergessen würdest und fünf Dinge, die dir auch im kommenden Jahr nicht fehlen dürfen.

Cassy und Liv meldeten sich fast gar nicht bei mir, wobei Cassy die Tage zwischen den Jahren oft mit ihrem Vater allein wegfuhr und Strandurlaub machte. Während Cassy die Sonne genoss, nutzte ich einmal mehr das Ventil, das mir stets geholfen hatte: Cheerleading.

Denn um mich jetzt gerade allein mit Liv zu treffen, fehlte mir die Energie. Worüber sollte ich denn mit ihr reden? Über das Chaos, das mich in den Nächten wachhielt und das sich zufällig auch um sie und Finn drehte? Dass es immer noch nicht wieder gut zwischen uns war? Ich konnte einfach gerade nicht für sie da sein, weil ich es nicht einmal für mich selbst konnte. Das klang furchtbar egoistisch, aber vielleicht musste man das manchmal sein, um nicht kaputtzugehen: Wie sollte ich ihre Probleme zusätzlich verdauen, wo ich selbst mit meinen eigenen nicht klarkam?

Als ich am Morgen vor Silvester losfahren wollte, blieb ich im Hausflur stehen, weil mein Handy brummte. Ich entdeckte eine neue Nachricht von Cassy in unserer gemeinsamen WhatsApp-Gruppe, eine weitere von Liv folgte prompt.

Cassy

Bitte sagt mir, dass ihr auch schon halb am Durchdrehen seid?!!! Ich meine, morgen ist Silvesteeeeer! Holy moly. Ich bin nicht bereit dafür. Girls, ich hoffe, ich kann mich auf euch verlassen??

Liv

Aber so was von. Ich freue mich sehr, euch wiederzusehen. Brauche euch …

Cassy

Oh, Darling … Kopf hoch. Gibt es noch nichts Neues wegen der Sache mit Finn?

Ich ließ die Tasche von der Schulter rutschen. Wie schaffte Cassy es nur, uns gegenüber stets so selbstlos und offen zu sein?

Während Liv etwas schrieb, nutzte ich den Moment, um mein Handy auf der Kommode neben mir abzulegen. Eine Strähne war aus meinem Zopf gerutscht, weshalb ich die Klammern löste und zwischen den Lippen festhielt. Unterdessen band ich meine Haare zu einem neuen Pferdeschwanz zusammen und befestigte einzelne Strähnen meiner roten Babyhaare mit den Klammern.

Liv
Finn ist einfach so anders, seit wir darüber gesprochen haben. Ich weiß ja selbst, wie sehr ihn das beschäftigt und dass er nichts daran ändern kann. Uns bleibt nur noch so wenig Zeit …

Wieder drehte sich alles um Liv und ihre Probleme. Ich seufzte und wollte ins Badezimmer laufen, um meine Frisur mit Haarspray abzurunden, wartete jedoch noch Cassys Reaktion ab. Auch wenn es immerzu dieselben Floskeln waren, die die beiden seitdem miteinander austauschten.

Jedes Mal kam ich mir mehr wie die schlimmste Freundin der Welt vor, weil ich nicht für Liv da sein konnte und mich zugleich darüber aufregte, dass Cassy und Liv sich so wenig um meine Sorgen scherten. Ich konnte mich in diesem Augenblick deshalb selbst nicht leiden. Wieso war ich so? Ich musste auf jeden Fall etwas ändern. Ich musste aufhören, mich von dem Neid lenken zu lassen und ständig Sorge zu haben, hinten runterzufallen, wenn sich einmal nicht alles um mich drehte.

Cassy

Durchatmen. Es ist für euch beide schwer, aber es wird sich etwas ergeben. Da bin ich mir ganz sicher. Ich überlege mit und wenn ich die Genehmigung von der College-Leitung erhalte, euch in das Camp zu begleiten, dann haben wir Zeit, uns gemeinsam den Kopf darüber zu zerbrechen. Morgen machst du dir bitte erst mal einen schönen Abend und freust dich einfach, dass du so einen wahnsinnig tollen Freund an deiner Seite hast, ja? Genieß die Zeit mit ihm – ich weiß, das ist leichter gesagt als getan. Das Einzige, was du gerade machen kannst, ist Verständnis zeigen und ihn unterstützen. Ihr müsst jetzt zusammenhalten und füreinander da sein.

Obwohl Cassy ihre Nachricht nicht an mich gerichtet hatte, zog ich selbst Kraft daraus. Zusammenhalt. Womöglich musste ich morgen einfach noch einmal mit Jay reden. Denn ich wurde das Gefühl nicht los, dass noch immer etwas zwischen uns stand, das auch unsere Freundschaft gefährdete.

Zusammenhalt. Der Begriff hallte in mir wider. Vielleicht brauchte es gerade jetzt auch bei Cassy, Liv und mir umso mehr davon, ich musste mich einfach zusammenreißen und über die Ereignisse der letzten Wochen hinwegsehen. Einfach runterschlucken, was passiert war. Ich konnte das und wenn ich Liv jetzt die Hand reichte, obwohl es auch mir schlecht ging, konnte ich vielleicht zumindest ihr Problem besser machen. Und ging es dann nicht auch mir besser?

Grace

Ich gehe jetzt trainieren. Wenn einer von euch mitkommen mag …

Ich ging immer allein trainieren. Selten ließ ich es zu, dass mich jemand begleitete und mir außerhalb der normalen Trainingszeiten zusah. Dennoch fühlte es sich richtig an, vor allem Liv die Chance zu bieten, ebenfalls eine Ablenkung zu finden und den Kopf freizubekommen.

Cassy
Haha, guter Witz. Du weißt, mich kriegen keine zehn Pferde in Trainingsklamotten. Sorry, Honey. Und erst recht nicht nach einem solch langen Flug. Heute mache ich erst einmal gar nichts, außer Ankommen.

Liv
Danke. Das ist wirklich lieb von dir. Aber ich kann gerade nicht.

Das konnte vieles bedeuten, und sogleich zog sich mein Magen zusammen. Doch ich ermahnte mich, nicht zu viel in ihre Zeilen hineinzuinterpretieren. Bestimmt hatte sie gerade wieder geweint und wollte sich nicht mit aufgequollenen Augen in der Öffentlichkeit zeigen. Oder sie hatte gewisse Mädchenprobleme und zog es vor, sich mit einer Wärmeflasche und jeder Menge Tee und Schokolade im Bett einzukuscheln.

Oder sie hatte einfach keine Lust, sich mit mir allein abzugeben.

Bevor ich mich an Letzterem festbeißen konnte, schüttelte ich den Kopf und tippte eine knappe Antwort und verschwand im Bad.

Ich war gerade fertig, als mich ein ungewohnt heftiges Stechen im Unterleib aufkeuchen ließ. Damit kroch ein ganz anderes Monster in meine Gedanken. Noch als ich im Badezimmer stand, packte mich die Panik und ich sank zu Boden. In derselben Bewegung schlug ich meine Hände vors Gesicht. Mein Atem kam nur noch stoßweise hervor und alles drehte sich.

Wie von allen Kräften verlassen, hockte ich da. Hatte keine Tränen mehr, die ich weinen konnte. Es durfte nicht das sein, was ich dachte. Sicher war es einfach nur der Stress der letzten Tage gewesen. So musste es sein. Der ganze Trubel um Liv und Finn, die Gespräche mit Jay.

Und wenn es doch ...

Ich konnte das Bild in mir nicht vervollständigen, wollte mir nicht zusammenreimen, dass es auch noch eine weitere Erklärung für das geben könnte, was in mir vorging.

Aber das konnte nicht sein. Nicht jetzt. Das ging nicht. Ich holte tief Luft und versuchte, mir einzureden, dass kein Grund zur Sorge bestand. Dass noch nicht viele Tage verstrichen waren. Zittrig erhob ich mich vom Boden und stützte mich mit den Armen auf dem Waschbecken ab. Die Unsicherheit blieb. Denn es würde sich die nächsten Tage zeigen, ob ich überreagierte oder ob meine schlimmste Befürchtung sich bewahrheitete. Allerdings konnte das nicht sein. Es musste mit dem Stress der letzten Wochen zusammenhängen, dass meine Blutung später einsetzte. Seit ich die Pille nahm, hatte ich sie nicht ein einziges Mal vergessen oder zu spät eingenommen.

Doch gerade gab es nur zwei Dinge, die ich ganz sicher wusste: Dass meine Periode seit einigen Tagen überfällig war. Und dass ich darüber mit niemandem reden konnte.

Kapitel 15 – Grace Collin

31. Dezember, 23:23 Uhr

Silvester: Neuanfänge oder Vollkatastrophen?

»Grace!« Cassy verschränkte die Arme vor der Brust, als sie mich sah. »Honey, wir haben dich schon sehnsüchtig erwartet. Du bist zu spät.«

Ja, ich war zu spät. Ich musste nicht einmal auf die Uhr schauen, um zu wissen, dass ich mich deutlich verspätet hatte. Ich hatte mir möglichst viel Zeit beim Umziehen gelassen und hätte mir am liebsten auch noch viel mehr Zeit dafür genommen.

Nachdem ich erfahren hatte, dass die diesjährige Silvester-Party einmal mehr bei Jaydon stattfand, hätte ich am liebsten doch einen Rückzieher gemacht. Ihm so wieder gegenüberzutreten, nachdem wir nach den ersten paar Tagen Funkstille noch einige weitere angehängt hatten, fühlte sich seltsam an.

All die Zeit hatte ich eine Nachricht von ihm erwartet, aber es war nichts gekommen. Also hatte ich mich dagegen entscheiden, selbst die Initiative zu ergreifen, und hatte die Tage lieber genutzt, um stundenlang auf meinem Bett zu liegen und die Decke anzustarren, als könnte mir dies meine Fragen über Gott und die Welt beantworten.

»Erde an Grace.« Cassy schnipste mit den Fingern vor meiner Nasenspitze und legte den Kopf schief. »Meine Güte. Geht's dir gut? Hast du schon so viel getrunken?«

»Was denkst du von mir?«, verteidigte ich mich. »Weil ich ja auch sonst immer die Erste auf jeder Party bin, die sich die Kante schon vor Beginn des Abends gibt.«

»Sorry, so war das nicht gemeint.« Cassy ruderte zurück und schloss mich in ihre Arme. »Schön, dass du da bist. Ist alles okay?«

Ich löste mich von ihr und begrüßte Liv ebenso wie Cassy, bevor ich eine Armlänge von ihnen entfernt stehen blieb und überlegte, was ich sagen konnte, ohne zu viel zu verraten. Plötzlich hatten sie nur Augen und Ohren für mich. Dass Cassy mich eben nach zwei Wochen das erste Mal direkt gefragt hatte, wie es mir eigentlich ging, überforderte mich

»Ja«, brachte ich schließlich krächzend hervor und rang mir ein Lächeln auf die Lippen. Hoffentlich sahen sie nicht, wie gezwungen es war. Aber ich wollte an meinem Vorsatz festhalten. Auch wenn ich mir so sehr gewünscht hatte, sie würden sich dafür interessieren, wie es mir wirklich ging, so hatte ich mir auch geschworen, dass nun erst einmal Liv und ihre Probleme mit Finn im Vordergrund standen und ich mich nicht dazwischen drängen würde. Nicht noch einmal. »Danke. Auch dass ihr so lange hier draußen auf mich gewartet habt.«

»Na, hör mal. Das ist doch selbstverständlich. Außerdem müssen wir dringend mal wieder unserer Tradition nachkommen.« Cassy warf Liv und mir einen vielsagenden Blick zu. »Aber nur, wenn du uns beiden hoch und heilig versprichst, dass wirklich alles in Ordnung ist, Darling.«

»Du kannst immer zu uns kommen und über alles mit uns sprechen«, pflichtete Liv ihr bei, was den Boden unter meinen Füßen endgültig weich werden ließ.

Dann hatte ich wirklich die richtige Entscheidung getroffen. Sobald es ihr wieder besser ging, konnte sie mir Halt geben. Unwillkürlich musste ich an Jays Worte denken, die er in seinem Brief festgehalten hatte. Selbst jetzt, wo er gar nicht den Zusammenhang kannte, hatte er mir doch den Schubs in die richtige Richtung gegeben.

Lerne, im Dunkeln zu leuchten. Strahle, wenn es sonst keiner tut und die Welt dunkel erscheint. Dann wirst du am hellsten leuchten und auch dein Umgebung wieder zum Strahlen bringen.

Ich war die letzten Wochen sehr verbissen und wenig nachsichtig Liv gegenüber gewesen. Ja, sie hatte mich tief verletzt, aber vielleicht war es nun an der Zeit, über meinen Schatten zu springen. Nichts würde gut werden, wenn ich ihr ständig unterschwellig Vorwürfe machte und das für Dinge, für die sie gar nichts konnte. Das wurde mir in diesem Augenblick irgendwie ganz deutlich bewusst, als ich meine beiden besten Freundinnen im fahlen Licht der Straßenlaternen musterte.

»Danke, das weiß ich wirklich zu schätzen«, erwiderte ich und merkte, wie sich meine Mundwinkel nun ehrlich hoben.

»Dann lasst uns nicht länger warten, sondern auf diesen Abend anstoßen – den letzten in diesem Jahr!«, rief Cassy und warf beide Arme in die Luft.

Unsere Tradition ... und mit diesem Gedanken kroch plötzlich eine ganz andere Sorge in mir hoch. Durfte ich Alkohol trinken? Jetzt? War es verantwortungslos, wenn ich heute trank, oder machte ich mir unbegründet Sorgen und malte den Teufel an die Wand? Ich beschloss, mir drinnen noch einmal zu überlegen, was ich tun konnte, um mich vielleicht geschickt aus der Situation herauszuwinden.

In der Auffahrt zum Haus waren die letzten weißen Streifen zu erkennen, die an den Schnee der vergangenen Tage erinnerten. Je weiter wir uns dem Gebäude näherten, desto lauter wurde die Musik und der Bass nahm zunehmend meinen Körper ein. Mein Herzschlag passte sich dem Beat an. Und mit dem unbeschwerten Lachen von Cassy und Liv löste sich allmählich der Knoten in meinem Bauch.

Während ich die beiden betrachtete, wurde mir einmal mehr bewusst, wie gern meine Freundinnen hatte und dass ich mir ein Studium ohne die beiden nicht mehr vorstellen konnte. Wie viel mir die unbeschwerte Zeit und die gemeinsamen Stunden mit ihnen bedeuteten.

Diese Nacht würde großartig werden.

***

»Auf uns!«, stimmte ich ein und stieß mein Glas gegen das von Cassy und Liv. Dann warf ich meinen Kopf in den Nacken und kippte den Shot hinunter. »Boah, da hat uns Cassy aber mal wieder was besorgt.«

»Das kannst du laut sagen.« Liv kicherte. Himmel, wie sehr hatte ich das vermisst? Wie hatte ich es je vergessen können, mit meinen besten Freundinnen anzustoßen und damit eine neue Party einzuläuten?

Als ich über Livs Schulter sah, bildete sich ein Kloß in meinem Hals und der Nebel kehrte in meine Gedanken zurück. Ich bemühte mich, mir meine Unsicherheit nicht anmerken zu lassen. Doch mein Lachen war verflogen. Bevor ich etwas sagen konnte, schlangen sich bereits zwei

Arme um Liv und Finn zog sie an sich. Schlagartig wurden ihre Gesichtszüge viel weicher, unbeschwerter, und sie drehte sich in Finns Richtung. Dann stellte sich meine beste Freundin auf die Zehenspitzen und drückte dem Footballstar einen Kuss auf den Mund, den er bereits zu einem Lächeln verzogen hatte.

Ich rang mir ebenfalls ein Lächeln ab, richtete meinen Blick jedoch eilig auf Cassy, nur um dann erneut zu Liv und Finn zu gucken. Liv so glücklich mit ihm zu sehen, zerriss mich förmlich. Egal, wie sehr ich versuchte, mich für die beiden zu freuen, der Schmerz blieb. Der Schmerz und das Gefühl, dass ich ihm nicht gut genug gewesen war. Dass er mich nicht einmal beachtet hatte, nicht mal meinen Namen gekannt hatte bis zu der letzten Party, die bei Jaydon in ebendiesem Haus stattfand. Und ich hatte mir den Kopf wegen diesem Mistkerl zerbrochen, hatte alles über ihn in Erfahrung gebracht und alles versucht, um ihm aufzufallen.

Aber was viel schlimmer war: Ich hatte beim Cheerleading nur noch auf seine Blicke gewartet, hatte ihm gefallen wollen und meine Leidenschaft aus den Augen verloren.

»Grace?« Ich zuckte zusammen, riss meinen Blick von Liv und Finn los und sah zu Cassy. Die Augen meiner Freundin bohrten sich tief in meine und sprachen Bände. Sie wusste genau, was in mir vorging. »Jaydon hat sich dieses Mal bei der Dekoration im Garten selbst übertroffen. Wollen wir mal gucken gehen?«

Ich wollte schon antworten, dass das eine gute Idee sei, doch in dem Moment schlangen sich auch um mich zwei Arme. »Da bist du! Ich habe dich schon überall gesucht!«

Jaydon. Ein Kribbeln durchfuhr mich von seiner Berührung und breitete sich in rasender Geschwindigkeit in meinem ganzen Körper aus, sodass mein Herz ins Stolpern geriet.

»Hübsch siehst du aus«, fügte er hinzu und grinste mich frech an, was seine weißen Zähne zum Vorschein brachte. »Eins von den Outfits von Cassys Vater?«

Ich lachte auf und vergaß, was die letzten Tage zwischen uns geschehen war. »Erwischt. Ich habe mir tatsächlich mal wieder was aus Cassys Kleiderschrank geborgt.«

»Habt ihr Jungs schon mitbekommen, dass Cassys Vater auch die Uniformen der Cheerleaderinnen für den bevorstehenden Wettbewerb designen durfte – mit Cassys Hilfe natürlich? Ist das nicht der Hammer?«, warf Liv ein, sodass Cassy sogleich die Röte in die Wangen schoss. »Und ich finde, der Schnitt ist dieses Jahr besonders cool geworden.«

»Nicht nur das, wir durften sie sogar schon Probetragen«, mischte ich mich ein und musste grinsen. Es wunderte mich, dass Cassy Liv anscheinend schon gezeigt hatte, für welche Uniform die Entscheidung gefallen war. Darauf ging ich jedoch nicht weiter ein. Vermutlich war Liv wieder furchtbar neugierig gewesen und hatte Bilder von Cassy gefordert.

»Die sehen nicht nur klasse aus und passen richtig gut zur neuen Choreografie, sondern sind auch richtig bequem«, ergänzte ich.

Jaysons Hände lagen plötzlich wie Blei auf meiner Taille und ich trat zur Seite, damit er sie wegnahm. Hoffentlich fiel niemandem sonst auf, dass wir viel vertrauter als üblich zusammenstanden. Und dass seine Berührungen nicht so waren wie zuvor. Dass seine Hände an meinem Körper mein Herz aus dem Takt brachten, allein seine Nähe mich nervös, aber auch glücklicher stimmte – viel mehr als bei einem besten Freund.

»Ihr seid so süß«, trällerte Cassy und holte mich damit zurück auf die Silvesterparty. »Und ich bin schon so gespannt, was ihr aus dem Camp machen werdet! Zu schade, dass ich da nicht Mäuschen spielen darf.«

»Ja, es wäre wirklich schön, wenn wir zu dritt fahren könnten. Und vergiss nicht, die Footballer werden auch dabei sein!«, stimmte Liv sofort zu und warf unserer besten Freundin einen traurigen Blick zu. »Aber vielleicht bekommst du die Zusage von der College-Leitung ja noch. Ich meine, die Idee, dass du als meine Assistentin und Kontrolleurin der Uniformen mitkommst, klingt doch gut. Ich brauche auf jeden Fall deine Unterstützung«, meinte Liv mit einem Augenzwinkern. »Als Sport-Journalistin und Vorsitzende der College-Zeitung brauche ich definitiv eine helfende Hand und seelische Unterstützung. Kann dein Dad nicht noch einmal seine Kontakte spielen lassen? Kommende Woche geht es schließlich schon los.«

»O ja, die Zeit vergeht so schnell. Ich meine, in einem Monat ist bereits der Auftritt für den NCA-Cheerleading-Wettbewerb in Florida. Stellt euch mal vor, wir würden es tatsächlich schaffen, dort zu gewinnen! Was das nicht nur für unser College und die Mannschaft heißen würde. Ich könnte vielleicht auch ein Stipendium ergattern und ...« Weiter kam ich nicht.

»Kommt gar nicht infrage«, ging Jaydon dazwischen. »Erst verlässt uns unser Star-Footballer, und nun möchtest du auch noch auf ein anderes College flüchten?«

Seine Worte rissen mein Herz förmlich aus der Brust. »Jaydon, ein Stipendium bedeutet doch nicht zwingend einen Collegewechsel. Und ein bisschen Unterstützung für meine Leidenschaft neben dem College kann auch nicht schaden.« Während ich das sagte, ruhte mein Blick auf Liv, die einige Male schluckte und sich dann entschuldigte.

»Ich hole mir kurz was zu Trinken.«

»Warte.« Finn packte sie am Arm, ließ seine Hand hinuntergleiten und verflocht ihre Finger miteinander. Und aus irgendeinem bescheuerten Grund konnte ich das kaum mit ansehen.

Wieso musste ich nur so verdammt eifersüchtig sein? Weil bei Liv scheinbar alles so leicht war? Ihr alles zuzufallen schien? Dabei wusste ich mit am besten, dass das nicht stimmte, und deshalb hasste ich mich in diesem Augenblick umso mehr. Zudem verstand ich nicht, weshalb es mich noch immer so verletzte, wo Jay nun direkt neben mir stand. Wo er eben noch so fürsorglich gewesen war. Ich verstand mich selbst nicht mehr.

»Das war unfair«, meinte Cassy an Jaydon gerichtet, als Liv und Finn außer Hörweite waren. »Du weißt, wie sehr es Liv beschäftigt, dass Finn im kommenden Semester wegzieht. Dann musst du es ihr doch nicht ausgerechnet heute unter die Nase reiben.«

»Sorry!« Jaydon warf entschuldigend die Hände in die Luft. »Das war nicht böse gemeint.«

Cassy zuckte mit den Schultern. »Trotzdem unangebracht.« Dann wandte sie sich mir zu. »Du solltest deinem Freund noch ein bisschen Benehmen beibringen, Honey.«

Mir schoss die Hitze in Kopf. Dennoch konnte ich Jaydons Blick auf mir spüren, auch wenn ich mich nicht traute, ihn anzusehen.

»Ich werde mir auch mal mein Getränk auffüllen gehen. Möchtet ihr etwas? Die Zeit bis Neujahr vergeht wohl schneller, als gedacht.« Wie um ihre Aussage zu unterstreichen, deutete Cassy zu der Standuhr am anderen Ende des Raumes. »Wir sollten uns gleich die besten Plätze auf dem Dach sichern – für das Feuerwerk.« Sie zwinkerte, zupfte ihr Kleid zurecht und machte sich letztendlich wie Finn und Liv in Richtung der Küche auf, als Jaydon und ich fast zeitgleich zustimmten.

Mit Cassy verließ mich jeder Mut und all meine Worte. Es schien mir schlagartig, als würde es nur noch Jay und mich zwischen den unzähligen Gästen geben. Die Musik und die Stimmen vernahm ich nur noch dumpf. Es war mir doch sonst nie schwergefallen, mit ihm zu reden. Was war los mit mir?

»Hast du noch mal mit Liv gesprochen?«, hakte Jaydon nach und trat wieder näher zu mir, damit ich ihn besser verstehen konnte.

Wie von selbst schüttelte ich den Kopf. »Warum?« Sofort schoss mein Puls erneut in die Höhe.

»Du weißt, warum. Ich sehe dir doch an, dass du den Vorfall von der Party noch immer nicht vergessen kannst. Ich dachte, ihr wolltet euch deswegen aussprechen und einen Neustart wagen?« Er musterte mich eindringlich und strich sich schließlich mit einer Hand seine zerzausten Haare nach hinten. »Cassy kann nicht ewig euer Bindeglied in der Gruppe sein. Im Camp müssen du und Liv vermutlich auch zu zweit miteinander auskommen. Wie soll das funktionieren, wenn du dich selbst so zwingst und aufgibst, ohne ein vernünftiges Gespräch mit ihr zu suchen?«

Wie recht er hatte. Ich konnte die Situation nicht vergessen, in der ich das Bild von Finn und Liv an die Presse geschickt hatte – ein Bild, auf dem klar war, dass sie eine Beziehung führten und mehr zwischen ihnen lief. Wie Liv mich danach angesehen hatte. Meiner besten Freundin stand die Enttäuschung und tiefe Betroffenheit ins Gesicht geschrieben, das sah ich noch immer deutlich vor mir.

Mein Neid hatte die Oberhand ergriffen. Wochenlang hatte ich die Eifersucht ihr gegenüber hinuntergeschluckt – dass es bei ihr so gut lief, sie ihre Träume erreichte und ich so hart dafür kämpfte. Mit anzuschauen, wie sich dann auch noch der Typ in sie verguckte, an den ich mein Herz mit dem ersten Tag am College verloren hatte, hatte mir den Boden unter den Füßen weggerissen. Der Anblick der beiden auf der Party hatte das Fass zum Überlaufen gebracht. Es tat mir so leid. Ich hatte das nicht gewollt. Allerdings würde ich das nie wieder gutmachen können. Diese Zeit und die Ereignisse würden wir beide nicht vergessen und sie würden vermutlich immer zwischen unserer Freundschaft stehen.

Ich sah das Camp jedoch als Chance, um eventuell endlich mit Liv über die letzten Wochen reden zu können. Als Chance, neu anzufangen und mich zu entschuldigen. Aber wie sollte das funktionieren, wenn da immer noch diese unbändige Eifersucht wie ein Feuer in mir loderte? Wenn ich das Gefühl hatte, sie mit meinen Problem zu nerven und mich in den Vordergrund zu drängen?

»Hey.« Jaydon neigte seinen Kopf und griff nach meinen Händen. »Du bekommst das schon hin. Wir alle wissen, wie es für dich gewesen sein muss, Liv mit Finn zu sehen. Aber ich denke, dass Liv dich demnächst brauchen wird – als Freundin. Und wenn du für sie da sein kannst, wie ihr es sonst immer füreinander wart, dann wird bestimmt alles gut.«

Jay wusste es. Natürlich. Meine Reaktion auf der Party war so offensichtlich gewesen. Vermutlich konnten es sich alle vom College denken, dass ich Gefühle für Finn hatte. Vielleicht konnte ich sogar von Glück reden, dass keine Schlagzeilen gegen mich im Netz aufgetaucht waren oder ich zumindest von nichts Großem mitbekommen hatte.

Ich sah es schon vor mir: *Eifersüchtige Freundin will Star-Footballer und Sport-Journalistin bloßstellen – unglücklich verliebt?*

Wie töricht von mir, zu denken, Jay hätte nichts mitbekommen und meine Gefühle für Finn stünden wie ein weiteres Geheimnis zwischen uns. Doch ich versuchte, mir nicht anmerken zu lassen, dass ich damit nicht gerechnet hatte, dass Jay mir das nun derart offen zeigte. Die ganze Zeit über hatte ich mir eingeredet, dass er es nicht wusste.

Wie sollte alles gut werden, wenn ich wie ein eifersüchtiges Monster auf meine beste Freundin starrte? Wütend über mich selbst, richtete ich den Blick zu Boden. Ich schaffte es nicht, Jaydon – der immer für mich da gewesen war – in die Augen zu schauen. Nicht jetzt, wo ich mir so unsicher war, was ich fühlte und was ich wollte.

Dabei hatte Jaydon recht. Wie musste es für Liv sein, zu wissen, dass der Mensch, in dem sie ihre Heimat gefunden hatte, bald nahezu am anderen Ende der USA leben würde? Dass ihnen nur noch die Zeit der Playoffs, Combines und Pro Days blieb?

Sofort schnürte sich auch mir die Kehle zu. »Bestimmt«, presste ich zwischen zusammengebissenen Zähnen hervor und sah wieder auf, als Jaydon meine Hände fester drückte.

»Glaube an euch. Jeder macht Fehler, du musst sie dir nur eingestehen.« Und dann zog er mich in eine Umarmung, die ich genau in dem Moment brauchte. »Nutze das Camp. Nicht nur für deinen Traum und den Cheerleading-Wettbewerb.«

Ein kleines Lächeln stahl sich auf meine Lippen, obwohl mir so gar nicht danach zumute war. »Jaydon, das mit dem Stipendium war ein Witz. Ich liebe das Cheerleading, aber ich denke nicht, dass ich auch nur annähernd gut genug für ein Stipendium wäre.«

Jaydon schüttelte den Kopf und zog mich fester an sich, um mir etwas ins Ohr zu flüstern. Als seine Lippen mein Ohr streiften, jagte mir ein Schauer den Rücken hinunter und als er zu sprechen begann, vergaß ich endgültig alles um uns herum.

»Sag so etwas nicht. Selbst wenn, für mich wirst du immer etwas ganz Besonderes bleiben.« Mit den Händen strich er über meinen Rücken, berührte den Ausschnitt meines Kleides. Er räusperte sich, um mit kratziger Stimme hinzuzufügen: »Neulich Abend werde ich nie vergessen – egal, was jetzt kommt und ob wir entscheiden, dass wir nur Freunde sind.«

»Ich ...« Der Raum schwankte zum wiederholten Male an diesem Abend. Jetzt wäre der Moment, um es anzusprechen. Um ihm zu sagen, was ich die letzten Tage festgestellt hatte. Doch mein Mund war staubtrocken. Und als hätte mein Kopf einen Kurzschluss erlitten, löste ich mich aus seinen Armen, griff nach dem erstbesten Champagnerglas, das ich neben mir finden konnte, und kippte es hinunter.

»Gray!«, rief Jaydon aufgebracht und fuhr sich erneut mit einer Hand durch die Haare.

Ich war verdammt noch mal nicht bereit dafür. Ich konnte das nicht. Nicht hier. Nicht jetzt. Plötzlich fühlte ich mich nicht nur von meinen Gefühlen in die Enge getrieben, sondern auch von all den Menschen in diesem Raum. Hilfesuchend warf ich einen Blick über Jaydons

Schulter. Suchte einen Ausweg. Es war einfach alles zu viel. So viel ...

»Tut mir leid«, hauchte ich, dann drehte ich mich um und schob mich durch die Menschen hindurch, bloß raus hier. Ich brauchte frische Luft.

Die Winterjacken hatten wir am Eingang aufgehängt, sodass sich die schneidende Nachtluft auf meine heiße Haut legte. Erst als ich draußen stand, wurde mir klar, wie kalt es war. Die eisige Luft fraß sich in meine Haut, aber ich ließ mich nicht davon beirren.

Mit geschlossenen Augen stand ich da und horchte in mich hinein. Ich wartete darauf, dass sich das Chaos legte und der Sturm, der in mir tobte, zur Ruhe kam. Mein Herz trommelte gegen meine Rippen, als würde jemand in meinem Inneren eine Base Drum schlagen.

Einatmen. Ausatmen.

Alles war gut. Langsam zählte ich in meinem Kopf hinauf, um an irgendetwas festzuhalten und an etwas anderes zu denken als an das, was gerade im Haus passiert war.

Einundzwanzig.

Ja, ich hatte geahnt, dass Jay wirklich etwas für mich empfand, das mehr als Freundschaft war. Ich hatte nur nicht damit gerechnet, dass mich seine Nähe plötzlich so erdrücken würde.

Zweiundzwanzig.

Seine Nähe hatte immer Heimat für mich bedeutete. Ein Fels in der Brandung, wenn ich einmal wieder von mir selbst geflohen war.

Dreiundzwanzig.

Was tat ich nur? Was bekam ich überhaupt noch auf die Reihe? Ständig scheiterte ich.

Vierundzwanzig.

War ich gut genug? War es genug, was ich erreichte? Egal, was ich tat, ich hatte das Gefühl, nie richtig anzukommen, nie ich zu sein, nie genug zu sein. Und es fraß mich auf.

Fünfundzwanzig.

»Grace«, erklang eine Stimme neben mir. Ein Arm legte sich um meine Taille und ich zuckte zusammen, wich instinktiv zurück.

Doch als ich in die braunen Augen meiner Freundin schaute, beruhigte ich mich wieder. Ich stieß die Luft aus. »Cassy.«

»Was ist los?«, wollte sie wissen.

Dass nicht alles gut war, brauchte ich ihr in diesem Moment wohl kaum zu sagen. Dass jemand so schnell aus einem mit Menschen gefüllten Raum hinausstürmte, war offensichtlich nicht normal. Aber ich brachte kein Wort über die Lippen. Ich war mir sicher, ich würde in Tränen ausbrechen, wenn ich jetzt den Mund aufmachte.

»Honey«, hauchte sie und trat dichter an mich heran. Dann breitete sie die Arme aus und legte den Kopf schief. »Darf ich?«

Ich brauchte nicht zu antworten. Als wurde sie aus meinen Augen lesen können, dass ich das gerade wirklich brauchte und nicht widersprechen würde, zog sie mich an sich.

Cassy war ein bisschen kleiner als ich, sodass ich meinen Kopf auf ihre Schulter legen konnte. Mit einer Hand strich sie über meinen Rücken. »Was ist denn los? Du hast doch eben noch mit Jay gesprochen, oder nicht?«

Beim Klang seines Namen zuckte ich zusammen und hätte am liebsten abgestritten, dass es um ihn ging und dass zwischen uns etwas vorgefallen war.

»Es ist kompliziert«, presste ich hervor und merkte währenddessen, wie die Tränen zu laufen begannen. Ich war doch sonst nicht so eine Heulsuse gewesen ... Innerlich fluchte ich deshalb und verdrehte die Augen über mich selbst.

»Wann ist es das nicht?« Cassy lachte auf.

Dabei kam mir eine ganz andere Frage in den Sinn. »Wo ist Liv?«

»Ich denke, bei Finn. Warum?« Als sie mir ins Gesicht sah, konnte ich erkennen, wie irritiert sie war.

»Ich ...« Ich stockte. Konnte ich das so sagen? »Ich möchte nicht, dass ihr euch meinetwegen Gedanken macht. Das geht schon, so schlimm ist es nicht – ich komme damit allein klar.«

»Was?« Es wirkte, als würde Cassy aus allen Wolken fallen. »Wieso denkst du denn so etwas? Hier sind die Probleme von niemandem mehr oder weniger wert. Was ist los? Du weißt doch, dass du immer und über alles mit uns reden kannst.«

Ich zuckte mit den Schultern. »Ich denke, dass Liv gerade wesentlich bedeutendere Probleme hat und wir ihr zur Seite stehen sollten.«

»Das ist lieb von dir, aber hör mal, das eine hat mit dem anderen nichts zu tun. Es ist ehrenwert, dass du dich nicht in den Vordergrund drängen möchtest, aber das tust du doch auch gar nicht – selbst wenn du mit uns redest und verrätst, weshalb es dir auch gerade nicht so gut geht.« Sie griff nach meinen Händen. »Seit wann hast du dir das denn in den Kopf gesetzt? Du hast doch sonst auch mit uns über alles geredet. Was ist passiert, dass du nicht mit uns sprichst?«

Ich habe das Gefühl, du und Liv würdet enger zusammenwachsen, während ich mich aus der Gruppe entferne.

Das sagte ich jedoch nicht laut. Denn war es so? Oder sah ich Dinge, die gar nicht wirklich da waren?

»Keine Frage, wir sollten für Liv da sein«, fuhr Cassy fort, als ich ihr keine Antwort gab. »Was da zwischen ihr und Finn ist, das kann sie allerdings nur allein klären. Da können wir ihr nicht helfen. Wir können ihr nur Ratschläge geben und das haben wir getan. Was sie jetzt daraus macht, das liegt ganz bei ihr. Genauso ist es bei dir. Rede mit uns, versuche, es in Worte zu fassen, und wir werden dir immer zuhören und gucken, was wir dir raten oder wie wir dir zur Seite stehen können. Du musst nur den Mund aufmachen.«

»Ich kann nicht«, krächzte ich und wischte mir mit der Hand die Tränen fort.

»Nimm dir alle Zeit, die du brauchst, um darüber zu sprechen. Wir sind da, wenn du uns brauchst, und wir werden dir zuhören, sobald du magst.« Sie drückte meine Finger fester. »Lass uns reingehen und dort einen ruhigen Platz suchen, wo wir uns hinsetzen könne, ja? Nicht, dass du mir noch erfrierst.«

Erst mit ihren Worten schaute ich an mir hinunter und sah die Gänsehaut, die über meine nackten Arme und Beine kroch. Cassy hatte recht und trotzdem sträubte sich alles in mir dagegen, Jaydons Haus noch einmal zu betreten. Ich wollte ihm an diesem Abend kein weiteres Mal gegenübertreten, wollte ihm keine Erklärungen mehr schuldig sein oder ihm einen Korb geben. Und zugleich fragte ich mich, weshalb ich ihn nicht einfach zurückweisen konnte. Wirklich nur, weil ich Angst hatte, ihn als besten Freund zu verlieren? Da war nicht mehr zwischen uns, nicht von meiner Seite. Dessen war ich mir doch sicher. Oder?

»Okay«, brachte ich schließlich hervor und ließ mich von Cassy in Richtung Haus führen.

Damit kehrten wir dem Garten den Rücken zu. Aus dem Augenwinkel sah ich noch, dass überall Lichterketten und Lampions hingen. Selbst in den Bäumen und Sträuchern hier draußen waren zahlreiche festliche Girlanden angebracht, und vereinzelt waren noch Weihnachtskugeln und andere Dekoartikel zu finden.

Kaum im Inneren, legte sich die warme Luft um mich. Nun kam mir der Raum noch stickiger vor und warf mich in die Szene zurück, aus der ich eben noch geflüchtet war. Ich musste es Jay sagen. Ich musste zumindest mit ihm über meine Befürchtung reden, dass meine Regel trotz der Pille ausblieb und ich mir das nicht erklären konnte. Damit würde ich wenigstens einen Teil der Last von meinen Schultern nehmen und es würde ein Geheimnis weniger zwischen Jay und mir stehen. Obwohl ich mich ganz und gar nicht bereit fühlte, darüber zu sprechen – ich musste es loswerden. Jay hatte ein Recht darauf, es zu erfahren.

Während ich den Blick über die tanzende Menge wandern ließ, entdeckte ich einen blonden Schopf, der dafür sorgte, dass ich wie angewurzelt stehen blieb. Jay.

Er lehnte am Küchentresen, der sich zum Wohnzimmer hin erstreckte, wo sich die Tanzfläche gebildet hatte. In seiner Hand hielt er ein Glas, das er in dem Moment an die Lippen setzte und dessen Inhalt in einem Zug leerte. Aber er war nicht allein. Neben ihm stand ein Mädchen am Tresen, das ich nur zu gut kannte. Leah. Sie warf ihre Haare über die Schulter und kicherte. Gerade als Jay das Glas abgestellt hatte, lehnte sie sich vor und flüsterte ihm etwas ins Ohr, woraufhin er grinste.

Ich konnte mich nicht abwenden, fühlte mich gezwungen, weiter hinzusehen. Dabei legte sich eine Hand um mein Herz und drückte zu. War es das, was ich dachte? Ich hatte ihn abgelehnt, hatte ihm zu verstehen gegeben, dass ich ihn nicht wollte, und nun angelte er sich das erstbeste Mädchen?

Ein Kloß bildete sich in meinem Hals. Ich durfte nicht eifersüchtig sein. Ich war doch selbst nicht besser gewesen. Ich hatte ihn ausgenutzt, um meinen Liebeskummer wegen eines anderen Typen zu verdrängen. Ich war nur seine beste Freundin. Aber sollte ich ihn nicht trotzdem davon abhalten, einen Fehler zu begehen und sich einfach eine Andere zu krallen? Doch ich konnte nicht. Ich konnte ihn nicht aufhalten, meine Eifersucht nicht unterdrücken.

»Grace?« Ich nahm Cassy gar nicht mehr richtig wahr, obwohl sie direkt neben mir stand. Gerade noch sah ich, wie Leah sich erneut zu ihm beugte und sich auf die Zehenspitzen stellte. Sie waren sich so nah. Zu meinem Entsetzen überwand Leah auch noch den letzten Abstand zwischen den beiden und …

Mein Atem stockte. Die Zeit blieb stehen, meine Welt hielt an und ich kam mir vor, als würde mein gesamtes Konstrukt, da sich um mich aufgebaut hatte, in sich zusammenstürzen.

Sie küssten sich.

Sofort spürte ich wieder, wie Jays Mund sich auf meinem angefühlt hatte. Wie in meinem Magen ein noch nie da gewesenes Kribbeln ausgebrochen war. Ich spürte seine Hände auf meiner Haut. Ich empfand viel zu viel. Es sollte mir egal sein. Doch das war es nicht. Jay war mir wichtig, bedeutete mir so viel.

Ich war überfällig. Ich hatte meine Periode nicht bekommen. Vielleicht hätte ich es ihm sagen sollen, bevor ich das zugelassen hatte, was sich da nun vor mir abspielte. Ich hätte es ihm sagen müssen und nicht weglaufen dürfen. Es war meine Schuld.

Aber nun war es zu spät. Ich wusste einfach nicht mehr, was ich tat. Ich wusste nicht, was ich wollte. Himmel, hatte ich mein Leben überhaupt unter Kontrolle?

Und in meinen Gedanken hörte ich meine Familie. *Nur wenn du am Ende Erfolg hast, hast du hart genug gearbeitet. Nur wer Schweiß und Tränen lässt, erreicht das Ziel. Wer schwach ist, verliert sich selbst und gibt auf, bevor der Kampf begonnen hat.*

Ich hatte versagt. Ich hatte mich verloren, während ich in den letzten Wochen nur um die Aufmerksamkeit anderer gekämpft hatte. Mein wesentliches Ziel war ein anderes gewesen und ich hatte es aus den Augen verloren. Und nun zerstörte ich auch noch die einzig kostbare Freundschaft, die mir neben Cassy und Liv geblieben war. Überall riss ich Löcher in den Boden und kapselte mich ab. Was konnte ich eigentlich?

Dann trafen sich unsere Blicke.

Verlassen in der tanzenden Menge, hörte ich nur das Dröhnen meines Kopfes. Ich hätte es nicht tun dürfen. Ich hatte Jaydon verloren, als mich meine Gefühle einmal mehr überwältigt hatten. Als meine Gedanken wieder einmal bei Finn hingen und an der Verzweiflung, dass dieser meine Gefühle nicht erwiderte. Nun verfluchte ich mich. Wie dumm konnte ich sein, meinen besten Freund benutzt zu haben, um mich von Finn abzulenken? Mit dieser Entscheidung hatte ich Jaydon schon verloren, bevor dieser Abend begonnen hatte. Wieso hatte ich seinen Kuss in jener Nacht auch erwidert? Hatte mich auf mehr eingelassen?

Diese Erkenntnis riss mir den Boden unter den Füßen weg und ich hatte das Gefühl, ein zweites Mal an diesem

Abend zu fallen. Nur dass es dieses Mal kein Erwachen und kein Auffangtuch gab, niemanden, der mich hielt. Mein Gefühlschaos hatten mir ein Seil gespannt, über das ich nun stolperte, und der Aufprall war hart.

Dann rannte ich hinaus.

Happy New Year.

Kapitel 16 – Jaydon Carter

01. Januar, 07:04 Uhr

Gebrochene Herzen schlagen laut

Mein Schädel explodierte.

Nachdem die letzten Gäste gegangen waren und das Wohnzimmer leer vor mir lag, erschien mir plötzlich alles zu groß und ich selbst kam mir klein vor in dem zurückgelassenen Chaos. Alex klopfte mir auf die Schulter, als er neben mir erschien. Er war der Einzige, der noch da war und mir versprochen hatte, beim Aufräumen zu helfen. Finn war mit Liv kurz nach Mitternacht nach Hause gefahren. Und Cassy hatte ich zusammen mit Grace aus den Augen verloren.

»Du solltest dich bei Grace melden. Ich habe vorhin noch mit Finn und Liv geredet und die beiden meinten, dass Cassy ziemlich aufgelöst klang, als sie sich bei Liv gemeldet hat.« Ich traute mich nicht, ihn anzusehen, während er weitersprach. »Ich meine, wer verlässt kurz vor Mitternacht an Silvester eine Party? Was hast du gemacht, was sie so verletzt hat?«

Ich schüttelte den Kopf, während sich alles in mir zusammenzog. Am liebsten wäre ich auf der Stelle zu Grace gefahren. Von den Stunden rund um Mitternacht war ein einziges, verschwommenes Durcheinander in meinen Erinnerungen zurückgeblieben.

»Weißt du noch, was passiert ist?«, hakte Alex nach. »Du warst zwischenzeitlich echt eine Spur neben dir – oder auch zwei.«

»Gut möglich. Ich glaub, ich hab viel zu viel getrunken.«

»Das tust du doch sonst nicht.« Bestürzung lag in Alex' Stimme. »Finn hat nur verraten, dass es um dich und Grace ging und dass du dich mal bei ihr melden solltest.«

Ich ließ den Blick über all die leeren Flaschen gleiten, die teils am Boden lagen oder überall verteilt auf Tischen und Fensterbänken standen – wobei einfach alles als Ablage hergehalten hatte, was in Reichweite der Tanzfläche gewesen war.

Es war immer wieder schön, mit dem Football-Team und einigen Cheerleaderinnen zusammen ins neue Jahr zu starten. Doch beim Anblick, was dieses Jahr zurückgeblieben war, wünschte ich mir, ich hätte einfach einen gemütlichen Abend mit Alex, Finn, Liv, Cassy und Grace verbracht. Dann wäre das alles vielleicht nicht passiert.

Meine Eltern hatten es sich zur Tradition gemacht, Silvester und Neujahr in den kanadischen Bergen zu verbringen – zumindest einige Tage, bevor der Betrieb in der Firma meines Dads wieder anlief. Das bedeutete, dass auch ich bis zum Camp nicht in der Werkstatt arbeiten konnte. Ich würde mir nun etwas anderes suchen müssen, um mich wieder auf das fokussieren zu können, was wichtig war. Wenn ich denn noch wusste, was mir überhaupt wichtig war ...

Grace. Sie war mir wichtig. Sie war die Konstante in meinem Leben. Immer gewesen, und nun drohte dieser letzte Halt zu fallen, während ich mit allem um mich herum haderte, vor allem mit der Frage, was ich eigentlich wollte. Vom Studium, vom Sport. Was waren meine Ziele? Hatte ich je welche gehabt, die mich erfüllt hatten und die ich nicht bloß anderen zuliebe verfolgt hatte? Hatte ich echte Ziele, die mich erfüllten?

Mit den Scherben, die auf dem Parkett verteilt lagen, kamen auch die Erinnerungen splitterweise zurück. Wie ich Grace gesagt hatte, dass mir der Abend mit ihr dennoch viel bedeutet hatte. Dass ich es akzeptierte, dass wir nur Freunde waren. Ich hätte das nicht tun dürfen und dennoch war da etwas in ihren Augen gewesen, was mich dazu getrieben hatte, das Thema anzusprechen.

Das war ein Fehler gewesen. Mir hätte spätestens nach dem ersten Gespräch mit ihr über jene Ereignisse klar sein müssen, dass sie Zeit brauchte und ich sie nicht drängen durfte. Und ich Vollpfosten hatte mich von der Euphorie des Abends leiten lassen.

»Du standest zwischendurch echt lange mit einem Mädchen an der Bar. War das eine von den Cheerleaderinnen?« Alex verschränkte die Arme vor der Brust und zum ersten Mal an diesem Morgen sah ich ihn an, wie er mich prüfend musterte.

Sofort kehrte das Bild von einem braunhaarigen Mädchen zurück. Leah. Wie sie sich zu mir an den Tresen gesellt hatte, nachdem ich frustriert einige Kurze getrunken hatte. Um zu vergessen, wie Grace mich einfach hatte stehen lassen, weil ich nicht gewusst hatte, was ich machen sollte. Wieso war ich ihr nicht nachgelaufen?

Damit wusste ich wieder, was geschehen war und weshalb ich Grace aus den Augen verloren hatte. Sofort zog ich mein Handy hervor und schrieb eine Nachricht an sie, weil ich damit nicht länger warten konnte.

Jaydon, 7:25 Uhr
Es tut mir leid. Es ist nicht so, wie du denkst. Bitte lass es mich erklären.

Kurz darauf fiel mein Blick auf unzählige Nachrichten von Leah. Himmel. Wir mussten Nummern ausgetauscht haben, als mein Kopf viel zu sehr gedröhnt hatte, um sich jetzt noch daran zu erinnern. Schlagartig keimte ein schlechtes Gewissen in mir auf. So war ich doch sonst nicht. Ich hatte niemanden verletzen wollen. Doch aus irgendeinem Grund schien mich das Schicksal auszulachen.

Leah, 4:05 Uhr
Jay, der Abend war echt schön.

Sehen wir uns die Tage?

Ich würde mich wirklich freuen.

Ich hatte wohl nicht nur Grace einiges zu erklären.

Frustriert fuhr ich mir mit einer Hand durch die Haare und seufzte. Was sollte ich Leah denn sagen? Besser, ich stellte gleich klar, was Sache war und dass ich nur viel zu viel getrunken hatte, um ihr direkt mitzuteilen, dass ich nichts von ihr wollte. Mir zog sich der Magen zusammen. Sie war so ein liebes Mädchen. Hoffentlich nahm sie die Abfuhr nicht persönlich.

Doch ich wollte sie unter gar keinen Umständen in das Chaos meiner Gefühlen hineinziehen und schon gar nicht zwischen Grace und mich stellen. Das war nie meine Absicht gewesen. Obwohl Grace mir deutlich zu verstehen gegeben hatte, dass sie nichts für mich empfand, tauchten nun Zweifel in mir auf. Machte ich mir falsche Hoffnungen, wenn ich mir einbildete, sie würde vielleicht doch nicht nur Freundschaft in uns sehen? Ich schloss die Augen, atmete tief durch und schrieb dann Leah.

Jaydon, 7:31 Uhr
Leah, es tut mir leid. Können wir reden?

Den ganzen Morgen versuchte Alex mich auszuquetschen, was vorgefallen war. Ich bekam dadurch heraus, dass Grace die Party plötzlich verlassen hatte, Cassy ihr nachgelaufen war und sie heimgebracht hatte.

Während wir aufräumten, bohrte sich das schlechte Gewissen wie kleine Messer in mich hinein. Immerzu ließ ich den Abend Revue passieren. Es tat mir wirklich leid, dass ich durch mein eigenes Straucheln, meine Gedankenlosigkeit auch Grace mit an den Rand des Abgrunds riss. Ich hatte ja nicht ahnen können, dass Leah sich nicht nur einfach so zu mir gesellt hatte. Hätte ich darauf vorbereitete sein müssen, dass sie mich küsste, bloß weil ich mit ihr gelacht und getrunken hatte? All das hätte ich nicht tun sollen. Statt nach Grace zu sehen, hatte ich versucht, meine eigenen Gedanken loszuwerden.

Ich war so egoistisch.

Dennoch hoffte ich, es ihr erklären zu können. Dass sie sich anhörte, was ich ihr sagen wollte. Dass es Leah war, die mich geküsst hatte, und nicht andersherum. Aber vielleicht hatte ich einen Moment zu lange gezögert, sie wegzustoßen. Vielleicht war es der Alkohol gewesen, der mich zögern ließ. Egal, was es war, ich hatte einen Fehler gemacht.

Als das helle Piepen meines Handys erklang, fiel mir beinahe der Kehrbesen aus den Händen.

Grace, 9:23 Uhr
Alles gut. Du brauchst dich nicht für nichts zu rechtfertigen. Ich habe dir doch gesagt: Zwischen uns ist nichts als Freundschaft.

Ich glaubte kaum, was ich las. Ihre Antwort tat weh und zugleich kaufte ich ihr nicht eines der Worte ab. Wieso lief sie vor mir davon? Von dem Anblick, wie ich ein anderes Mädchen küsste, wenn sie doch stets meinte, sie wolle nur Freundschaft?

Jaydon, 9:25 Uhr
Danke. Bitte lass es mich trotzdem erklären.

Grace, 9:25 Uhr
Da gibt es nichts zu erklären.

Jaydon, 9:27 Uhr
Ich habe das Gefühl, es gibt ganz viele ungesagte Worte zwischen uns, die wir dringend voneinander hören sollten.

Darauf erhielt ich keine Nachricht mehr, was mich wenig verwunderte. Dafür tauchte eine neue Nachricht von Leah auf.

Leah, 9:27 Uhr
Klar. Wann hast du Zeit?

Kurz zögerte ich, was ich Leah antworten sollte. Doch wenn ich ein Missverständnis jetzt gleich aus dem Weg räumen konnte, würde ich das so schnell wie möglich tun.

Jaydon, 9:29 Uhr
Lass uns in 30 Minuten beim College treffen, wenn das für dich in Ordnung ist.

Leah, 9:29 Uhr
Geht klar.

Jaydon, 9:30 Uhr
Wir sehen uns beim Haupteingang. Bis gleich.

Obwohl ich das Gespräch schnell hinter mich bringen wollte, sträubte sich auch alles in mir dagegen.

»Alex? Ich mache den Rest später allein, danke.« Darauf hielt er in seinen Aufräumarbeiten inne, richtete sich auf und zog die Augenbrauen hoch, sobald er sich mir zugewandt hatte. »Ich ... du hast recht. Ich muss die Fehler der letzten Nacht beseitigen, so gut das eben möglich ist. Bevor ich das lange aufschiebe oder mich ganz darum drücke, mache ich das lieber jetzt.«

Verständnis trat in Alex' Gesicht und er nickte langsam. »Das ist vermutlich keine schlechte Idee. Gib Bescheid, wenn du später doch noch Hilfe benötigst oder jemanden zum Reden brauchst.« Damit klopfte Alex mir auf die Schulter, ließ mich mit meinen Gedanken und in dem leeren Raum zurück.

Ich verfluchte mich für die letzte Nachricht, die ich Grace geschrieben hatte, und wünschte, ich könnte sie zurücknehmen. Ich wünschte, ich könnte so vieles ungeschehen machen, doch das ging nicht.

Vielleicht war es manchmal gar nicht so schlecht, dass wir gewisse Entscheidungen nicht rückgängig machen konnten, sondern lernen mussten, mit den Konsequenzen zu leben. Vielleicht war es das, was sich Stärke nannte. Aber dann war ich gerade nicht stark und wollte es auch nicht sein.

***

Sobald ich mit meinem Fahrrad am College vorfuhr, wäre ich am liebsten wieder umgedreht. Von Weitem konnte ich Leah bereits vor dem Eingang entdecken. Sie vergrub ihr Gesicht in einem Schal, sodass ich ihre Mimik nicht deuten konnte. Ihre Hände hatte sie in ihrem dunklem Mantel versteckt und sobald sie mich entdeckte, kam sie auf mich zu. Dabei wippte ihr Pferdeschwanz hin und her.

Meine Hände waren schweißnass, sodass es mir schwerfiel, mein Fahrrad anzuschließen. Als es mir schließlich gelang und ich mich aufrichtete, stand Leah bereits neben mir.

»Hey«, murmelte sie.

»Hey«, erwiderte ich. Mein Hals war wie zugeschnürt. Leah nach der vergangenen Nacht gegenüberzustehen, überforderte mich. In ihren braunen Augen las ich, dass sie wusste, was ich ihr sagen wollte. Trotzdem verließ kein Wort meine Lippen, mein Mund war staubtrocken und ich suchte verzweifelt nach den richtigen Worten. Doch die gab es nicht. Nicht für das, was ich jetzt sagen musste. »Lass uns ein Stück gehen, ja?«, schlug ich deshalb vor, um möglichst entspannt in das Gespräch einzusteigen. Mein Atem zeichnete sich in einer kleinen Wolke in der Luft ab. Obwohl die Sonne schon lange aufgegangen war, war es kalt und Nebel hing über dem Asphalt. Ich bereute, dass ich nur rasch einen Pullover übergezogen hatte. Es war ziemlich kalt.

Stumm nickte sie, sodass wir schließlich schweigend nebeneinander liefen. Auch ich vergrub meine Hände in meinen Hosentaschen. »Es tut mir leid.«

»Was tut dir leid?«, hakte sie mit heiserer Stimme nach und blieb stehen.

Es kostete mich alle Kraft, Leah in die Augen zu sehen, als ich ihr antwortete. »Ich habe mich in ein anderes Mädchen verliebt. Das gestern Abend ... ich hätte es dir gleich sagen müssen. Ich kann nicht dasselbe für dich empfinden wie du für mich. Bitte nimm es nicht persönlich. Du bist ganz wundervoll.«

Tränen traten in ihre Augen und dennoch schenkte sie mir ein unsicheres Lächeln. »Ich habe schon vermutet, dass du mich deshalb sprechen möchtest.«

Mir wurde schwer ums Herz, als ich sie so vor mir stehen sah. Aus ihren Wimpern löste sich eine Träne und lief ihre Wange hinunter. »Sorry«, schniefte sie und wischte sich eilig mit dem Ärmel über das Gesicht.

Weil ich nicht wusste, was ich sonst machen sollte, zog ich sie in meine Arme und drückte sie fest an mich. »Du musst dich dafür doch nicht entschuldigen. Mir tut es leid«, flüsterte ich in ihre Haare hinein. »Ich hoffe, du kannst mir das verzeihen. Ich wollte nicht so ein Idiot sein.«

»Du? Ein Idiot?« Nun lachte Leah unter Schluchzern. »Nein. Mir hätte klar sein müssen, dass du gestern viel getrunken hast, und ich hätte mir keine Hoffnungen machen sollen. Das war dumm von mir.«

»Sag so etwas nicht. Dumm sind nur Menschen, die mit den Gefühlen anderer spielen und dies ganz bewusst machen.«

»Aber du hast es nicht bewusst gemacht.«

»Nein«, bestätigte ich.

»Dann mach dir keine Vorwürfe. Der Abend gestern war trotzdem schön. Und Jay?« Sie befreite sich aus meiner Umarmung, machte einen Schritt von mir weg und sah mich an. »Danke, dass du so ehrlich zu mir bist und mir gesagt hast, woran ich bin. Das ist nicht selbstverständlich.«

Obgleich es mich erleichterte, dass Leah auf diese Weise reagierte, konnte ich mich doch nicht darüber freuen. Ich hatte sie verletzt und ihre geröteten Augen machten mir das umso deutlicher. Nur zu gut konnte ich mir ausmalen, wie sie sich gerade fühlte, wo ich doch mit jeder Faser meines Körpers hoffte, Grace würde meine Gefühle erwidern.

»Das Mädchen, das dein Herz erobert hat, kann sich auf jeden Fall glücklich schätzen«, meinte Leah und lächelte mich traurig an.

Sofort versteifte ich mich. Wenn sie wüsste. Ob Grace auch so dachte? Ich bezweifelte es. In diesem Moment wünschte ich mir noch sehnlicher, jetzt mit ihr hier zu stehen. Ich wünschte, ich könnte Grace sagen, dass sie so viel mehr für mich war als nur meine beste Freundin.

Kapitel 17 – Grace Collin

06. Januar, 06:31 Uhr

Das Trainings-Camp in Florida – Von Ängsten und Befürchtungen

Ich konnte nicht mehr. Was hatte ich nur getan? Es war so falsch. Fühlte sich verkehrt an, und doch war da dieses Kribbeln, wenn ich daran zurückdachte.

Die Bilder aus dem Albtraum vernebelten noch immer meine Gedanken. Aus dem Albtraum, der Wirklichkeit war und mich nun seit einigen Tagen verfolgte. Mein Schlafanzug klebte an meinem Körper wie eine zweite Haut, während mein Atem nur stoßweise hervorkam. Alles um mich herum drehte sich. Und dann kam die Übelkeit.

Mit klopfendem Herzen sprang ich auf und rannte aus dem Zimmer. Gerade noch rechtzeitig fiel ich vor der Toilette auf die Knie, als sich mein Magen zusammenzog. Hitze durchströmte mich, während kalte Schauer mich zum Frösteln brachten. Weitere Krämpfe schüttelten meine Glieder. Als ich mich schließlich wieder aufrecht hinsetzen konnte, klammerte ich mich mit zittrigen Fingern an den Rand der Toilettenschüssel.

Das war sicher nur die Aufregung. Nur die Aufregung. Nichts weiter. Es war einfach alles zu viel. Das mit *ihm* war zu viel. Das hätte nie passieren dürfen. Dann das mit

Liv und Finn. Und dann war da noch das anstehende Camp.

Ich glaubte, mein Herz müsste aus meiner Brust springen, während der Druck auf meinem Brustkorb zunahm und ich versuchte, mir eher das Gegenteil weiszumachen. Als würde mein eigener Körper mich umbringen wollen und mein Herz zwischen meinen Rippen zerquetschen.

Ich legte eine Hand auf meine Brust, schloss die Augen und holte tief Luft. Alles würde gut werden. Ganz sicher. Es musste gut werden.

Ich wollte die Beste sein. Nun hatte ich die Chance dazu. Wenn Finn mich schon nicht beachtet hatte, wenn Liv mich im Stich ließ, dann musste ich ihnen eben umso mehr beweisen, dass sie sich in mir getäuscht hatten. Im Camp hatte ich die Möglichkeit, über mich hinauszuwachsen, hatte die einmalige Gelegenheit, mehr aus dem zu machen, was mich erfüllte, und kam meinem Traum ein Stück näher.

Nur weil mein Körper nicht mit der aufkeimenden Aufregung und dem Chaos um mich herum klarkam, würde ich nicht aufgeben. Ich konnte das. Ich durfte mich nicht ablenken lassen und auf gar keinen Fall aufgeben. Was geschehen war, musste ich vergessen. Es zählte nur, was jetzt auf mich zukam, und ich würde alles geben.

Doch schon als ich mich aufrichtete, wurden die Selbstzweifel in mir wieder laut. Seit Tagen zerkaute ich die Silvester-Party.

Cassy hatte auf dem Heimweg glücklicherweise kaum Fragen gestellt und mich einfach in meinem Kokon allein sinnieren lassen. Dennoch konnte sie sich sicher denken, was passiert war und weshalb ich so reagiert hatte. Es lag schließlich auf der Hand.

Ich betrachtete mich im Spiegel, während mir Jays letzte Nachricht in den Kopf kam. Was war nur los mit ihm? Ich konnte ihm dieselben Fragen vorhalten, mit denen ich auch meinen eigenen Kopf zerbrach.

Schließlich riss ich mich von den tiefen Augenringen und meinem leeren Blick los. Meine Haare waren ein einziges Knäuel, weshalb ich sie rasch durchbürstete und sie mir zu einem Dutt hochband.

Kaum dass ich wieder im Zimmer stand und die letzten Dinge im Rucksack verstaut, mich angezogen und mich ein bisschen mehr zum Menschen gemacht hatte, drehte sich mein Magen erneut um und ließ mich eine Kehrtwende zum Badezimmer einlegen.

Himmel, ich konnte nicht Mutter werden. Ich war einundzwanzig. Mein Leben wäre vorbei. Wenn ich jetzt ein Kind aufziehen müsste, dann würde ich damit alles aufgeben, meine Träume, meine Karriere, alles.

Heiße Tränen bildeten sich in meinen Augen, liefen über meine Wangen. Mit jedem Gedanken, der kam, wurde das Bild in meinem Kopf deutlicher. Was es bedeuten würde, wenn meine schlimmste Befürchtung wahr wäre.

Wie sollte ich denn einem Kind etwas beibringen, wo mich selbst diese Welt immer wieder an meine Grenzen brachte und überforderte? Wie sollte ich für ein so kleines und hilfloses Geschöpf da sein, wo ich manchmal schon restlos mit mir selbst kämpfte? Davon abgesehen, wollte ich mir gar nicht ausmalen, was es bedeutete, es meinen Eltern zu beichten. Wie sie schauen würden, wenn ich jetzt vor sie trat und ihnen sagen würde, dass sie ein Enkelkind bekämen.

Was mir jedoch die schlimmsten Bauchschmerzen bereitete: Wie sollte ich es meinem besten Freund sagen? Wie sollte ich es ihm beibringen, wo ich es selbst nicht einmal verstand? *Hey, du wirst übrigens Vater. Ich weiß, das zwischen uns ist kompliziert, aber mit Nachwuchs wird das sicher leichter.* Jay war nur ein Jahr älter als ich und gewiss auch nicht bereit dafür, ein Kind zu bekommen.

Ich nahm doch die Pille. Ich konnte nicht schwanger sein. Das durfte nicht sein.

Verzweifelt ließ ich mich zurücksinken und stützte meinen Kopf in meine Hände, strich mir über die Haare und schloss die Augen. Sollte es wirklich so sein, dann gab es nur eine Option: Abtreibung. Konnte ich das? Meine Sicht verschwamm, ich beugte mich vornüber und mein Körper erzitterte zum wiederholten Male.

Das Vibrieren meines Handys ließ mich zusammenzucken. Verdammt.

Mit beiden Händen umklammerte ich die Toilettenschüssel – das zweite Mal an diesem Morgen – und kauerte auf dem Boden, starrte ins Nirgendwo. Wie hatte mir schlagartig gleich zweimal so übel werden können?

Es brummte erneut auf dem Fußboden neben mir und dieses Mal gab ich nach. Eilig griff ich nach einem Tuch, wischte mir den Mund sauber und ging ran. »Liv?«

»Wo bleibst du denn? Ich warte schon vor deinem Haus. In einer Viertelstunde müssen wir allerspätestens hier los, wenn du von deinen Trainerinnen keinen Kopf kürzer gemacht werden möchtest.«

»Gib mir fünf Minuten, ja? Ich bin gleich unten.«

»Bitte sag mir, dass du jetzt nicht erst anfängst, deinen Koffer zu packen!«, rief sie lachend am anderen Ende der Leitung. »Frühstück brauchst du nicht mehr, ich habe ein bisschen Proviant für die Fahrt dabei. Aber kein Wort zu meinem Vater, dass wir in diesem Auto essen!«

Beim Gedanken an Essen wurde mir schlagartig wieder übel, während sich mein Magen gleichzeitig vor Hunger fast umdrehte. Was war nur los mit mir?

»Grace?«, hakte Liv nach. »Alles in Ordnung?«

»Klar«, log ich. »Bin schon auf dem Weg. Bis gleich.«

Seufzend steckte ich das Handy in meine Hosentasche und zog das Haargummi aus meinen hastig hochgebundenen Haaren. Eine rote Strähne fiel mir ins Gesicht.

Ich senkte den Blick, starrte das Haargummi in meinen Fingern an und erst jetzt fiel mir auf, wie sehr ich noch immer zitterte. Kopfschüttelnd atmete ich durch, schloss kurz die Augen. Das Camp würde großartig werden. Eine Woche volle Konzentration auf den bevorstehenden Cheerleading-Wettbewerb in Florida, die UCA College Nationals. Und ich durfte ein Solo tanzen.

Sofort begann es in meiner Brust vor Aufregung und Vorfreude zu kribbeln. Als würden plötzlich Schmetterlinge in mir tanzen. Ich würde das schaffen. Vielleicht hatte ich am Vorabend einfach etwas Verdorbenes gegessen oder es war wirklich die Aufregung, die mir schon jetzt auf den Magen schlug.

Entschlossen erhob ich mich und trat zum Waschbecken, spülte mir den Mund aus, richtete meine Frisur erneut und zog meinen Lippenstift nach. Im Flur griff ich mir ein kariertes Hemd und knotete es mir um die Hüften. Ich liebte den Style mit der zerfransten Shorts in Kombination mit dem weißen Top. Für die Fahrt schnappte ich mir noch einen Pullover.

Zufrieden lächelte ich mich im Wandspiegel an und setzte meine Sonnenbrille auf. »Liv, ich komme!«, rief ich enthusiastisch und warf mir auf dem Weg zur Tür meinen Rucksack auf den Rücken.

»Nicht so schnell, Lady«, stoppte mich meine Mom und trat zu meinem Koffer, den ich vor der Tür zur Küche abgestellt hatte. »Sag zumindest deiner Mom noch Auf Wiedersehen!«

»Wie könnte ich das vergessen?« Grinsend umarmten wir uns.

»Viel Spaß dir und sei vorsichtig, ja?« Sie drückte mich fester an sich.

»Mom!«, beschwerte ich mich. »Du zerstörst noch meine Frisur. Und ja, ich passe auf mich auf. Was soll denn im Trainingslager passieren?«

Sie zog skeptisch eine Augenbraue hoch und schob mich an den Oberarmen von sich, um mich zu mustern. »Meine liebe Tochter macht einen so gefährlichen Sport und fragt mich, was passieren könnte?«

»Liv wartet draußen schon auf mich.« Ich umarmte sie noch einmal, drückte ihr einen Abschiedskuss auf die Wange und drehte mich dann mit dem Koffer in der Hand zur Tür.

»Moment, du wirst doch nicht einfach in warme Gefilde verschwinden, ohne deinen Vater zu verabschieden?«, erklang da eine tiefe Stimme hinter meiner Mutter und mein Vater schob sich an ihr vorbei, um mich in seine Arme zu ziehen und beinahe zu erdrücken. »Du erwürgst mich noch!«, beschwerte ich mich, musste aber lachen, während ich mich aus seinen Armen befreite. »Ich werde euch auch vermissen.«

»Hast du auch genügend zu essen und zu trinken für die Fahrt?«

»Mom! Das ist kein richtiger Campingausflug«, stellte ich klar. »Das weißt du doch. Liv hat für den Proviant gesorgt. Du musst dir also keine Gedanken machen, ob ich vom Fleisch falle.«

»Pass auf dich auf, Liebling.«

Mir schnürte sich die Kehle zu. Wenn sie wüsste. Sofort spielte sich vor meinem inneren Auge eine Szene ab, wie ich meinen Eltern erzählte, dass ich glaubte, schwanger zu sein und wie sie mich entsetzt anstarrten. Eilig wandte ich mich von ihnen ab und lief zur Tür. Dort atmete ich durch und ließ meine Zweifel, so gut es ging, von mir abfallen. Lächelnd trat ich hinaus und entdeckte Liv in ihrem Lamborghini am Ende der Auffahrt zum Haus.

»Bereit?«, fragte Liv mich aus dem heruntergelassenen Fenster.

»So was von.«

Ich konnte es noch immer nicht wahrhaben, dass es für uns nun wirklich nach Florida ging, wo uns neben dem Trainingslager auch Sonne und jede Menge tolle Ausflüge erwarten würden.

Bei uns im Dorf waren auf den Wiesen und einigen Hausdächern noch Reste von Schnee zu erkennen. Allein beim Anblick fröstelte ich in meiner kurzen Hose und dem Top. Aber in Florida würden uns doppelt so hohe Temperaturen und Sonnenschein erwarten, und darauf freute ich mich bereits jetzt riesig. Sonne, und Cheerleading. Was gab es für eine schönere Kombination? Einzig der Gedanke an Jay und das Football-Team bereitete mir Bauchschmerzen, was mich erneut an meinen verstimmten Magen erinnerte.

»Ich kann es kaum erwarten«, meinte Liv, als sie losfuhr, und warf einen flüchtigen Blick zu mir, nur um dann wieder auf die Straße zu schauen. »Zu schade, dass Cassy nicht mitkommen kann.«

Ich wollte ihr schon zustimmen, als ihr Handy klingelte und sie den Anruf über die Freisprechanlage annahm.

»Cassy?« Mit hochgezogenen Augenbrauen warf Liv mir erneut einen sichtlich überraschten Blick zu.

»Ich hoffe, ihr seid noch nicht weit gekommen«, rief Cassy. »Habt ihr noch einen Platz im Auto frei?«

Liv und ich kreischten gleichzeitig los. »Du kommst mit!«

»Yes, Mädels! Ich habe die Erlaubnis bekommen.«

***

Nachdem Liv den Wagen vor Cassys Haus hielt und wir ihre Sachen eingeladen hatten, ging die Fahrt zu dritt weiter. Liv drehte die Musik laut auf und wir sangen mit, bis wir heiser waren. Ich fühlte mich frei und unbeschwert, kam mir vor, als würde mir nichts und niemand etwas können.

Bis wir an einer Tafel vorbeifuhren, auf der eine Frau abgebildet war, die ein Glas in die Höhe streckte und im anderen Arm ein kleines Kind hielt. *Das Beste für unsere Zukunft!* Sofort erstarb mein Lachen und ich konnte nur noch schweigend aus dem Fenster starren, während meine Gedanken plötzlich ganz woanders waren.

»Was ist los dahinten?«, erkundigte sich Liv mit einem Blick in den Rückspiegel. »Es ist so ruhig bei dir, Grace?«

Ich zuckte zusammen, da mich ihre Nachfrage ins Hier und Jetzt zurückholte. »Alles gut«, log ich.

»Ne, nichts da. Wir haben noch fast sechs Stunden Fahrt vor uns. So kommst du uns jetzt nicht davon!«, widersprach sie und stieß Cassy mit dem Ellbogen an. »Sag du auch was dazu. Du schaffst es doch sonst, immer alles aus uns herauszuquetschen.« Sie sah wieder zu mir. »Hat das mit der Party neulich zu tun? Was ist das zwischen

Jaydon und dir?«, fragte sie und wackelte mit den Augenbrauen.

Ein Stich ging durch mein Herz und ich sank gefühlte drei Fuß tiefer in den Autositz. Am liebsten wäre ich direkt ausgestiegen und hätte mir gewünscht, nicht noch sechs Stunden mit den beiden zusammen in diesem Wagen gefangen zu sein. Ich konnte nicht über Jay und mich reden. Dass Liv schon ahnte, dass etwas zwischen meinem besten Freund und mir vorgefallen war und es mit Silvester zu tun hatte, machte die Sache nicht gerade besser.

»Darling, Kopf hoch! Alles, was in diesem Auto besprochen wird, bleibt hier. Niemand erfährt es und wie ich dir schon sagte, wir sind für dich da«, meldete sich Cassy zu Wort. »Raus mit der Sprache. Du kannst das Thema nicht ewig totschweigen. Nur weil du es nicht aussprichst, heißt das nicht, dass es nicht da ist oder wir davon nichts mitbekommen. Du ziehst seit Wochen ein Gesicht, als würde eine Regenwolke über dir schweben.«

Cassy traf es auf den Punkt und dennoch wollte ich abstreiten, dass diese Regenwolke da war, all meine Probleme symbolisierte. Es war unmöglich, all das zu ignorieren, es würde sich nicht von selbst lösen.

»Es ist wirklich alles gut«, beharrte ich und starrte weiter aus dem Fenster, beobachtete die vorbeiziehenden Fetzen von Wiesen und Wäldern, die sich in grünen und braunen Streifen vereinten. »Ihr braucht euch keine Sorgen zu machen.«

»Grace.« Liv gab nicht nach. »Ich habe euch die letzten zwei, drei Wochen hängen lassen. Das tut mir leid. Mir ist erst über Weihnachten so richtig bewusst geworden, dass ich nur noch Augen und Ohren für Finn hatte und dass er ... wegzieht. Zwischen Weihnachten und Silvester ist mir klar geworden, dass ich dabei vielleicht manchmal ein bisschen unfair war und mich selbst zu sehr in den Vordergrund gestellt habe. Deshalb habe ich die letzten Tage auch so viel mit Cassy telefoniert, und sie hat mir klargemacht, dass das vielleicht wirklich manchmal ein bisschen viel war. Es wird nicht mehr vorkommen.« Sie stockte, als würden ihr die Sätze nur schwer über die Lippen kommen. »Finn wird in drei Monaten sein Studium in einem anderen Bundesstaat fortsetzen. Bis dahin werde ich vermutlich noch jede freie Minute mit ihm verbringen und ich hoffe, ihr nehmt mir das nicht krumm. Aber dann möchte ich, dass es wieder so zwischen uns wird wie zuvor, dass wir unseren Kino- oder Filmabend alle zwei Wochen wieder aufnehmen und unser tägliches Café-Ritual vor dem College möchte ich auch nicht weiter missen. Es tut mir wirklich leid, dass all das die letzte Zeit ein bisschen in den Hintergrund gerückt ist.«

Ich wusste nicht, was ich sagen sollte. Dass Liv genau das aussprach und sich eingestand, was ich im Stillen kritisiert hatte, verschlug mir endgültig die Sprache. Das hatte ich nicht kommen sehen. Und nun entschuldigte sie sich auch noch für all das.

»Ich hoffe, du nimmst die Entschuldigung an, Grace«, wandte sie sich erneut an mich. »Ich weiß, zwischen uns war es die letzten Monate nicht gerade leicht. Vielleicht können wir das ja die nächsten Tage aufgreifen und endgültig aus dem Weg räumen. Das würde mich freuen. Und wenn du mir gegenüber wieder etwas offener sein könntest. So habe ich immerzu das Gefühl, es stünde etwas zwischen uns und ich könnte nur wie durch eine Glaswand mit dir reden. Als würden wir zwar miteinander sprechen, uns jedoch wesentliche Details unterschlagen. Wir sind doch Freundinnen.«

Es traf mich unvorbereitet, dass sie so große Schritte auf mich zu tat, obwohl ich diejenige gewesen war, die echt Mist gebaut hatte. Auch unser letztes Gespräch war nicht schlecht gelaufen, in dem wir über all die Ereignisse mit Finn und ihr gesprochen hatten, vor allem über die Party-Vorkommnisse. Allerdings fühlte es sich nun nochmals ehrlicher an, aufrichtiger. Auf irgendeine seltsame Art beruhigte es mich, Cassy als stumme Zuhörerin dabei zu haben.

Im Seitenspiegel erkannte ich ein angedeutetes Lächeln auf ihren Lippen, als wäre sie froh darüber, dass wir zwei es endlich hinbekamen, darüber zu reden und zu klären, was zwischen unserer Freundschaft stand. Sicher war auch Cassy erleichtert, nicht länger die vermittelnde Person zwischen uns sein zu müssen.

Dadurch, dass sich Liv mir dermaßen geöffnet hatte, fühlte ich mich gezwungen, ihr gegenüber nun auch ehrlich zu sein und zu verraten, was in mir vorging. Was zwischen Jay und mir passiert war und wie kompliziert diese Situation war. Ich konnte den beiden nicht alles erzählen – gerade die Sache mit meiner Periode würde ich zunächst allein mit mir ausmachen müssen und auch mit Jay. Den Rest konnte ich jedoch nicht länger in mich hineinfressen, auch wenn ich ihn nicht aussprechen wollte. Womöglich hatte Cassy recht und es wurde an der Zeit, mit den beiden zu sprechen.

Während mich Erleichterung durchflutete, kehrte plötzlich auch ein kleiner Funke Ärger in mir zurück. Denn warum wollte Liv gerade jetzt wieder mit mir reden und zeigte Interesse und Einsicht? War sie einfach nur neugierig, was das zwischen Jay und mir war, oder war sie ernsthaft interessiert? Ich ballte die Hände zu Fäusten.

Hin- und hergerissen starrte ich aus dem Fenster und überlegte, was ich tun oder sagen sollte.

»Wir sind Freundinnen«, bestätigte ich und mir wurde warm ums Herz, zu hören, dass auch Liv noch so empfand. Das Gefühl überwog gegenüber meiner Wut und dem Unbehagen. Wir hatten wohl beide in den letzten Wochen nicht gerade unsere besten Seiten gezeigt. »Es tut mir auch leid und es ist ... ich weiß gar nicht, was ich sagen oder wo ich anfangen soll.«

»Von vorne«, kam es wie aus der Pistole geschossen von Liv. »Und bitte keine Details auslassen. Ich will alles wissen. Was ist passiert?«

Ein helles Lachen erklang von Cassy. »Jetzt entkommst du uns wirklich nicht mehr mit plumpen Ausreden. Raus mit der Sprache, Honey.«

In dem Moment sah ich es als Chance und nicht als Drohung, obgleich das ungute Ziehen in meinem Brustkorb blieb. Ich gab mich geschlagen. »Na schön, aber wie ihr schon gesagt habt: Alles, was in diesem Auto erzählt wird, bleibt hier.«

»Hugo behält jedes Wort für sich«, versprach Liv.

»Hugo?« Ich verzog das Gesicht.

»Na, mein Auto. Ihr sitzt gerade in Hugo!« Als wäre das nicht offensichtlich, verdrehte Liv die Augen und machte eine Geste, die das gesamte Innere des Wagens umfasste.

Und dann erzählte ich ihnen von der Nacht mit Jay, von Weihnachten und wie ich ihn Silvester mit einem anderen Mädchen gesehen hatte.

»Grace! Und du sagst nichts? Ich wusste gleich, dass da was zwischen euch läuft!«, rief Liv aufgeregt, als ich geendet hatte.

»Was?« Mir stieg die Hitze ins Gesicht. Das konnte nicht sein. War es wirklich so offensichtlich? Dass da mehr zwischen Jay und mir war?

»Na ja«, begann sie. »Auf der Party, wo ihr Flaschendrehen gespielt habt, das Wochenende vor Halloween ... Jay hat dich angesehen, als hätte er dich nicht einfach nur so geküsst. Selbst ein Fremder hätte direkt gesehen, dass da Gefühle im Spiel waren und der Alkohol diese nur verstärkt hat.«

»Ich verstehe nicht, warum das jetzt so kompliziert ist zwischen euch?«, schaltete Cassy sich ein. »Ich meine, dass Jay sich in dich verguckt hat, solltest selbst du spätestens nach der Nacht mitbekommen haben, und da du dich darauf eingelassen hast, gehe ich davon aus, dass auch von deiner Seite aus das Knistern zu spüren ist?«

»Das ist es ja.« Ich konnte die beiden nicht länger ansehen und starrte stattdessen aus dem Fenster. Einmal mehr war ich froh, mit Cassy und Liv in Hugo zu sitzen, sodass sie mehr oder weniger gezwungen waren, geradeaus auf die Straße zu sehen. »Ich habe mitgemacht. Und ich weiß nicht, ob das nur der Alkohol war. Ich meine, Jay ist mein bester Freund. Natürlich ist das mehr als eine normale Freundschaft, er ist wie ein Bruder für mich.«

»Dann steht die Aufgabe für das Trainingslager doch fest: herausfinden, was das zwischen euch ist.« Cassy zuckte mit den Schultern.

»Wenn Kerle im Spiel sind, ist es selten einfach«, mischte sich Liv ein. »Das habt ihr doch bei Finn und mir gesehen.«

»Also, kompliziert ist für mich etwas anderes. Erzähl mir nicht, dass es das bei dir und Finn war – nicht bei euch untereinander. Wenn wir die anfänglichen Startschwierigkeiten mal außer Acht lassen.« Cassy schielte zu ihr hinüber.

»Jede Beziehung hat ihre ganz eigenen Hürden und Schwierigkeiten, die es zu meistern gilt. Ich bin allerdings davon überzeugt, dass es immer einen Weg gibt, wenn es klappen soll.« Unsere Blicke trafen sich im Rückspiegel. »Auch wenn es nicht leicht ist, so wird sich zeigen, ob ihr zusammen gehört oder nicht. Ob ihr besser einfach nur Freunde bleibt oder aus euch mehr wird.«

»Genau da liegt doch das Problem«, grummelte ich. »Ich habe Angst habe, ihn als meinen besten Freund zu verlieren.«

»Das kann ich verstehen. Und dir wird niemand sagen können, was du jetzt am besten machen solltest. Ich würde dir gern einen Ratschlag geben, aber ich befürchte, das musst du ganz allein mit dir ausmachen. Ob du dir vorstellen kannst, Jay als richtigen Freund zu haben oder ob ihr nur befreundet sein wollt. Das liegt ganz bei dir, und nur wenn du eine Entscheidung triffst, hinter der du auch stehst, wirst mit gutem Gewissen du aus dieser Sache herausgehen. Das kann dir keiner abnehmen. Aber wir sind für dich da, wenn du wen brauchst.«

»Danke«, brachte ich bloß hervor, bevor ich mich erneut in den Palast meiner Gedanken und Zweifel zurückzog.

Wenn sie nur wüssten, dass das nicht mehr alles war. Dass sich die Situation seit den letzten Tagen noch verschlechtert hatte. Hatte ich bis heute Morgen gedacht, es wäre schlimm, so hatte ich nicht damit gerechnet, dass ich meine Periode nicht bekommen würde und plötzlich mit Übelkeit zu kämpfen hatte.

Es konnte nicht sein. Ich war nicht bereit dafür, ein Kind zu bekommen. Gleichzeitig widerstrebte mir der Gedanke, es abzutreiben. Wenn es wirklich so sein sollte, dann musste ich die Entscheidung gemeinsam mit Jay treffen. Schließlich wäre er der Vater. Er sollte ein Recht haben, mit mir zusammen darüber zu entscheiden. Auch wenn es vielleicht meinen Traum zerstörte, mein Leben umkrempelte ... Ich musste mir Gedanken machen, was passierte, wenn ich schwanger war. Wie mein Leben als Mutter aussehen würde, wie ich weitermachen und was aus dem Sport werden würde. Es würde bedeuten, eine Menge Entscheidungen zu treffen, für die ich mich nicht bereit fühlte. Wie sollte ich das allein schaffen?

Ich musste es Jay erzählen. Bald. Und ich würde einen Test machen müssen. Ich brauchte Gewissheit.

Je mehr ich mir den Kopf über den Morgen zerbrach, je öfter mir die ausbleibende Periode in den Sinn kam, desto unruhiger wurde ich. Desto mehr wuchsen die Zweifel, ob die Übelkeit tatsächlich allein die Folge von Aufregung und einigen anstrengenden Tagen war.

»Ich befürchte, wir müssen gleich einen Stopp an einer Tankstelle einlegen. Sonst lässt Hugo uns demnächst im Stich«, verkündete Liv. »Möchtet ihr auch etwas zu essen oder zu trinken haben?«

Ich schüttelte den Kopf. Dabei kam mir jedoch eine ganz andere Idee, und als sie schließlich die nächste Abfahrt vom Highway nahm und an der nächsten Tankstelle hielt, sprang ich mit ihr aus dem Auto.

»Bin gleich wieder da«, verkündete ich und deutete in Richtung der Toiletten. Cassy folgte Liv in den Kiosk, wie ich erleichtert feststellte, sodass ich ungestört hinter dem Gebäude verschwinden konnte.

Kaum dort angekommen, warf ich einen prüfenden Blick über die Schulter, bevor ich mich hinter die Hauswand stellte. Nur um sicherzugehen, dass sie mir nicht gefolgt waren. Dann zog ich mein Handy hervor und suchte nach einer Nummer, über die ich anonym eine Auskunft erhalten konnte. Auf keinen Fall durfte irgendjemand davon erfahren, dass ich den Verdacht hatte, schwanger zu sein. Ich musste erst mit Jay reden. Aber wie? Wie sollte ich ihm nach allem auch noch beibringen, dass diese eine Nacht zwischen uns gereicht hatte, um wirklich alles aus den Fugen zu bringen?

Als ich schließlich eine Seite entdeckte, die sich damit bewarb, ein Hilfetelefon für Schwangere mit Anonymitätswunsch zu sein, zögerte ich nicht länger. Liv würde sicher schnell zurück sein und wenn Cassy auf die Idee kam, ebenfalls auf Toilette zu gehen ...

Das Freizeichen ertönte und brachte mich an den Rand der Verzweiflung. Mit jedem Tuten wuchs meine Anspannung, während ich unruhig vor den Toiletten auf- und ablief. Im Camp würde ich keine Gelegenheit mehr dazu haben. Also betete ich inständig, jemand möge abnehmen.

»Hilfetelefon für Schwangere, Maja hier, was kann ich für Sie tun?«

Und jetzt? Was sollte ich erwidern? *Sag nicht deinen Namen. Sag nicht, wie du heißt.*

»Hallo?«, wiederholte die Frauenstimme. Ich schätzte die Dame am anderen Ende auf etwa dreißig, aber sie hörte sich freundlich und offen an.

»Hallo, ich ...« Himmel, wie begann man ein solches Gespräch? Plötzlich wusste ich nicht mehr, wie ich danach fragen sollte. Wie sagte man, dass man glaubte, schwanger zu sein? Ich wollte das Wort nicht in den Mund nehmen.

»Wie kann ich Ihnen helfen?«, kam die Nachfrage prompt, jedoch mitfühlend. Die sanfte Stimme der Frau machte mir Mut, wodurch ich mich zusammenriss und in den Hörer flüsterte.

»Ich ... Bis wann darf man Sport machen, wenn man glaubt, schwanger zu sein?« Es war, als würde mein Herz meinen gesamten Körper zum Beben bringen.

»Bis zur zwölften Woche sollte das kein Problem sein – je nachdem, um was für eine Sportart es sich handelt. Leistungssport sollten Sie schnellstmöglich einstellen.«

»Zählt ... Cheerleading dazu?« Ich wollte die Frage gar nicht stellen, wollte nicht wissen, ob ich weiter meinen Traum verfolgen durfte oder ob mir damit gerade nicht nur vielleicht meine Zukunft verbaut hatte, sondern auch eines meiner größten Ziele.

»In den ersten Wochen ist das auch noch machbar, aber ich würde an Ihrer Stelle eventuell nach spätestens fünf oder sechs Wochen aufhören, wenn Sie das Kindeswohl nicht gefährden möchten.« Kurz herrschte Stille in der Leitung. »Dieses Gespräch ersetzt keinen Arztbesuch. Bitte versprechen Sie mir, dass Sie zusätzlich bald den Arzt Ihres Vertrauens aufsuchen. Gern kann ich Ihnen einige zuverlässige Anlaufstellen durchgeben, die Ihnen weiterhelfen. Das kann ganz anonym passieren.«

Anonym. Ich würde es nicht ewig geheim halten können. Aber ich hatte alle wichtigen Informationen, die mein Gewissen beruhigten, während ich ihm Camp war. Alles, was ich wissen musste, um das Trainingslager gut überstehen zu können. Denn den Kopf würde ich mir ohnehin weiter zerbrechen.

»Danke, das ist schon in Ordnung so. Ich ...« Was sollte ich noch sagen? Ich entschied mich, das Gespräch einfach möglichst freundlich zu beenden. Mir schwirrte der Kopf. Am liebsten hätte ich sofort Gewissheit, ob ich richtig lag oder ob ich mir ohne Grund Sorgen machte. »Danke.«

Vier Wochen war das nun her. Ich war also frühestens in der vierten Schwangerschaftswoche. Mit geschlossenen Augen atmete ich einige Male tief ein und aus. Vier Wochen.

Ich musste einen Schwangerschaftstest machen. Sofort. Ich brauchte Gewissheit, obwohl ich es gar nicht wissen wollte. Sobald das Camp vorbei war, müsste ich zum Arzt und es mir bestätigen lassen. Doch wenn stimmte, was die Frau am Telefon gesagt hatte, bestand während der Camp-Woche kein Risiko. Es beruhigte mich ungemein und es verschaffte mir eine weitere Woche, in der ich darüber nachdenken konnte, was ich nun machen sollte und musste. Zeit, um mich zu entscheiden, was passierte, wenn ich tatsächlich ... ich traute mich kaum, es zu denken, geschweige denn noch einmal laut auszusprechen. Es machte die Sache nur greifbarer, als wenn es erst dann wahr wäre.

Ich musste es wissen.

Rasch schrieb ich Liv eine Nachricht, dass ich noch schnell in den Supermarkt gegenüber von der Tankstelle ging und mir Blasenpflaster besorgte.

Als ich mit dem Schwangerschaftstest an der Kasse stand, wäre ich am liebsten im Erdboden versunken. Glücklicherweise standen gerade keine anderen Leute neben mir und ich schickte Dankesgebete in den Himmel.

»Alles bekommen, was du wolltest?«, begrüßten mich Cassy und Liv, als ich wenig später wieder zu ihnen ins Auto sprang. Dabei fühlte es sich an, als stünde mir ins Gesicht geschrieben, was ich gekauft hatte, und der Test schien eine Tonne in meiner Jackentasche zu wiegen. Mein Mund war so trocken, dass ich nur ein Nicken zustande brachte.

Den Rest der Autofahrt sprachen die beiden über die Klausuren, die wir vor Weihnachten noch geschrieben hatten, über die Modebranche, die Firmen ihrer Familien und wie es da gerade so lief.

An die Prüfungen wollte ich gar nicht erst denken oder mir ausmalen, wie diese wohl gelaufen waren. Obwohl ich die Kurse nur zu bestehen brauchte, wollte ich keine allzu schlechte Note erhalten. Dabei waren Noten gerade das, was in meiner inneren Prioritätenliste ganz hintenanstand. Dafür drehten sich meine Gedanken weiterhin nur um ein Thema oder eher gesagt um eine Person: Jay.

Es machte mich fertig, dass ich in der Hinsicht so gar nicht wusste, was ich tun sollte. Ich hatte immer einen Plan, immer ein Ziel und meistens auch die Kontrolle. Seit Finn mich einfach ignoriert und Liv plötzlich Gefühle für den Footballer entwickelt hatte, die dieser auch erwiderte, war meine kleine Welt auseinandergefallen. Und nun das mit Jay.

Es drehte sich alles in einer einzigen Spirale bergab und ich konnte mich einfach nicht aus dem ewigen Strudel an immerzu denselben Sorgen und Zweifeln losreißen, es gab kein Entkommen, wenn ich nicht eine Entscheidung traf. Aber welche? Wie sollte ich mich entscheiden, wenn es keine richtige Lösung gab? Kein Richtig oder Falsch, keine Auswahlmöglichkeit, nur zwei unterschiedliche Probleme, aus denen es kein Zurück gab.

»Wir sind ja gleich da«, verkündete Liv, als ich die Zeit bereits vollkommen aus den Augen verloren hatte.

Wie um Livs Aussage zu bestätigen, meldete sich in dem Moment die Stimme des Navis zu Wort, dass wir in zehn Minuten ankommen würden. Und obwohl ich vor Freude auf die kommende Woche beinahe platzte, so hatte die Vorstellung vom Trainingslager einen faden Beigeschmack.

Dennoch: Ich wollte mir das nicht nehmen lassen. Seit ich auf dem Coulden College war, hatte sich die Vorstellung in mir festgesetzt, dem Cheerleading-Team nicht einfach nur anzugehören, sondern während meiner Zeit an diesem College meinen Traum zu erfüllen, bei einem der größten Wettkämpfe dabei zu sein. Diese Chance nun zu haben, einen Solo-Part zu tanzen und das Camp in den nächsten Tagen für die optimale Vorbereitung nutzen zu können, das würde ich mir nicht durch miese Gedanken verderben.

Draußen hatte sich die Landschaft in grüne Töne verwandelt und statt Regen- und Schneetropfen fielen Sonnenstrahlen vom blauen Himmel. Es war so weit. Es war so greifbar. Gleich wären wir im Camp.

Vor der Ankunft prüfte ich ein letztes Mal *Instagram*, meine Nachrichten und Mails. Nur um sicherzugehen, nichts vergessen zu haben. Anschließend schrieb ich meinen Eltern eine kurze Nachricht, dass wir gut angekommen waren. Als ich mein Display gerade sperren wollte, ploppte eine neue Nachricht in meinem Chatverlauf auf.

Jaydon, 14:59 Uhr
Seid ihr noch auf dem Weg oder schon gut angekommen? Ich freue mich, dich zu sehen.

Mein Herz machte einen Sprung, während es zugleich förmlich zersplitterte. Ich wollte ihm schreiben, dass es mir genauso ging, dass ich mich so sehr freute, ihn zu sehen und die Zeit im Camp mit ihm zu teilen. Denn das war die Wahrheit. Zugleich kribbelte meine Haut vor Aufregung und weil ich Angst hatte, ihm gegenüberzutreten. Angst, weil ich nicht wusste, wie ich ihm aufrichtig entgegentreten konnte. Und weil mir der Kuss zwischen ihm und Leah nicht mehr aus dem Kopf ging – wie sehr es mich getroffen hatte. So viele Gedanken und unterschiedliche Gefühle liefen mir in Schauern über den Körper.

Es sollte die letzte Nachricht für eine ganze Woche sein, die ich auf diesem Wege von ihm erhielt. Denn im Trainingslager wurden die Handys eingesammelt.

Kapitel 18 – Jaydon Carter/Grace Collin

06. Januar, 15:12 Uhr

Erster Tag, Trainingslager Florida

Ich hatte die Nachricht gerade abgeschickt, als keine zehn Minuten später ein roter Lamborghini auf dem Parkplatz hielt. Sofort schlug mein Herz schneller und ohne dass die Mädchen ausstiegen, wusste ich, dass es sich um Liv und Grace handelte. Das Auto war einfach unter zehntausenden immer wiederzuerkennen.

Ich sollte recht behalten, denn als der Wagen unweit der ersten Camp-Hütten zum Stehen kam, stiegen die beiden aus – und zu meiner Überraschung auch Cassy. Doch bevor ich ihnen entgegenkommen konnte, um sie zu begrüßen und in Erfahrung zu bringen, wie Cassy es nun doch geschafft hatte, mitkommen zu dürfen, wurde meine Aufmerksamkeit von meinem Coach beansprucht.

»So, mal hergehört. Ich habe die Schlüssel zu den Hütten eingesammelt. Jede Gruppe von euch erhält pro Hütte zwei Schlüssel. Bitte verliert diese nicht, sonst tragt ihr die Kaution und die Kosten für eine Neuanfertigung. Die Zimmerverteilung erfolgt, wie im letzten Training festgelegt. Sollte das irgendjemand nicht mehr wissen, ich habe hier eine Liste – kommt also einfach vorbei, wenn ihr zurückbleibt.« Einige lachten und schlugen sich gegenseitig ab, während unser Coach seine Hand mit den Schlüsseln senkte.

»Ich geh dann mal unseren Schlüssel einsammeln«, meinte Alex, der neben mir stand, und dann zwischen den übrigen Footballern unseres Teams verschwand.

Dass wir uns ein Camp mit den Cheerleadern teilten, lag vor allem daran, dass sich unsere wichtigsten Meisterschaften in diesem Jahr fast überschnitten. Außerdem hatte es unser College für sinnvoll gehalten, wenn beide Teams sich mehr miteinander auseinandersetzen und gemeinsame Veranstaltungen stattfanden, da die Cheerleader auch unsere Heimspiele eröffnen würden.

»Ich glaube, Liv ist gerade angekommen.« Finn deutete mit einem Nicken über das Gelände, wo am anderen Ende der Parkplatz abgeschnitten durch eine Allee lag. Auch im Schatten der Bäume waren die drei Mädchen, die aus dem Auto stiegen, eindeutig zu erkennen.

»Ja, stimmt. Mit Grace und so, wie es aussieht, haben die beiden Cassy im Gepäck«, antwortete ich. »Weißt du, wie die es geschafft haben, dass Cassy nun doch mitfahren durfte, obwohl sie gar nichts mit Cheerleading und Football am Hut hat?«

Finn zuckte mit den Schultern, ohne den Blick von den Mädchen abzuwenden, die gerade ihr Gepäck aus dem Auto hievten. »Ich glaube, dass Liv einen Antrag gestellt hat, dass sie Cassy als Assistenz für die College-Zeitung braucht. Und Cassys Vater hat sich zusätzlich eingesetzt, dass ja jemand einen Blick auf die Uniformen und unsere Trikots haben muss, ob wirklich alles passt.«

»Klar«, gab ich zurück und konnte mir ein Lachen nicht verkneifen. Dass sie kreativ waren, konnte spätestens jetzt keiner mehr abstreiten.

»Was ist hier denn so lustig?« Alex tauchte neben uns auf und streckte die Schlüssel in die Höhe. »Wenn ihr alles habt, können wir uns auf den Weg zu unserer Hütte machen.«

»Das klingt nach einem hervorragenden Plan, und weil du schon fragst, wir haben gerade gerätselt, wie Liv und Grace es hinbekommen haben, Cassy mit ins Trainingslager zu schleppen«, erwiderte Finn.

»Da bin ich auch überfragt, sorry. Ihr seid doch die zwei, die immer allen Mädchen-Tratsch mitbekommen«, kam es prompt von ihm zurück.

»Hey, was soll das denn heißen?«, entgegnete ich und verschränkte die Arme vor der Brust.

»Dass ihr Kontakte zu der besten Journalistin und zu der besten Cheerleaderin des Coulden Colleges habt. Wenn das mal keine hervorragenden Voraussetzungen sind, um stets über alle Neuigkeiten informiert zu sein, dann weiß ich auch nicht.«

Dagegen wusste ich nichts mehr zu sagen und auch Finn schien jeglichen Protest aufzugeben.

»Dann lasst uns diese Bretterbuden doch mal genauer ansehen, in denen wir die nächsten fünf Tage verbringen werden«, stimmte Finn zu.

Die Dächer der kleinen Holzhäuser erstreckten sich über eine Wiese, die sich am Rand des Camps befand. Kaum hundert Meter daneben fiel die Rasenfläche zu einem See hin ab. Wir entfernten uns vom übrigen Team und liefen durch knöchelhohes Gras abseits der ausgeschilderten Wege in die Richtung, die Alex für die beste hielt.

»Wie macht ihr das jetzt eigentlich, Liv und du?«, wandte sich Alex an Finn und ich sog innerlich scharf die Luft ein, dass er jetzt dieses Thema ansprach.

Auch wenn uns die restlichen Jungs vermutlich nicht mehr hörten, kam es mir falsch vor, das im Camp noch einmal in den Vordergrund zu rücken. Andererseits hatte ich auch Silvester dieselben Fragen gehabt. Ich machte mir Sorgen um Finn und Liv, da die beiden sich die letzten Wochen gegenseitig gestärkt hatten, wo doch die Welt ihnen alle möglichen Steine in den Weg gelegt und sie ihnen getrotzt hatten.

»Joa, keine Ahnung«, kam es von ihm, gefolgt von einem tiefen Seufzer. »Uns bleibt halt nicht viel übrig, als uns jetzt noch möglichst viel zu sehen. Ich kann das Angebot der NFL nicht ausschlagen und zeitgleich können wir nichts daran ändern, dass sie hier studiert und wir uns dann nur am Wochenende, in den Ferien oder zu Spielen in der Umgebung sehen. Wir haben beschlossen, dass wir zwischen den Spieltagen im Januar und Februar noch einmal für einige Tage zusammen wegfahren und dass wir dann schauen, wie wir es angehen. Dass wir uns jetzt noch keinen Stress machen oder den Teufel an die Wand malen.«

Ihm war deutlich anzusehen, wie sehr es ihn belastete und dass er nicht gern darüber redete. Deshalb schob ich hinzu: »Ihr werdet das schon geregelt bekommen. Sobald du mehr weißt, kannst du es uns ja erzählen. Und wenn du einen Rat brauchst, weißt du, wo du uns findest.«

»Danke. Ich denke, wir werden schon eine Lösung finden. Es ist echt bescheuert, dass ich Liv gerade jetzt kennenlernen musste. Warum hat mich keiner von euch Volltrotteln vor dem Mädchen gewarnt oder mein Herz gerettet, bevor ich es an sie verloren habe?«, scherzte Finn.

»Ich habe dich gleich vor dem kleinen Teufelchen gewarnt«, entgegnete ich und boxte ihm in die Seite.

»Das zählt nicht. Du hattest von Anfang an Vorurteile gegenüber Liv. Ich müsste eher froh sein, dass ich dich überhaupt davon überzeugen konnte, dass sie kein – wie du sie nennst – *Teufelchen* ist.« Finn boxte mich zurück und verzog das Gesicht. »Schön, dass sie es sogar geschafft hat, dass du dich um uns beide sorgst.«

»Natürlich sorge ich mich um euch. Du bist mein bester Freund, da werde ich dir nicht das Leben schwer machen, sondern dir nur Tipps und meine Meinung geben, was ich von einigen Dingen halte, die du machst.«

Tatsächlich hatte mich Livs Artikel sehr gestört, den sie über Finn geschrieben hatte. Und als dann auch noch Grace Probleme mit ihr bekommen hatte, wer hatte es mir da noch übel nehmen können, dass ich länger gebraucht hatte, um mich von ihrer guten Seite überzeugen zu lassen – wenn gleich beide meiner engsten Freunde Schwierigkeiten mit ihr hatten?

»Ich will euch nur ungern unterbrechen, aber dasselbe gilt für mich«, meldete sich Alex zu Wort. »Jaydon hat das ganz gut auf den Punkt gebracht. Wir unterstützen dich, und wenn du etwas brauchst oder wir dir helfen können, bei den Vorbereitungen und allem, was jetzt auf dich zukommt – wir sind da.«

»Das wird sich schon ergeben.« Finn winkte ab, wobei er sich vermutlich sorgloser gab, als er es tatsächlich war. »Danke euch. Das erleichtert mich ungemein.«

»Ich glaube, das ist die Unterkunft«, wechselte Alex schließlich das Thema und deutete zu der Hütte, vor der wir stehen blieben. »Also laut der Nummer, die an dem Schlüsselbund steht, sollte das die kommenden Tage unser Dach über dem Kopf sein.«

***

Nachdem wir den Nachmittag damit verbracht hatten, unsere Sachen auszupacken und es anschließend eine Führung mit unserem Coach über das Gelände gegeben hatte, stand nun ein gemeinsames Abendessen beider Teams am See an.

Das Wasser erstreckte sich westlich vom Camp. Wir hockten geschützt in einer Bucht auf gefällten Baumstämmen und konnten über die gesamte Fläche des Sees schauen. Auf der gekräuselten Wasseroberfläche glitzerten die letzten Sonnenstrahlen des Tages und erinnerten mich daran, dass damit nicht nur dieser Tag hinter uns lag, sondern auch der entspannte Teil des Camp-Aufenthalts. Ab morgen früh würde es mit dem Training losgehen. Zwei Einheiten a mehrerer Stunden pro Tag.

Auch heute hatte zwischen Zimmerbezug und dem bevorstehenden Abendessen ein kurzes Training stattgefunden. Allerdings hatten wir bloß Grundlagen durchgesprochen und leichtes Koordinationstraining gemacht. Die ganze Zeit über hatte ich auf eine Lücke im Terminplan gehofft, um kurz zu Grace zu gelangen und sie zu begrüßen, doch diese Lücke hatte sich zu meinem Bedauern nicht gefunden.

Umso angespannter hockte ich nun vor der Feuerstelle und wartete darauf, dass die ersten Mädchen hier aufschlugen. Währenddessen kümmerte sich einer der Angestellten darum, ein anständiges Feuer zu entfachen. Die ersten Funken stoben auf, als ich den Kopf wieder hob und dem Blick eines rothaarigen Mädchens begegnete. Grace. Begleitet von Cassy und Liv traf sie hier ein. Während Liv sofort zu Finn stürmte, sobald sie ihn sah, folgten Grace und Cassy ihr gemächlich.

Am liebsten wäre ich auch direkt aufgesprungen und hätte Grace in meine Arme geschlossen. Ich wusste schlagartig gar nicht mehr, was ich tun sollte – nicht nach dem Silvesterabend. Was Grace erwartete und was nun sinnvoll war und was nicht.

Seit der Coach unsere Handys gleich bei Ankunft eingesammelt hatte, hatte ich nicht mehr nachsehen können, ob sie mir zurückgeschrieben hatte. Wobei eine Antwort auf meine Frage sich ergeben hatte. Denn sie war offensichtlich gut im Camp angekommen.

»Ich freue mich so, dich zu sehen!«, rief Liv und schlang die Arme um Finns Hals, als hätten die beiden sich seit Wochen nicht zu Gesicht bekommen und nicht erst zuletzt am vergangenen Abend.

Ich wünschte, Grace hätte nur ansatzweise so auf mich reagiert, ihre Mimik ließ jedoch keine Rückschlüsse zu, was sie von unserem Aufeinandertreffen nach den Ereignissen der letzten Tage dachte. Wie gern ich ihr erklärt hätte, was an Silvester tatsächlich vorgefallen war. Mein schlechtes Gewissen brachte mich fast um den Verstand. Die letzten Tage hatte ich mich gut ablenken können, aber jetzt, wo wir uns wieder gegenüberstanden und ich ihr ins Gesicht sehen konnte, übermannten mich die Gefühle förmlich.

»Hey!«, erklang es von Cassy und Grace, als auch diese vor uns stehen blieben. Dabei sah Grace sonst wohin, nur nicht in meine Richtung. Als wäre alles interessanter als ich. Vielleicht bildete ich mir das auch ein.

Wenn ich geglaubt hatte, das zwischen uns vor Silvester sei eine mittelschwere Katastrophe gewesen, wendete die Tatsache, dass Grace gesehen hatte, wie Leah mich auf der Party küsste, das Blatt wohl nicht gerade zum Besseren. Jetzt wünschte ich, ich wäre doch über meinen Schatten gesprungen und nach dem Jahreswechsel direkt zu ihr gefahren, anstatt dieses Gespräch aufzuschieben.

Auch wenn sie gesagt hatte, es sei alles gut, nahm ich es ihr nicht ab. Ich würde dennoch mit ihr darüber sprechen. Ich wollte, dass sie meine Sicht des Abends erfuhr und wusste, dass zwischen Leah und mir nichts gewesen war – nicht von meiner Seite aus.

»Habt ihr noch Platz für uns?«, fragte Liv und deutete zu Alex und mir.

»Sicher«, bestätigte Finn sofort. »Wenn wir alle ein bisschen zusammenrücken, passt ihr auf jeden Fall mit auf den Baumstamm.«

Liv ließ sich neben Finn fallen, während Cassy sich zwischen Alex und ihn setzte, sodass nur noch neben mir ein Platz blieb. Obwohl sie sich sichtlich Mühe gab, war Grace dennoch anzusehen, dass sie sich bloß zähneknirschend neben mir niederließ.

»Hey.« Meine Stimme war nur ein Hauch, weil ich mich kaum traute, die Stille zwischen uns ein weiteres Mal zu durchbrechen.

Als ein ebenso leises »Hey« von ihr zurückkam, sprang ich über meinen Schatten. Es hatte keinen Sinn, dass ich mir weiter den Kopf zerbrach, was ich sagen konnte. Trotzdem tat ich es und versuchte, mit möglichst unverfänglichen Themen in ein Gespräch einzusteigen.

»Seid ihr gut im Camp angekommen?«

Sie nickte, schaute aber beständig auf ihre Füße. »Ja.« Dann folgte ein »Ihr auch?«, das mehr gezwungen als ehrlich interessiert klang. Als würde es sie jede Kraft kosten, etwas über die Lippen zu bringen.

Ich konnte es so gut verstehen. Dabei wollte ich doch nur wieder mit ihr reden und lachen wie immer. Zeitgleich drehte auch ich jedes Wort gedanklich fünfmal um, bevor ich es aussprach – auch wenn ich mir einen anderen Vorsatz gemacht hatte.

»Ja, schon. Wir standen bloß kurz im Stau und …« Ich stockte, da es mir widerstrebte, oberflächliche Floskeln mit ihr auszutauschen. »Die Fahrt war gut.« Dann drehte ich mich mit dem Oberkörper zu ihr. »Bitte sieh mich an. Wir können uns nicht ewig ignorieren oder vor dem davonlaufen, was geschehen ist. Lass uns darüber reden und die Dinge aus dem Weg räumen, die zwischen uns stehen.«

Endlich sah sie hoch. Ihre grünen Augen fanden meine und damit war mein Kopf wie leergefegt. Alle Worte, die ich mir zurechtgelegt hatte, waren weg. Es kam mir vor, als hätte sich ein Strick um meinen Hals gelegt. Ich war auf genau diesen Moment vorbereitet gewesen, und nun traf es mich doch unvorbereitet, ihr so nah zu sein und wieder einmal über die Vergangenheit zu reden. Ich wollte wieder die Gegenwart mit ihr genießen. Doch wenn Letzteres erst möglich war, sobald die Risse der Vergangenheit geflickt und eine Brücke zum Hier und Jetzt gebaut war, dann würden wir anfangen müssen, jeden noch so kleinen Stein unserer gemeinsamen Zeit vom Boden aufzuheben und wieder in Ordnung zu bringen. Wenn es nötig war, um Grace nicht zu verlieren, dann war es mir das wert.

»Das mit Leah war nichts. Es ist mir egal, ob du das wissen möchtest. Für mich ist nur wichtig, dass du das weißt.« Ich holte tief Luft und versuchte, mich nicht in ihren grünen Augen zu verlieren. »Sie hat mich geküsst und …«

»Wir sind nur Freunde«, brachte Grace krächzend hervor und warf damit einen Stein direkt in mein mühsam errichtetes Konstrukt, sodass alles wieder zusammenfiel.

»Was hat das damit zu tun?«, fragte ich und zuckte mit den Schultern. »Ich hatte das Gefühl, es steht zwischen uns. Und dass dieser Abend einiges zerstört hat. Ich wollte nicht, dass du Silvester allein zu Hause verbringst und mitten in der Nacht heimläufst. Oder ich von irgendwem erfahre, dass du heimgebracht wurdest, weil nicht alles okay war – meinetwegen.«

Ihre Augen wurden feucht, aber sie wandte den Blick nicht ab. »Ich kann da jetzt nicht drüber reden. Es gibt dazu nichts mehr zu sagen. Nicht jetzt. Bitte.« Grace sagte es mit solch einem Nachdruck, dass Widerrede zwecklos war. Da war ich mir sicher, wobei ich an allem anderen zweifelte.

Ich kam nicht dazu, noch etwas zu erwidern, was Grace sichtlich erleichterte.

»Es gibt Stockbrot!«, rief Alex aufgeregt dazwischen und riss damit die ganze Aufmerksamkeit zunächst auf sich, bis sich alle Köpfe zu unseren Trainern drehten, die mit zwei großen Eimern auf unsere versammelte Gruppe zukamen. In dem einen war roher Teig zu erkennen, im anderen Marshmallows.

Erst jetzt fiel mir auf, dass inzwischen eine Flamme in unserer Mitte tanzte und irgendjemand Milchkrüge aus Metall an die Ränder gestellt hatte. Von dort erhoben sich die Holzbalken, die das Gebälk über uns trugen, sodass sich eine halbüberdachte Feuerstelle ergab und nur über dem Feuer eine Stelle ausgelassen worden war, durch die die Funken in den Nachthimmel flogen.

»Alle mal aufpassen«, ertönte kurz darauf die Stimme unseres Coachs Steve, und der zwei Meter große, bärtige Typ baute sich vor unserer bunt gemischten Runde auf. »Bitte stellt die Gespräche mal für zwei Minuten ein. Ich bin gleich wieder still.«

Das Gemurmel wurde leiser, bis schließlich mehr oder weniger Ruhe einkehrte und nur das Knacken und Knistern von den Flammen blieb, die sich ins Holz fraßen.

»Wir haben in etwa so viel Teig, dass sich jeder von euch zwei Brote daraus machen kann. Hinter der Hütte dort drüben«, er streckte den Finger aus und alle Köpfen drehten sich in die Richtung, »erwarten euch noch Salate und Würstchen für besonders hungrige Mäuler.« Gelächter erklang. »Bevor ihr euch darauf stürzt: Es ist genug für jeden da! Jetzt hat meine Kollegin noch etwas zu sagen, die wichtigen Dinge.«

»Die Prioritäten scheinen bei jedem anders zu liegen – eigentlich wollte ich ja den Abend eröffnen und euch alle herzlich willkommen heißen«, brachte eine der beiden Trainerinnen der Cheerleader hervor, jedoch nicht, ohne ihrem Kollegen ein Grinsen zuzuwerfen.

Dann schaltete ich ab. Einzig die Nähe zu Grace blieb mir präsent. Wie sie ihre Hände in ihren Schoß gelegt und die Augen gebannt ins Feuer gerichtet hatte. Ihre roten Haare fielen in einem wirren Pferdeschwanz über ihre eine Schulter nach vorne. Zwischen unsere Oberschenkel und die Arme passte kaum ein Stück Papier. Und obwohl sie mir so nah war, schien sie mir gleichzeitig so fern, wie sie mir noch nie gewesen war. Als würde nicht dieses eine Blatt Papier zwischen uns passen, sondern ein ganzes Universum.

Die Begrüßung der Trainerin wurde zu einem unverständlichen Gemurmel, das meine Gedanken untermalte und mir erst wieder auffiel, als alle um mich herum zu Grölen und zu Applaudieren anfingen. Dann sprangen einige Kommilitonen auf. Die Ansprache war beendet und anstelle der Trainerin war das ungehaltene Gebrabbel der

Menge zurückgekehrt. Ein Haufen an hungrigen Studenten bahnte sich den Weg hin zu den beschriebenen Buffet.

Ich nutzte die Gelegenheit, dass auch Finn und Liv sich zum Gehen gewandt hatten und Alex schon nirgendwo mehr zu sehen war. Ich musste mit Grace reden, bevor sie sich Cassy anschloss. Daher zögerte ich nicht länger.

»Grace«, krächzte ich. »Lass uns zusammen zum Essen vorgehen, was meinst du? Dann können wir für alle anderen Teig organisieren.« Ich warf einen prüfenden Blick in die Runde, während sie mich anstarrte, als hätte sie die Frage nicht verstanden. »Ich …«

Bevor sie ablehnen konnte, beugte ich mich näher zu ihr und flüsterte: »Können wir bitte kurz abseits der Gruppe reden? Ich kann das sonst nicht. Ich kann keine weiteren fünf Tage in deiner Nähe verbringen, in denen wir bestimmte Dinge verschweigen oder ignorieren, die wir klären sollten.«

»Das ist eine großartige Idee. Dann organisiere ich mit Finn und Liv die Getränke und dann treffen wir uns gleich hier wieder«, stimmte Cassy zu meiner Erleichterung zu, was ihr jedoch einen vielsagenden Blick von Grace kostete. Allerdings konnte Grace nichts Gegenteiliges mehr sagen, da Cassy so schnell aufgesprungen war, dass wir allein auf dem Baumstamm zurückblieben.

»Einer sollte hierbleiben und unsere Plätze freihalten«, murmelte sie und deutete mit einer halbherzigen Geste auf die frei gewordenen Stellen neben sich.

In dem Moment kehrte jedoch Alex mit Stock und Teig bewaffnet zurück und strahlte uns an. »Fast die erste Fuhre Teig erwischt!«

»Du Vielfraß«, entgegnete ich, konnte sein Grinsen jedoch nicht wirklich erwidern. Dafür war ich viel zu angespannt wegen Grace. An meine beste Freundin gerichtet, meinte ich: »Dann braucht es jetzt wohl niemanden mehr, der die Plätze freihält.«

»Wolltet ihr zusammen los?«, erkundigte sich Alex, während er seinen Teig auf den Spieß steckte. »Ich kann hier gern die Stellung halten, geht nur.«

Grace wirkte, als wäre es das Letzte gewesen, was sie gerade hatte hören wollen. Aber sie sagte nichts und gab sich geschlagen. Schweigend erhob sie sich und folgte mir zu der Wiese, wo im Halbdunkeln viele der Kommilitonen ebenfalls auf dem Weg zum Buffet waren. Mittendrin blieb ich stehen und hielt sie am Arm zurück. »Wir können uns doch nicht das gesamte Camp anschweigen und aus dem Weg gehen. Oder möchtest du das? Wenn ... wenn du wirklich erst einmal weiter Abstand halten willst, dann akzeptiere ich deine Entscheidung. Aber ich würde mir wirklich wünschen, es wäre anders. Lass uns diese Woche als Chance betrachten. Einen neutralen Raum, auf dem wir noch einmal über alles reden können.«

In ihrem Gesicht konnte ich alles und nichts erkennen. Dieser Schmerz, der in ihre Augen geschrieben stand, war selbst in der Dämmerung deutlich zu sehen. Als wüsste auch sie nicht, wie wir noch darüber reden sollten, ohne ständig dasselbe zu sagen, und dass sie die Sache eigentlich nicht totschweigen wollte, aber irgendwie doch. Diese Zerrissenheit, die mein Inneres ebenfalls strapazierte ...

Wie gern ich sie einfach in den Arm genommen hätte, um ihr zu sagen, dass ich genauso empfand.

»Was stellst du dir vor?«, hauchte sie. »Ich weiß nicht, wie ich anfangen soll und was du von mir erwartest. Ich wünsche mir auch, dass alles so wird, wie es zwischen uns war, aber das wird es wohl nicht, oder?« In ihrem Blick spiegelte sich meine Hoffnung wider, was mir Kraft gab. Ich tat doch einen Schritt näher an sie heran und nickte.

»Das wünsche ich mir auch, so sehr.«

»Wie soll das funktionieren?« Ihre Stimme brach und mit ihr mein Herz.

»Ich habe viele Fehler gemacht und würde gern einiges richtigstellen. Es tut mir leid.« Und mit jedem Wort, das meinen Mund verließ, fiel es mir schwerer, weiterzureden. »Bitte gib mir eine Chance. Gib uns eine Chance.«

Die Stille, die sich zwischen uns ausbreitete, schien selbst das Stimmengewirr um uns herum verstummen zu lassen. In meinem Kopf blieb einzig der Gedanke zurück, dass ich Grace nicht verlieren wollte. Auch wenn ich mir geschworen hatte, sie ziehen zu lassen, wenn sie das wollte. Aber da sie mir gerade gestanden hatte, dass sie das nicht wollte, klammerte ich mich wie ein Ertrinkender an das sinkende Schiff.

Schließlich holte sie tief Luft. »Du möchtest einen Neustart?«

»Ja. Ich weiß, dass es im echten Leben keine *Replay*-Taste gibt oder so etwas und dass sich Dinge, Erlebnisse und Gefühle nicht einfach ausradieren lassen. Gib mir trotzdem bitte die Chance – uns –, dass wir eine Zukunft haben.« Es fühlte sich an, als wäre die Zeit stehen geblieben, als gäbe es nur noch sie und mich auf dieser Welt. Selten hatte ich eine Antwort so gefürchtet wie in dieser Sekunde, und dennoch hatte ich niemals eine Rückmeldung so sehr gewollt.

»Als Freunde?« Grace schien sichtlich hin- und hergerissen. Beinahe kam es mir so vor, als wäre da noch viel mehr, was sie sagen wollte. So viel mehr an unausgesprochenen Dingen zwischen uns. Und doch schwieg sie.

Genau deshalb wollte ich ihr so viel Freiraum wie nur irgendwie möglich geben. So viel, wie es mein Herz gerade noch zuließ, und dass ich meinen Verstand nicht verlor. Meine Antwort ging beinahe in dem Trubel unter, aber ich war mir sicher, sie verstand den Satz genauso klar und deutlich wie ich. »Egal, als was. Hauptsache, ich verliere dich nicht.«

Dann geriet mein Herz tatsächlich ins Stolpern. Nur für eine Sekunde, doch das genügte. Was Grace schließlich sagte, war so viel mehr, als ich gehofft hatte.

»Okay.« Und als sie einen Mundwinkel anhob, glaubte ich, vor Freude und Aufregung nichts mehr sagen oder machen zu können. Deshalb stand ich einfach da, erwiderte ihr Lächeln und war für einen Wimpernschlag der glücklichste Mensch auf der Welt.

***

»Das darf doch nicht wahr sein!«, fluchte Liv, als sie auch ihr zweites Brot vom Stock zog und dabei feststellte, dass eine Seite schwarz und die andere roh war. »Der Teig hasst mich.«

Schmunzelnd betrachtete Finn ihr Essen und tauschte ihren Stock mit seinem. »Warte, gib mal her. Wir retten das noch.«

Da lenkte ein weiteres Stöhnen meine Aufmerksamkeit auf sich und Grace schlug neben mir ihre Hände vors Gesicht. »Ich glaube, ich muss heute auch verhungern«, wandte sie sich an Liv. »Mein Essen ist gerade in Flammen aufgegangen.«

Beim Anblick ihres brennenden Brotes, oder eher den Überresten davon, die gerade im Lagerfeuer verschwanden, konnte ich mein Lachen nicht länger unterdrücken.

»Das ist nicht witzig!«, schimpfte sie und verpasste mir einen Hieb mit ihrem Ellenbogen in die Seite. »Ich hab jetzt nichts mehr zu essen.«

»Sag bloß, das war schon dein zweites Brot?«, zog ich sie auf, obwohl ich genau gesehen hatte, wie sie auch ihr erstes bereits verkokelt von ihrem Stock gerupft und es eher in schwarzen Krümeln aufgelesen hatte, als dass es als Brot erkennbar gewesen war.

Grace gab etwas von sich, das wie ein Grummeln klang, und zog eine Grimasse in meine Richtung, die mich nur noch mehr zum Schmunzeln brachte. »Wieso müssen wir unser Brot auch über dem Feuer backen? Ich meine, wir sind hier zum Sport machen und nicht zum Kochen lernen. Davon abgesehen, hat das wohl wenig mit Kochkünsten zu tun, sondern ist reines Austesten, ob wir fähig sind, einen Stab über dem Feuer zu halten. Himmel, wieso muss mein Brot auch einfach vom Stock fallen?«

Stockbrote machen hatte noch nie zu Grace' Stärken gehört. Ich erinnerte mich daran, wie wir einmal in der Grundschule auf einem Geburtstag bei Freunden gewesen waren und ich auch dort schon das Brot für sie gemacht hatte, weil ihre vorherigen Versuche nicht genießbar gewesen waren.

Für den Moment war alles vergessen, was im letzten Monat zwischen uns geschehen war. Wir konnten unbeschwert miteinander lachen, konnten einfach wir selbst sein. Als wäre es wie früher. Bis ich mich zu ihr herumdrehte und merkte, wie wir uns dieselben Gedanken teilten, dass wir beide gerade an unseren letzten, gemeinsamen Stockbrotabend gedacht hatten und daran, wie glücklich wir zusammen sein konnten. Dass selbst entflammtes Stockbrot uns nicht zur Verzweiflung trieb. Nur entflammte Herzen taten es: wehtun und Asche zurücklassen.

Rasch riss ich mich von dem Strudel in meinem Inneren los und deutete auf das Brot, das ich gerade in meinen Händen hielt. »Wenn du magst, können wir uns mein zweites Brot teilen. Ich kann ja schlecht verantworten, dass du uns verhungerst«, entgegnete ich. »Ich mache es uns fertig und dann können wir uns eine Bratwurst dazu holen.«

»Das ist lieb von dir, und Bratwurst hört sich nach einem hervorragenden Plan an.« Grace lächelte und auch wenn ich die Unsicherheit hinter ihrer Fassade nicht ignorieren konnte, genoss ich diesen Abend. Denn er gab mir das Gefühl, dass alles in die richtige Richtung ging und unsere Freundschaft vielleicht doch nicht verloren war.

Grace hatte uns eine neue Chance gegeben und die wollte ich nutzen. Solange es einen Funken Hoffnung gab, würde ich mich daran festhalten. Egal, ob das vernünftig war oder nicht. Aber wenn es darum ging, hatte mein Herz meinen Verstand schon lange überholt.

***

Grace

Auf dem Rückweg zur Hütte fasste ich einen Entschluss. Ich musste mit Leah reden. Jays Version der Geschichte kannte ich nun und ich vertraute ihm, aber ich wollte mich auch mit Leah aussprechen, bevor ich ihr das gesamte Camp über misstrauisch gegenüberstand. Ich hoffte, so alle Missverständnisse vor dem weiteren Training aus dem Weg zu räumen. Die Tage würden ohnehin anstrengend genug werden und die Anspannung würde mit jedem Training steigen. Besser, wir beseitigten jegliches Konfliktpotenzial vorher, um Streitereien zu vermeiden.

»Leah!«, rief ich als, ich sie auf dem Rückweg zu den Hütten entdeckte. Sofort hielt sie inne und drehte sich überrascht zu mir herum. »Hast du einen Augenblick?«

»Was ist los?« Sie legte den Kopf schief, als sie vor mir stehen blieb.

Himmel. Ich hätte mir die Worte zuvor zurechtlegen sollen. Wie sollte ich sie darauf ansprechen, dass sie mich zutiefst verletzt hatte, indem sie Jay an Silvester geküsst hatte? Dabei würde ich mich nur selbst verraten, meine Gefühle für ihn, der eigentlich doch mein bester Freund war. Nein.

»Du ... Der Kuss an Silvester mit Jaydon ...«, fing ich an, doch sie fiel mir ins Wort, bevor ich mehr sagen konnte, und machte eine wegwerfende Handbewegung.

»Deshalb sprichst du mich an? Das war nichts, ehrlich.«

Nun war ich diejenige, die irritiert den Kopf schief legte und Leah mit zusammengezogenen Augenbrauen musterte. »Du hast meinen besten Freund einfach so geküsst? Wieso?«

»Ich weiß nicht«, murmelte sie und starrte zu Boden. »Ich habe mir an dem Abend eingebildet, dass da etwas zwischen uns sein könnte. Er wirkte so verloren an der Bar. Sein Lächeln, seine Art – er hat etwas an sich, das mir ein Gefühl von Sicherheit gegeben hat, und das hat mich an dem Abend ein bisschen gerettet.« Mein Magen zog sich schmerzhaft zusammen, als ich diese Dinge aus ihrem Mund hörte, und sofort keimte die Eifersucht wieder in mir auf. Ich sah die beiden deutlich vor mir, wie sie dort gestanden und zusammen gelacht hatten.

»Aber Grace?« Unsere Blicke fanden sich wieder und in ihren Augen entdeckte ich nichts als die Wahrheit. »Du musst dir deshalb wirklich keine Gedanken machen. Der Kuss bedeutet nichts. Es tut mir leid. Ich hätte ihn nicht einfach küssen dürfen – ich habe in dem Moment nicht daran gedacht, dass er dein bester Freund ist und das irgendwie komisch für uns werden könnte. Ich wollte dich nicht verletzen. Und Jay hat mir auch sehr deutlich gesagt, dass das etwas Einmaliges war und er nichts für mich empfindet.« Sie lächelte mich an und legte eine Hand auf meine Schulter. »Es tut mir leid, das musst du mir glauben. Ich möchte dich als Freundin nicht verlieren und ich wollte nicht, dass durch mein unüberlegtes Handeln Missverständnisse entstehen. Jay ist wirklich ein wundervoller Mensch mit einem großen Herzen und einem Charakter, von dem sich jeder Mann etwas abschauen kann. Er ist ein toller Freund. Du kannst dich glücklich schätzen, ihn an deiner Seite zu haben.«

Ihre Ehrlichkeit nahm mir jeglichen Wind aus den Segeln und traf mich vollkommen unvorbereitet, sodass ich ihr einfach nur sprachlos zuhören konnte. Mit jedem Satz, der ihren Mund verließ, wurde meine Enttäuschung, die ich Leah gegenüber empfunden hatte, weniger und ich verstand sie. Ich glaubte ihr jedes Wort.

»Danke, Leah«, murmelte ich. »Dann ist alles gut zwischen uns?«

»Ja«, bestätigte sie. »Jaydon ist einfach nur ein Freund für mich.« Sie schenkte mir ein weiteres, aufrichtiges Lächeln, bevor sie mir zunickte und Anstalten machte, sich den anderen in Richtung der Unterkünfte anzuschließen. Doch sie stoppte mitten in der Bewegung und warf mir noch einen Blick über die Schulter zu. »Und Grace? Ich glaube, Jay mag dich wirklich. Vielleicht sogar ein bisschen mehr, als es dir gerade bewusst ist.«

Damit kehrte sie mir den Rücken zu und verschwand in der Dunkelheit.

Kapitel 19 – Grace Collin

07. Januar, 08:35 Uhr

Zweiter Tag, Trainingslager Florida – Von Vertrauen

Ich stocherte in meinem Müsli herum, als wäre das Essen daran schuld, dass meine Augenringe bis auf den Boden reichten. Die Nacht war furchtbar gewesen und es wunderte mich, dass Liv und Cassy einen solch gesegneten Schlaf besaßen, dass sie anscheinend nichts mitbekommen hatten.

In jeder der Hütte gab es zwei Räume mit je zwei Betten und beide hatten entschieden, dass sie sich ein Zimmer teilen würden und ich eines für mich hätte, wenn es für mich in Ordnung wäre. Ich hatte nichts dagegen gehabt, was mich nun erleichterte.

So war ihnen nicht aufgefallen, wie ich die vergangene Nacht gewiss zwei- oder dreimal im Badezimmer gestanden hatte. Während mich Bauchkrämpfe und Übelkeit geplagt hatten, hatte ich kein Auge zugetan. Es war ein Wunder, wie ich es in der Früh aus dem Bett geschafft hatte. Denn heute hätte ich fast alles getan, um liegen bleiben zu können.

»Du siehst aus, als würde das Essen dich gleich aufessen«, bemerkte Cassy und stieß mich in die Seite, wodurch ich einen Klecks mit Milch auf dem Tisch hinterließ.

»Hab einfach nicht gut geschlafen«, grummelte ich. Ich schaute auf, obwohl ich die Blicke meiner Freundinnen am liebsten gar nicht erwidert hätte. Es war wie ein Reflex, für den ich mich sofort verfluchte. Denn in dem Augenblick erkannte ich über Livs Schulter hinweg, wie Alex, Finn und Jay den Frühstücksraum betraten.

»Da haben wir die Nachzügler!«, rief der Football-Coach so laut durch den Raum, dass sich auch die letzte Person zu ihnen umdrehte. »Haben die Herren wenigstens gut geschlafen? Treffpunkt war hier vor etwa fünfzehn Minuten. Ihr wisst, was das bedeutet?«

»Tut uns leid«, murmelte Finn und übernahm damit die Antwort für seine zwei Freunde gleich mit.

Murrend liefen die drei an ihrem Coach vorbei und gesellten sich an unseren Tisch. Dabei verkrampfte ich mich wie von selbst. Obwohl ich mich freute, Jay zu sehen, wollte ich nicht, dass er mich in diesem Zustand antraf.

»Einen wunderschönen guten Morgen zusammen«, rief Alex in die Runde und ließ sich auf einem freien Stuhl fallen.

»Ich glaub, du brauchst dich gar nicht zu setzen. Das Buffet ist auf der anderen Seite – wenn du nicht auf Diät bist«, bemerkte Jay. Dann wandte er sich mir zu, wie ich aus dem Augenwinkel bemerkte. »Gut geschlafen, Gray?« Ich hatte den Kopf noch gar nicht ganz gehoben, da verzog er bereits den Mund. »Oder auch nicht?«

»Könnte man so sagen«, gab ich zurück. »Mach dir keine Sorgen.«

»Bist du so aufgeregt?«, hakte Jay nach und setzte sich neben mich. Seine Augen bohrten sich in meine, als wollte er sichergehen, dass tatsächlich alles in Ordnung war.

»Ich weiß, was es dir bedeutet, hier zu sein. Aber ich denke, du musst wirklich nicht so nervös sein. Das wird schon alles, du wirst sehen.«

Ich rang mir ein Lächeln ab. »Danke.« Während ich ihn betrachtete, kamen mir wieder Leahs Worte in den Sinn und ein warmer Schauer lief mir den Rücken hinunter.

Ich glaube, Jay mag dich wirklich. Vielleicht sogar ein bisschen mehr, als es dir gerade bewusst ist.

Konnte das sein?

Mit einem Nicken deutete Jaydon auf die Schale, die vor mir stand, und riss mich damit aus meinen Gedanken. »Das sieht wirklich lecker aus. Ich glaube, ich stelle mir auch ein Müsli zusammen. Magst du noch etwas vom Buffet haben? Ich bringe dir gern etwas mit.«

»Danke, nein. Ich glaube, ich bin nach dieser Schale schon satt. Du weißt doch, dass ich morgens nicht so viel hinunterbekomme.«

Mit schräg gelegtem Kopf musterte er mich. »Was, wenn es frische Erdbeeren gibt? Bist du dann auch noch satt?«

»Auf geht's, Jungs. Sonst macht uns Steve wirklich noch einen Kopf kürzer, wenn wir jetzt auch noch beim Essen trödeln. Und ich mag wirklich nicht mit leerem Magen zum Training«, bemerkte Finn, der eine Hand auf Livs Rücken gelegt hatte. »Also lasst uns lieber schnell die Reste plündern gehen, bevor das Buffet abgebaut wird.«

»Du hast ihn gehört«, meinte Jay zu mir. »Dann guten Appetit, und vielleicht bringe ich dir ja doch einen Nachtisch mit …« Er zwinkerte mir zu.

Jays Worte spornten mich an, aufzuessen, bis er mit seiner Schale zum Tisch zurückkehrte. Ich wollte nicht, dass er sich auch noch den Kopf zerbrach, weil sich mein Magen sträubte, Frühstück aufzunehmen.

Einen Löffel nach dem anderen schob ich in mich hinein, ignorierte meinen schmerzenden Bauch und konzentrierte mich auf das Getuschel von Cassy und Liv.

»Ich bin schon so gespannt darauf, wie sie uns in die nächsten Tage mit einbinden!«, meinte Cassy. »Allein, dass ich jetzt doch mitkommen konnte, ist echt der Hammer. Zur Kontrolle von den Uniformen und als deine Assistenz.«

»Dafür erwarte ich aber wirklich einen Artikel mit dir zusammen«, entgegnete Liv. »Es wird schließlich ein komplettes Heft als Sonderausgabe nur über diese Trainingswoche erscheinen und auch auf der Website werde ich einen eigenen Reiter dafür eröffnen. Immerhin soll das jetzt künftig jedes Jahr angeboten werden, wenn es dieses Jahr gut läuft. Wir sollen es gut vermarkten.«

»Ich finde das echt heftig, wie viel Arbeit auf dich zukommt, Darling«, erwiderte Cassy. »Es ist beeindruckend, wie du dein ganzes Herzblut da hineinsteckst und nebenbei noch die Vorlesungen und sonstige Interviews für externe Zeitungen schaffst. Und zusätzlich deine Unterstützung der *Morning Devil*! Wirklich praktisch, dass du da so viel online machen kannst.«

Liv seufzte. »O ja, das kannst du laut sagen. Würden die keine Online-Arbeit von mir akzeptieren, wäre ich gerade etwas aufgeschmissen. Aber ich liebe den zusätzlichen Job. Er ermöglicht mir mit professionellen Journalisten an der Seite einen ganz besonderen Einblick in die Branche und die zukünftige Tätigkeit, die ich machen möchte.«

Einmal mehr spürte ich einen Stich in meinem Inneren. Weil Liv erreichte, was sie sich vornahm. Weil sie das in die Tat umgesetzt hatte, was sie seit Beginn des Studiums am Coulden College angestrebt hatte. Sie hatte einen Job als Journalistin bei einer renommierten Zeitung, die hier jeder kannte. Sie hatte den Freund an ihrer Seite, den sie sich erhofft hatte und der sie unterstützte.

Sie hatte alles, was ich mir wünschte. Und deshalb fraß mich der Neid manchmal ein Stück weit auf. Dass sie dennoch so offen mit ihren Gefühlen umging und ich stattdessen das Gegenteil machte, ihr Steine in den Weg legte und sie für meine Fehler kritisierte.

Dafür hasste ich mich manchmal. Ich musste meinen Neid in den Griff bekommen und als eigene Motivation sehen. War es nicht schön zu sehen, wie andere Menschen ihre Ziele erreichten und zeigten sie einem nicht gerade deshalb, dass diese Träume nicht unerreichbar waren?

***

»Heute gibt es nicht das übliche Training. Wir beginnen mit einem etwas außergewöhnlichen Warm-Up – zumindest in außergewöhnlicher Kulisse«, verkündete Lucie. »Wenn wir schon an einem solch schönen Ort die Chance haben, zu trainieren, dann wollen wir das auch in vollen Zügen ausnutzen. Für den Vormittag haben wir uns eine Laufroute rund um den See ausgedacht. Es wird immer wieder kleinere Pausen zwischendurch geben, an denen wir Stationen mit Aufgaben für euch aufgebaut haben.«

Das Getuschel, das durch unsere Gruppe ging, sagte alles. Die Vorfreude auf diese neue Art der Wettkampfvorbereitung war beinahe greifbar.

»Am besten nehmt ihr ausreichend zu trinken mit. Wir sprechen von einer längeren Route, die zwar für alle gut machbar sein sollte, euch aber dennoch fordert. Die Aufgaben an den Stationen sind selbsterklärend. Manchmal handelt es sich schlichtweg um Handlungsabfolgen, wie ihr sie aus früheren Choreos kennt, Dehnungsübungen oder ihr müsst vielleicht auch auf Kameradinnen warten, um diese Aufgaben erfüllen zu können.« Ihr Blick glitt über unsere Köpfe hinweg. »Natürlich können wir nicht kontrollieren, ob ihr euch daran haltet, es ist jedoch nur zu eurem Besten und liegt ganz bei euch, was ihr erreichen möchtet und wie ernst ihr das Training nehmt.«

Anne stimmte nickend zu. »Wir hielten es für eine gute Idee, nach der Weihnachtspause langsam einzusteigen und erst morgen mit der weiteren Besetzung der Solos für den anstehenden Wettkampf fortzufahren. Bis zum Ende des Camps wird sich also zeigen, wer einen eigenen Part bekommt und wer nur bei der Gruppenchoreografie dabei sein darf. Strengt euch also bitte auch bei solch kleineren Übungen außerhalb unserer Beobachtung an. Wir zwei werden die Strecke zwischendurch mit dem Fahrrad abfahren und dennoch ein Auge auf euch haben. Zudem erwartet die ersten Cheerleaderinnen, die wieder im Trainingslager hier bei der Halle ankommen, eine kleine Belohnung.«

»Eine Überraschung haben wir noch für euch«, ergänzte unsere erste Trainerin, woraufhin erneut ein Murmeln durch die Menge ging.

Eine Laufstrecke um den See. Wie lang die Abschnitte wohl waren und wie weit die Strecke wohl insgesamt war? Sechs Meilen? Einerseits freute ich mich darauf, weil ich beim Joggen den Kopf freibekam und mich ganz auf mich selbst, die Atmung und auf die Natur konzentrieren konnte. Andererseits bereitete mir der Anblick des Sandweges, der durch Wald und Gestrüpp führte, ein wenig Sorgen. Auch wenn Lucie und Anne die Strecke mit dem Fahrrad abfuhren, so hatte ich wenig geschlafen und mein Magen drehte sich noch immer im Kreis.

Bitte lass es nur die Müdigkeit oder die Aufregung sein.

Bisher hatte es sich einfach nicht ergeben, den Schwangerschaftstest zu machen. Allerdings traute ich mich auch nicht wirklich. Solange ich das Ergebnis nicht hatte, konnte ich mir zumindest einreden, dass alles in Ordnung war.

»Was, denkst du, was die Belohnung sein wird?«, wollte Jessica von mir wissen, die plötzlich neben mir stand. Ich zuckte zusammen.

»Vielleicht ein paar Müsliriegel von der Marke, die uns sponsert?«, überlegte ich laut. Schon häufiger hatten wir für Sonderaufgaben Goodie Bags mit Sportartikeln gewinnen können. In der Regel wurden uns diese vor Beginn der entsprechenden Trainingseinheit vorgezeigt – sozusagen als Ansporn.

»Die Überraschung ist, dass dieselbe Route heute von den Footballern gelaufen wird. Sollte also eine von euch unter einem Schwächeanfall oder Ähnlichem leiden, findet ihr sicher männliche Unterstützung, die euch einsammeln kann.« Lucie zwinkerte, während einige der Mädchen kicherten. »Die Männer werden jedoch etwas später starten, damit sie euch nicht gleich überholen.«

Mir hingegen lief ein eisiger Schauer den Rücken hinunter. Jay würde diese Strecke auch laufen? Der gestrige Abend war schön gewesen und hatte mir einmal mehr gezeigt, wie unbeschwert und schön es mit ihm sein konnte. Doch die Vorstellung, wie wir uns beim Lauf begegneten und er mich beobachtete, während ich mir den Kopf über die letzte Nacht und meinen Magen zerbrach – das wollte ich um jeden Preis vermeiden.

»Nachdem wir uns hoffentlich gegen Mittag alle wieder hier an der Halle einfinden, werden wir den weiteren Tagesablauf bekannt geben. Es lohnt sich also, nicht absichtlich verloren zu gehen, denn wir haben ein wirklich cooles Nachmittagsprogramm für euch vorbereitet.«

»Und nicht zu vergessen: Es gibt einmal mehr ein tolles Mittagessen, das ihr ganz sicher nicht verpassen wollt.«

Beim Anblick der Footballer, die sich in dem Moment zu uns gesellten, wurde mir klar, für wen das als Ansporn galt.

»Dann dürfen die Cheerleader sich gern schon auf den Weg machen. Die gesamte Strecke ist durch rote Bändchen gekennzeichnet, die wir aufgehängt haben. Ihr könnt euch also eigentlich gar nicht verlaufen. Und für alle, die sich noch ihre Wasserflaschen auffüllen wollen: Dort vorne bitte.« Sie deutete mit dem ausgestreckten Arm in Richtung eines kleinen Steinquadrats, das wohl eine Trinkwasserstelle war.

Wir taten wie geheißen. Liv und Cassy sah ich ebenfalls mit Fahrrädern ausgestattet bei der Starthütte stehen, der wir uns nun näherten. Beide reckten ihre Daumen in die Luft, als sie meinen Blick bemerkten.

Nachdem die Trainerinnen uns viel Erfolg gewünscht hatten, drehte ich mich zum See herum und schaute über die Wiese, die mich vom Wasser trennte. Dort, wo wir am Abend noch am Lagerfeuer gesessen hatten, zeichnete sich im Hintergrund ein schmaler Weg ab, der zwischen die Bäume führte. Ich zögerte nicht länger und lief los, weil ich einem weiteren Gespräch mit Jay aus dem Weg gehen wollte. Auch wenn ich ihn eben mit meinem flüchtigen Blick zu den Footballern nicht entdeckt hatte, so war ich mir sicher, er stand zwischen ihnen und hatte mich schon gefunden.

Also beschleunigte ich mein Tempo, umklammerte meine Wasserflasche und konzentrierte mich auf die Strecke, die vor mir lag. Einfach einen Fuß vor den anderen setzen. Entgegen all meiner Sorgen befreite mich die kühle Luft. Mit der Brise, die am See wehte, flogen sie einfach davon. Zu meiner linken Seite betrachtete ich die gewellte Wasseroberfläche und entdeckte im Schilf zwei Libellen, die umeinander herumkreisten.

Obwohl unser Team recht groß war, begegnete ich bloß wenigen meiner Kameradinnen. Ich war so vertieft in die Natur und mein Kopf so leergefegt, dass mir kaum auffiel, wie schnell die Zeit verging und dass ich schon bald die erste Station mit der ersten Tagesaufgabe erreicht hatte.

Als ich dort zum Stehen kam und den schmalen Waldweg zurückblickte, den ich gekommen war, drehte sich plötzlich alles. Ich verzog das Gesicht, stützte mich mit den Händen auf meinen Oberschenkeln ab und kniff die Augen zusammen. Sofort verfluchte ich meinen Körper, dass ich heute Nacht nicht einfach hatte durchschlafen können. Mit dem Gedanken daran kehrte auch das Grummeln meines Magens zurück. Das konnte ja ein lustiger Lauf werden.

Schlagartig wünschte ich mir, es gäbe keine Pausen und ich könnte die Strecke einfach in meinem Tempo und ohne Stopps durchlaufen, nur um nicht daran erinnert zu werden, was mich beschäftigte. Schweiß lief meinen Rücken hinunter und obwohl die Sonne bereits hoch am Himmel stand, fröstelte ich. Auch an den Grashalmen zu meinen Füßen waren noch Tautropfen zu finden und ich bemühte mich, weitere Details in meiner Umgebung zu finden, um mein Gefühlschaos auszublenden. Es würde alles gut werden.

»Oh, hey.«

Ich schreckte hoch und mir stockte abermals der Atem. Als würde es bei seinem Anblick normal werden. Es überraschte mich in doppelter Hinsicht, ihn hier anzutreffen, da ich als eine der ersten Läuferinnen meines Teams aufgebrochen war. Jetzt schon einem Footballer gegenüberzustehen, hatte ich nicht erwartet. Und schon gar nicht ihm. Dennoch verunsicherte es mich weniger, als ich dachte.

»Du siehst blass aus. Alles in Ordnung?« Jay legte die Stirn in Falten, er musterte mich sichtlich besorgt.

Plötzlich machte sich das schlechte Gewissen wieder in mir breit. Wie konnte ich ihm das erklären, wo ich selbst keine Ahnung hatte, was gerade in mir vorging? Dass ich nicht wusste, warum mein Körper gerade durchdrehte und dass es dafür vermutlich mehr als nur eine Erklärung gab.

»Alles gut«, murmelte ich, bückte mich und tat so, als müsste ich meine Schnürsenkel fester ziehen.

»Ist es immer noch wegen Silvester?« Unausgesprochen hing die Frage im Raum, ob ich deshalb so wenig gegessen und ich nicht allein wegen der Aufregung so schlecht geschlafen hatte. Ich konnte es ihm ansehen, nachdem ich mich aufgerichtet hatte.

»Nein. Du hast es heute Morgen schon ganz gut getroffen«, log ich. »Ich bin einfach nur ein bisschen aufgeregt.«

»Ein bisschen?« Seine Mundwinkel zuckten amüsiert. »Vielleicht auch ein bisschen mehr?«

»Vielleicht«, gab ich zu, weil ich den Rest nicht aus mir herausbekam.

»Macht es dir etwas aus, wenn ich dich begleite? Ich habe mitbekommen, dass ihr teilweise Aufgaben an diesen Stationen erledigen müsst. Ich bin neugierig, was euch erwartet, und vielleicht kann ich dich ja bei einigen Stellen unterstützen, wenn es Partneraufgaben sein sollten.«

»Nein, ich würde mich freuen«, erwiderte ich und meinte es zum ersten Mal seit Tagen auch so. Denn trotz allem, was vorgefallen war, konnte ich nicht leugnen, dass sich Jays Anwesenheit noch immer wie Heimat anfühlte. Es erinnerte mich an die Zeit, in der wir uns jeden Morgen zusammen zum Laufen verabredet hatten. An die Zeit, in der wir um die Wette gerannt waren und jeweils als Erstes an unserer alten Eiche sein wollten.

Irgendwann waren unsere Vorlesungs- und Trainingszeiten so unterschiedlich gewesen, dass wir es nicht mehr miteinander hatten vereinbaren können. Fortan hatten mir diese Runden und der Austausch mit Jay im Morgengrauen gefehlt. Aber das hatte ich ihm nie wirklich gesagt, weil ich mich dafür geschämt hatte. Dafür, dass ich unsere albernen Wettläufe wieder machen wollte und unsere Morgengedanken vermisste. Es war einfach immer der perfekte Start in den Tag gewesen, wie wir noch halb verschlafen den Hügel hinaufgelaufen waren. Wir hatten uns auf dem Weg Kaffee und Bagels beim Bäcker mitgenommen und uns schließlich im Nebel auf die Wiese gesetzt. Von dort oben war die Aussicht über die allmählich erwachende Stadt und die damit langsam entstehende morgendliche Hektik hervorragend gewesen. Wir hatten die Ruhe noch einen Augenblick länger einfangen und genießen können.

»Worauf warten wir noch?« Er legte den Kopf schief und musterte mich. Dann deutete er auf den einlaminierten Zettel, der an einen Baumstamm gebunden war. Darauf fand sich die Aufgabe und ich musste schmunzeln, als ich die Zeilen überflog. »Lies laut vor«, meinte Jay neugierig.

»Mache zwanzig Kniebeugen und fünfzig Hampelmänner.«

Mein Grinsen schien ansteckend, wobei ihn die Aufgabe sichtlich genauso amüsierte wie mich. »Na, wenn die alle so sind, dann wird das Laufen ja noch das Anstrengendste!«

»Da kennst du meine Trainerinnen schlecht«, wies ich ihn zurecht, während ich begann, die Aufgabe auszuführen. Als ich merkte, dass Jay keine Anstalten machte, sich mir anzuschließen, hielt ich inne. »Was wird das? Stalken, aber nichts tun? Das gibt's hier nicht. Entweder ich nehme dich mit und du machst die Aufgaben auch vernünftig oder du läufst schon mal vor und wir sehen uns im Ziel.«

»Schon gut!« Jay hob abwehrend die Hände, machte sich jedoch sogleich daran, die Aufgabe ebenfalls in Angriff zu nehmen.

Danach setzten wir die Umrundung des Sees fort. Ich genoss die Ruhe, die uns umgab, und die nur vom Gesang der Vögel und dem Rauschen der Blätter unterbrochen wurde. Dazu mischte sich bald das gleichmäßige Rauschen von Wellen, die am Ufer eintrafen, und das Schmatzen unserer Schuhe auf dem feuchten Untergrund. In diesem Moment freute ich mich umso mehr über Jays Anwesenheit. Es beruhigte mich, dass er da war und dass ich wusste, er passte auf mich auf. Damit verdrängte ich für den Augenblick die Probleme und Sorgen und war einfach dankbar, dass er mich verstand, ohne dass ich etwas sagen musste. Ohne dass ich mein Geheimnis offenbaren musste, von dem ich nicht einmal wusste, ob meine Befürchtungen der Wahrheit entsprachen.

Das war eine seiner Stärken: Er konnte mir Kraft geben und das Gefühl, dass es okay war, obwohl um uns herum alles zusammenbrach. Jetzt gerade brauchte ich diese Nähe von ihm umso mehr und sog diese Energie, die von ihm ausging, das Verständnis, das er mir entgegenbrachte, wie eine Ertrinkende auf.

Jay war da. Und er verstand mich.

Aber ich würde es ihm sagen müssen. Die Angst, die ich verdrängt hatte, keimte plötzlich umso heftiger in mir auf und rief erneut den Schwindel hervor. Nein, es musste mein Geheimnis bleiben, bis ich sicher war. Bis ich den Test gemacht hatte. Ich wollte den Test unbedingt machen und zugleich zögerte ich es hinaus. Wie konnte man etwas so sehr wissen wollen und sich zugleich so sehr davor fürchten?

Und zugleich wusste ich, dass mit der Sicherheit auch meine letzte Kontrolle verloren gehen würde. Denn damit würde ich Jay verlieren. Dafür konnte selbst sein Verständnis nicht groß genug sein.

***

Als wir das Camp-Gelände erreichten, erwarteten uns erst wenige der übrigen Studenten. Das bedeutete, dass auch Cassy und Liv noch unterwegs sein mussten.

Sofort begann mein Magen zu kribbeln. Wenn ich endlich einen Moment allein in der Hütte hatte, dann könnte ich den Test machen, ohne zu riskieren, dass meine Freundinnen etwas mitbekamen. Obwohl wir das Badezimmer abschließen konnten, hatte ich mich nicht getraut – auch nachts nicht –, den Test durchzuführen. Zu groß war die Angst vor dem Ergebnis gewesen, auch wenn ich seit unserer Ankunft nach Ausreden suchte, um meine Übelkeit zu erklären.

»Das war gut!«, meinte Jay und klopfte mir auf die Schulter. Seine Berührung löste den Knoten, der sich in meinem Bauch gebildet hatte, und ließ mich lächeln. »Wir sollten unsere Morgenroutine unbedingt wieder aufnehmen. Ich habe das Laufen mit dir total vermisst.«

Dass Jay das ansprach, ließ Wärme durch mein Herz strömen und ermutigte mich, ebenfalls zuzugeben, dass ich es auch empfand. »Ja, das wäre schön.«

»Ihr könnt euch kurz frisch machen«, meinte Lucie, die sich zu uns gesellte. »Seid ihr gut durch die Aufgaben gekommen?«

Als wir das beide mit einem Nicken bestätigten, zeigte sich Zufriedenheit in ihrem Gesicht. »Das ist schön. Am besten seid ihr in etwa einer Stunde wieder hier. Dann gibt es etwas zu essen und nach einer kleinen Mittagspause geht es weiter.«

»Verratet ihr schon, was uns nach der Mittagspause erwartet?«, wollte Jay sofort wissen.

»Das hättet ihr wohl gern, dass ich das Geheimnis jetzt schon lüfte.« Lachend schüttelte Lucie den Kopf. »Nein, es soll ja ein bisschen spannend bleiben.«

Während Jay noch mit meiner Trainerin herumalberte, entschuldigte ich mich. »Ich springe schnell unter die Dusche. Wir sehen uns später.«

Ich spürte seinen irritierten Blick auf meinem Rücken, aber traute mich nicht, mich noch einmal zu ihm umzudrehen. Zu meinem Glück lief er mir nicht nach oder bot an, mich ein Stück zu begleiten. Er ließ mich einfach machen und dafür war ich ihm dankbar. Jay kannte mich einfach zu gut und dennoch sah ich seinen irritierten

Blick noch immer vor mir. Ich hatte ihn und meine Trainerin wohl doch ein wenig zu abrupt stehen gelassen.

Mit jedem Schritt, dem ich mich der Unterkunft näherte, wuchs meine Anspannung und die Angst, ich könnte doch Liv oder Cassy in die Arme laufen. Als ich in meinem Zimmer stand und meine Tasche durchwühlte, glaubte ich, es keinen Moment länger in meinem Körper auszuhalten. Einzig das Dröhnen meines Kopfes blieb. Hoffentlich war der Test noch da, wo ich ihn versteckt hatte. Nach der Ankunft hatte ich die Hose mit dem Test extra gegen eine neue ausgetauscht, damit er nicht versehentlich herausfiel. Als ich die Shorts fand und den Gegenstand in der hinteren Hosentasche ertastete, durchflutete mich Erleichterung.

Inzwischen zitterten nicht nur meine Finger, sondern auch mein restlicher Körper. Ich hatte nur diese eine Chance, die Durchführung durfte mir nicht misslingen. Ich hatte keinen Vergleich. Das Ergebnis, das mich aus diesem Test erwarten würde, wäre meine einzige Absicherung und alles andere als eindeutig.

Ich wusste nicht, was ich hoffen sollte. Dass der Test anschlug und ich wusste, dass ich ihn richtig verwendet hatte? Oder dass nichts geschah und all meine Aufregung umsonst war? Wie konnte ich dann sicher sein, dass der Test funktioniert hatte? Am liebsten wäre ich direkt zum nächsten Arzt gelaufen, während ich gleichzeitig niemals dort aufkreuzen wollte, um das Thema anzusprechen. Ich wünschte mir Gewissheit, obwohl mir eben diese Gewissheit alles zerstören konnte – wenn nicht längst schon alles verloren war.

Mit rasendem Puls lief ich über den Flur und kam mir wie eine Schwerverbrecherin vor. Ein Lachen erklang unweit der Hütte und ließ mich zusammenzucken. Dabei waren es bloß Mädchen, die zu ihren Hütten zurückkehrten und gar nicht ahnten, was ich hier gerade vorhatte. Eben noch hatte ich unbeschwert mit Jay laufen können, und jetzt? Ich war so eine miese Freundin. Ich musste mit ihm reden, sobald ich den Test gemacht hatte, egal, wie er ausfiel. Bloß wie?

Gleich hatte ich Gewissheit, redete ich mir ein. Und dann würde ich meinem besten Freund wieder aufrichtig gegenübertreten können. Dann würde ich den Mund aufbekommen und darüber sprechen können. Ganz sicher.

Aber ich war mir nicht sicher. Ich war mir noch nie so zerbrechlich und falsch vorgekommen. So, als wäre ich gar nicht Teil dieser Welt, sondern Betrachterin von außen, die die Kontrolle über ihr Handeln verloren hatte.

Als ich ins Badezimmer trat und die Tür hinter mir verriegelte, kontrollierte ich noch gefühlte hundert Mal, ob ich auch wirklich abgeschlossen hatte und niemand hineinkommen konnte. Ich drehte den Türknauf herum und zog und drückte. Nichts tat sich. Niemand konnte mich stören. Niemand würde mitbekommen, was ich tat.

Auf dem Boden legte ich ein Handtuch und Wechselklamotten ab, damit ich notfalls sagen konnte, ich hätte mir extra lange zum Duschen Zeit genommen, sollten Liv und Cassy doch hier aufkreuzen und Fragen stellen.

Dann holte ich das weiße Stäbchen aus der Verpackung hervor. Ich betrachtete es, als könnte ich mich daran verletzten. Es lag wie Blei in meinen Fingern und ließ mein Herz nur noch tiefer in die Hose rutschen. Ich hatte nur diese eine Chance, um es herauszufinden. Sonst würde ich erst in frühestens fünf Tagen Antworten erhalten und ich wusste nicht, ob ich das aushalten konnte. Wieso hatten wir auch unsere Handys abgeben müssen?

Verzweifelt holte ich die Bedienungsanleitung aus der Schachtel. Hätte ich nur Internetzugang, dann hätte ich mir die Durchführung noch einmal erklären lassen oder mit einer Ärztin telefonieren können. So fühlte ich mich allein und aufgeschmissen, las mir bloß hunderte Male den Beipackzettel durch und hatte trotzdem das Gefühl, etwas falsch zu machen.

Ich schloss die Augen und holte tief Luft, zählte einmal mehr ganz langsam von zehn abwärts und rief mir Dinge in den Kopf, die mich beruhigten.

Als ich die Augen wieder öffnete, kehrte die Realität nur umso heftiger zurück. Unsicher starrte ich auf das Stäbchen, das ich noch immer umklammerte. Wenn ich es nicht tat, würde ich mir weiterhin den Kopf zerbrechen, bis ich auf dem Rückweg in die Heimat war.

Was meine Eltern sagen würden, wollte ich mir gar nicht ausmalen. Obwohl ich mir sicher war, sie würden für mich da sein, tauchten ihre entsetzten Gesichter vor meinem geistigen Auge auf, wenn ich es ihnen erzählen würde. Wie sie mir sagen würden, was mir selbst schon klar war: Dass ich meine Zukunft zerstört hatte und dass ich eine Versagerin war. Dass ich nichts auf die Reihe bekam und immer alles kaputt machte.

Ich war nicht gut genug. Nie genug.

Meine Gedanken und Gefühle waren zu viel. Zu laut.

Dann machte ich den Test. Schlimmer konnte es nicht werden. Die Unwissenheit fraß mich auf. Die Angst, alles zu verlieren.

Vielleicht zerbrach ich mir ja vollkommen umsonst den Kopf?

An diese Hoffnung klammerte ich mich, als ich den Test auf der Ablage über dem Waschbecken platzierte und ihn ungeduldig anstarrte.

Bitte sei negativ.

Bitte sei negativ.

Bitte sei negativ.

Ich konnte den Blick kaum abwenden, wartete auf eine Veränderung im Testfeld. Fragte mich, ob die angegebene Zeit auf dem Beipackzettel ausreichte, bis ich sicher sein konnte. Wie funktionierte so ein Test überhaupt? Woran konnte ich sehen, dass ich wirklich ... schwanger war? Wie sicher war das Ergebnis?

Am liebsten hätte ich meine Nervosität im Keim erstickt und all die Fragen mithilfe von Google beantwortet. Ohne Internet und Handy wurde das wohl schwer. In meinem Hinterkopf kramte ich Schulstunden aus der Mittelstufe hervor, in denen wir solche Themen angerissen hatten, und meinte, mich vage daran zu erinnern, dass solche Tests auf ein bestimmtes Hormon anschlugen, das nur während der Schwangerschaft im Körper nachweisbar war.

Vermutlich wäre das Ergebnis also ziemlich sicher. Ich schlug die Hände vors Gesicht und ließ mich mit angezogenen Beinen auf den Toilettendeckel sinken. Den Zettel der Packungsbeilage knüllte ich immer wieder in meinen Händen zusammen, um ihn dann wieder auseinanderzufalten und glatt zu streichen.

Ich kam mir vor, als hätte ich es studiert, als ich erneut einen Blick auf den Test wagte. War die Testlinie noch zu sehen? Ja. Sonst nichts.

Die Minuten verstrichen und es kam mir wie eine halbe Ewigkeit vor, als ich das erste Mal auf meine Armbanduhr sah. Vier Minuten. Das konnte unmöglich stimmen. Frustriert stöhnte ich auf.

Nachdem ich erneut hochschaute, sprang ich direkt auf.

Nein.

Nein. Nein. Nein.

Ich griff nach dem Stäbchen. Es verschwamm vor meinen Augen. Meine Lippen bebten. Jetzt hatte ich es schwarz auf weiß. Obwohl ich gehofft hatte, es würde mir besser gehen, es zu wissen, brach meine Welt mit diesem Moment tatsächlich zusammen und zersplitterte, wie tausende kleine Scherben eines Spiegels, die ein Abbild meines Lebens und all meiner Momente zeigten, in denen ich versagt hatte.

Ich sank auf die Knie, weil meine Beine mich nicht länger trugen. Das Stäbchen glitt durch meine Finger und ein leises Geräusch erklang, als es vor mir auf die kalten Fliesen fiel. Es war nicht möglich. Es war doch nur ein einziges Mal gewesen. Ein winziges Mal mit Jay.

Doch ließ das Ergebnis keine Zweifel zu. Ich hatte noch nie von einem Test gehört, der fälschlicherweise angeschlagen hatte. Aber es gab ja bekanntlich immer ein erstes Mal. Ganz sicher war es so. Ganz sicher war das falsch und ich hatte etwas bei der Durchführung nicht beachtet. Es konnte nicht sein, durfte nicht sein. Ich nahm doch die Pille. Es hätte nichts passieren können – nicht passieren dürfen.

Der Test zeigte zwei Striche.

Er war positiv.

Ich war schwanger.

***

»Grace? Grace, alles in Ordnung bei dir?«

Ich glaubte, die Tränen würden nie wieder aufhören. Ich würde daran ersticken. Mitten auf dem Badezimmerboden dieser dämlichen Hütte. Ich wollte nach Hause und am liebsten nie wieder vor meine Eltern treten. Ich wollte allein sein, aber umarmt werden und mich nicht so verdammt einsam fühlen.

»Grace, wenn du nichts sagst, wenn ich bis fünf gezählt habe, breche ich die Tür auf«, rief Cassy von draußen und das laute Trommeln ihrer Fäuste erklang von der Tür aus. »Darling!«

»Eins.« Liv begann zu zählen.

Wie in Trance starrte ich an die Decke. Ich hörte meine Freundinnen von der anderen Seite und konnte ihnen doch nicht antworten. Mein Hals war wie zugeschnürt. Nichts spielte mehr eine Rolle. Ich war verloren.

»Verdammt, Grace. Das ist nicht witzig!«, fluchte Cassy.

Wieder prallten Fäuste dumpf gegen das Holz. »Zwei.«

Ich konnte nicht.

Ich fühlte mich so leer. Da war so viel, und doch konnte ich nichts mehr greifen. Es war alles egal. Was hatte ich nur getan? Wie von selbst legte ich eine Hand auf meinen Bauch, konnte jedoch nicht an mir hinuntersehen. Ich schaute bloß weiterhin an die weiße fleckige Decke, die vielmehr grau und von Spinnenweben geschmückt war.

»Drei.«

Mein Leben war vorbei. Es würde nichts mehr so sein, wie es einmal war, wenn ich aufstand und dieses Zimmer verließ. Es würde alles anders sein. Nicht mehr mein Leben. Auch das von dem unbekannten kleinen Ding, das ich in mir trug.

»Vier.«

Ich trug etwas in mir. Der Gedanken sorgte dafür, dass sich mein Magen gleich wieder unruhig zu Wort meldete und ich mich doch aufrichtete, die Hände an die Toilettenschüssel legte und mich aufrecht hinkniete.

»Ja«, brachte ich heiser hervor.

»Himmel«, kam es von draußen. »Was ist los?«

»Ich komme gleich«, krächzte ich und strich mir mit einer Hand über die Schläfe. Mein Schädel dröhnte und ich glaubte, er müsste jeden Moment explodieren, beim nächsten Atemzug nachgeben.

»Kann man dir helfen? Wir machen uns Sorgen.« Auch ohne dass Cassy es so direkt aussprach, war das deutlich an ihren Stimmen zu hören. Und dennoch konnte ich es nicht greifen.

Es war, als läge das gesamte Leben gerade in einem dichten Nebel vor mir und ich war nicht fähig, es zu greifen oder klarer zu fühlen und zu denken. Ich nahm einfach alles an, was geschah. Womöglich ein innerer Schutz meines Verstands, um nicht zu zerbrechen?

»Braucht ihr nicht. Ich … habe euch nur nicht gehört. Ich hab Musik gehört und das durch die Air Pods nicht bemerkt. Sorry.« Die Ausrede war schlecht, doch etwas Besseres fiel mir für den Moment nicht ein. Inständig betete ich, dass sie es dennoch auf sich beruhen ließen.

Das genervte Seufzen vom anderen Ende ließ mich aufatmen. »Dann beeil dich. Liv und ich wollen uns auch noch schnell frisch machen, bevor das Programm weitergeht. Wir haben nur noch zwanzig Minuten.«

Schließlich trat ich wirklich unter die Dusche und drehte den Hahn einfach auf. Ließ das kalte Wasser über mich laufen. Ich spürte nichts. Ich wachte nur langsam wieder auf.

***

»Nun könnt ihr euch sicher die Überraschung für das Nachmittagsprogramm bereits denken«, begann Anne, die neben Lucie stand, und deutete mit ausgestreckten Armen um sich.

Wir standen einer Traube um sie herum. Neben der Trainingshalle, in der wir Cheerleader trainierten, befand sich ein Anbau, in dem wir nun gespannt warteten. Vor uns erstreckte sich ein Raum mit einer großen Kletterwand und Kisten, die Gurte und Karabiner in unterschiedlichen Größen und Formen beinhalteten.

Eine ungute Vorahnung breitete sich in mir aus. Viele Möglichkeiten, was uns nun erwartete, gab es nicht mehr, und trotzdem hoffte ich mit jedem Faser meines Körpers, dass es nicht das war, was ich befürchtete. Doch mit ihrem nächsten Satz bewahrheitete sich diese Befürchtung.

»Es geht klettern! Und dafür haben wir professionelle Unterstützung dazu bekommen, die euch alle nötigen Kniffs und Tricks zeigen werden. Damit setzen wir das Krafttraining diese Woche einmal auf andere Weise als im Fitnessstudio um.« Neben die Trainerinnen traten zwei Männer und drei Frauen, die schon so aussahen, als wenn sie den ganzen Tag über an Wänden in schwindelerregenden Höhen hingen und sich mit den Händen in Felsen krallten, gesichert nur mit einem Gurt und durch Menschenhand.

»Jede Cheerleaderin wird einen der Footballer zur Seite gestellt bekommen – da es dabei ja doch zu einigen Gewichtsunterschieden kommt, haben wir entsprechend zum Ausgleich die Ausrüstung hier vorliegen, die benötigt wird. Ihr seht die Sandsäckchen und die Gurte?« Wie aufs Wort griff einer der Männer hinter sich in ein Regal und zog eine Kiste hervor, in der ein Gewirr aus Gurten zu erkennen war.

Hatte ich mich nur eine Stunde zuvor von meinen Kräften verlassen gefühlt, so glaubte ich nun, dass diese auch das ganze Camp über nicht wieder ganz zurückkehren würden. Wie sollte ich mit den Neuigkeiten, die ich eben erfahren hatte, mitmachen? Ich konnte mich allerdings auch nicht ausklinken. Was sollte ich meinen Trainerinnen sagen? Dass ich mich heute Nachmittag nicht gut fühlte? Würden sie mich nicht genau dann das restliche Camp im Auge behalten und damit gerade das machen, was ich jetzt am wenigsten gebrauchen konnte – mir Aufmerksamkeit schenken, wo ich noch keine Ahnung hatte, wie ich mit der neu gewonnenen Erkenntnis umgehen sollte?

»Das klingt aufregend. Da hat sich unsere Fachschaft ja richtig ins Zeug gelegt«, kommentierte Alex.

»Du siehst nicht begeistert aus«, wandte sich Jay an mich. Wie immer wusste er jede noch so kleine Mimik in meinem Gesicht richtig zu deuten. Es ärgerte mich, wobei mir wohl gerade sicher ziemlich deutlich ins Gesicht geschrieben stand, was ich beim Anblick der Kletterutensilien dachte. »Das wird bestimmt lustig, hab keine Angst.« Er stieß mir leicht mit dem Ellenbogen in die Seite, um mich aufzuheitern. Doch die Geste verfehlte ihre Absicht. Wenn ich eines jetzt nicht konnte, war es, meine Angst fallen zu lassen, einen Gurt umzulegen und dort hochzuklettern.

Verzweifelt starrte ich auf die graue Kletterwand, die sich massiv vor mir erstreckte und erst knapp unter der Hallendecke endete. Wie hoch es wohl war?

»Fühlst du dich besser, wenn ich dich von unten sichere?« Jay trat dichter zu mir. »Ich weiß, dass du ungern Dinge machst, die du noch nie ausprobiert hast. Und die Kontrolle gibst du auch nicht gern ab. Aber wenn du mir vertraust, dann passe ich auf dich auf. Das verspreche ich dir.«

So blieb mir ein weiteres Mal nichts anderes übrig, als die Mauer aus Furcht, die sich vor mir erstreckte, buchstäblich zu erklimmen und Jay mein Herz in die Hände zu legen. Denn ich wusste, er würde nie sein Wort brechen. Ich konnte ihm vertrauen.

Kapitel 20 – Grace Collin

08. Januar, 22:29 Uhr

Dritter Tag, Trainingslager Florida – Von Dingen, die erst im Dunkeln sichtbar werden

Den Vormittag hatten wir mit Dehnübungen verbracht, und um die Abläufe der Choreografie noch einmal durchzusprechen, wer für welche Positionen infrage kam. Nach dem Mittagessen war es dann damit weitergegangen, dass wir die Stunts übten. Einzeln. Damit jede, die für die oberen Positionen infrage kam, alle Schritte und alle Bewegungsabläufe verinnerlichen konnte.

Ich hatte zum ersten Mal in der neuen Choreo den Übergang vom Backflip in den Handstand geschafft, den ich gestützt durch drei andere Mädchen in der Luft machte. Mit einem vorderen Salto war auch der Abgang perfekt gewesen. Darauf war ich besonders stolz, da ich meine Hände noch vom Kletterkurs spürte und auch sonst ziemlich erschöpft war. Denn obwohl ich auch so mehrere Tage die Woche daheim trainierte, war es doch etwas anderes, nun mehrere Stunden täglich sportlich aktiv zu werden, und das mit ganz unterschiedlichen Anforderungen.

Am Nachmittag waren mit dem Training zeitgleich die nächsten Solos vergeben worden und mit den abnehmenden übrigen Plätzen für die besonderen Parts beim Wettbewerb wuchs auch die Anspannung unter uns Mädchen spürbar. Obwohl ich nichts zu befürchten hatte und mir meine Position und der Solo-Part sicher waren, so machte auch mir der zunehmende Druck zu schaffen.

Das Training war insgesamt jedoch ganz gut gelaufen und obwohl ich total erschöpft war, so erfüllte mich dieses Gefühl. Ich war nach langer Zeit zufrieden mit dem, was ich geleistet hatte. Was vielleicht auch daran lag, dass ich seit Langem einfach einmal losgelassen hatte. Losgelassen von meinen Gedanken, von den Bildern, die sich beständig in meinem Inneren hielten und immer dann aufflammten, wenn ich sie gerade nicht gebrauchen konnte.

Auch wenn ich es nicht zugeben wollte, so hatte mich das Klettern gestern einiges gelehrt. Vor allem, dass ich doch die Kontrolle abgeben konnte, wenn ich meine Angst überwand, und es machte mich stolz, dass ich mich getraut hatte, diese verdammt steile Wand hinaufzusteigen. Es machte mich stolz, dass Jay da gewesen und ich seine Hand angenommen hatte, seine Hilfe.

Es war ein guter Tag gewesen.

Aber mit der Dunkelheit kehrten auch die Schatten in mein Inneres zurück. Mit jedem neuen Tag im Trainingslager erwarteten uns die Trainerinnen neben den unzähligen Stunden voller Konzentration und fordernder Aufgaben für die bevorstehende Meisterschaft mit einer neuen Überraschung.

»Ich bin echt aufgeregt«, sagt Liv nun bestimmt zum tausendsten Mal, und auch wenn ich deshalb die Augen verdrehte, konnte ich nicht leugnen, dass ich ebenfalls sehr gespannt war.

»Im Dunkeln durch den Wald laufen«, murmelte Cassy. »Ich könnte mir wirklich Besseres vorstellen. Hoffentlich verteilen die Taschenlampen oder so etwas. Ich hab echt keine Lust darauf, dass sich die Jungs über uns lustig machen. Ich hab ja jetzt schon Bammel und es ist noch nicht einmal ganz dunkel!«

Cassy hatte schon zu nörgeln begonnen, als wir unsere Unterkunft noch nicht einmal verlassen hatten, während Liv so tat, als könnte sie nichts länger dort halten.

»Das ist doch gerade das Geniale an Nachtwanderungen, dass nicht alles beleuchtet ist!«, widersprach Liv. »Und der Nervenkitzel, wenn man im Dunkeln durch die Gegend läuft.«

»Nervenkitzel.« Cassy schnaubte. »Den hatten wir meiner Meinung nach gestern schon zur Genüge, als ich in fünf Metern Höhe an einer Kletterwand hing. Meine Hände sind aufgeschrammt und brennen immer noch.«

»Jetzt hör auf zu jammern«, fluchte Liv und brachte unsere Freundin damit zum Schweigen. »Warte erst mal ab. Und so schlimm war das gestern auch nicht. Es war doch eine tolle Erfahrung, und wann hat man schon einmal ein solch professionelles Team aus erfahrenen Kletterern an der Seite stehen?«

»Wie schön, dass du neue Kontakte in neue Branchen knüpfen konntest«, brummte Cassy.

Ich konnte die beiden neben mir nur noch als Silhouetten wahrnehmen, obwohl am Horizont noch ein goldener Strich über dem See zu erkennen war. Die Kulisse war wirklich traumhaft schön für eine Nachtwanderung, und obwohl ich Cassys Unruhe nur allzu gut nachvollziehen konnte, freute ich mich auf die kommenden Stunden.

»Es ist wirklich schön. Im Dunkeln kann man sich voll und ganz auf die Geräusche der Umgebung konzentrieren und ganz andere Dinge wahrnehmen, die bei Tageslicht vielleicht gar nicht so auffallen«, sagte ich und versuchte,

Cassy davon zu überzeugen, dass Livs Freude nicht unberechtigt war.

»Für mich klingt das grausam, wie ein schlechter Krimi. Lausche auf die Geräusche der Umgebung und lasse dich überraschen, was davon dich in der Dunkelheit verschlingen wird.« Cassy schüttelte sich.

»Das ist ein klarer Fall von zu viel *Supernatural* geschaut«, kommentierte Liv.

»Sag nichts gegen diese Serie, die ist großartig«, verteidigte Cassy sich und ihren Seriengeschmack und verschränkte die Arme vor der Brust. »Vielleicht hätten wir statt Weihnachtsfilme die Serie zusammen weiterschauen sollen. Ihr zwei findet ja sonst nie die Zeit dazu, um euch mit mir darüber auszutauschen.«

Wir erreichten das Ufer, bevor wir eine Diskussion starten konnten, wobei Cassy von Liv einen entsprechenden Blick erhielt und auch ich brummte, dass nichts über gute Weihnachtsfilme ging.

»Habt ihr auch mal hergefunden. Wir wollten schon nachschauen gehen, ob euch das Abendprogramm nicht zu gruselig ist. Es sollen ja doch einige auf den Zimmern in den Hütten geblieben sein«, meinte Alex und wackelte mit den Augenbrauen.

Finn trat zu Liv und gab ihr zur Begrüßung einen Kuss. Wie sie da standen und er die Hände um ihre Taille geschlungen hatte, bereitete mir Bauchschmerzen und ich schaute eilig weg. Dabei fing ich Jays Blick auf, der mich mit einer unergründlichen Miene musterte. Hatte er gesehen, auf welche Weise ich Finn und Liv beobachtet hatte?

»Seht ihr?«, rief Cassy und warf die Arme in die Luft. »Ich bin nicht die Einzige.«

»Sag bloß, du wolltest kneifen?«, stichelte Alex, woraufhin sie einen Schmollmund zog und bei Liv und mir mit einem flehenden Blick nach Unterstützung suchte. Aber da war sie an der falschen Adresse. In mir kribbelte bereits alles voller Vorfreude auf die ausgewöhnliche Tour um diese Uhrzeit.

»Niemals«, widersprach Cassy und schüttelte energisch den Kopf. Es war das erste Mal nach langer Zeit, dass Liv und ich einen vielsagenden Blick miteinander austauschten, und das, obwohl Finn neben ihr stand und sie in seinen Armen hielt.

»Dann lasst uns mal in den Höllenschlund dort hinten verschwinden und im Märchenwald verloren gehen.« Alex lachte, was Finn nur ein Augendrehen entlockte.

Jay hingegen verhielt sich ungewöhnlich ruhig. Häufig war er der Lauteste von den drei Jungs und stellte sich gern in den Mittelpunkt der Gruppe. Aber seit das mit Liv und Finn gewesen war, schien es mir fast, als würde er sich zurücknehmen und stattdessen Alex zunehmend in seine Rolle schlüpfen. Wenn ich es nicht besser wüsste, würde ich beinahe annehmen, dass er erwachsen wurde.

Bevor wir den Wald betraten, strich eine der Trainerinnen unsere Namen von einer Liste, die sie bei sich trug – um sicherzugehen, dass niemand verloren ging. Irgendwie beunruhigte mich der Gedanke, dass sie bei einer Gruppe mit volljährigen College-Studenten noch Listen führten, wer nachts allein im Wald herumlief. Was sollte uns hier schon passieren? Die nächste Siedlung war mit dem Auto etwa eine Stunde entfernt, mit dem Fahrrad fast zwei, weil der Weg sehr uneben war, wie uns die Campleiter am ersten Tag erklärt hatten.

»Was ist los?«, erkundigte ich mich bei Jay. Diese Frage ausgerechnet aus meinem Mund zu hören, klang furchtbar seltsam. In letzter Zeit war stets er es gewesen, der sich um mich sorgte, und diese Sorge mir gegenüber deutlich zum Ausdruck gebracht hatte.

»Ich weiß nicht, ob ich darüber reden kann.« Seine Antwort überraschte mich, aber als ich seinem Blick folgte und merkte, wie er langsamer wurde, wusste ich, was er meinte. Hatte ich nicht ebenfalls ein Geheimnis, über das ich mit ihm nicht sprechen konnte? Sollte ich nicht umso mehr Verständnis für ihn aufbringen oder ihn ermutigen, darüber zu reden? Doch was, wenn es ihm tatsächlich ähnlich ging wie mir und er wirklich nicht darüber reden konnte? Und wenn ich es nicht einmal schaffte, vor Jay darüber zu sprechen, wie sollte ich dann irgendjemand anderen gegenüber so offen sein?

»*Magst* du darüber reden?«, hakte ich vorsichtig nach. »Manchmal muss man nicht die richtigen Worte für etwas finden, es kann schon helfen, überhaupt zu probieren, die Sache auszusprechen, die uns bedrückt. Das hast du mir einmal gesagt.« Als würden laut ausgesprochene Probleme uns weniger Angst machen, als könnten wir sie dann besser greifen und bei ihrem Klang bemerken, dass sie doch gar nicht so schlimm waren. Zugleich zerriss mich dieses Gefühl. Da ich mit niemandem besser über meine Probleme sprechen konnte als mit Jay, und doch mein allergrößtes Problem nicht mit ihm teilen konnte.

»Ich kann es probieren.« Unerwartet blieb Jay stehen, und erst als er seine Stimme mit den nächsten Worten senkte, wurde mir klar, dass er vermeiden wollte, dass irgendjemand sonst uns hörte. »Wenn es bedeutet, dass du mich dann besser verstehst, dann möchte ich dir alles erzählen.«

Vor uns tauchten Liv und Finn händchenhaltend in der Dunkelheit ab, begleitet von Cassy und Alex, die sich gerade ein lautstarkes Wortgefecht darüber lieferten, ob sie

Popcorn mit Salz oder Zucker bevorzugten. Manchmal fragte ich mich wirklich, wie die beiden auf ihre Gesprächsthemen kamen.

»Erzähl mir erst von deinen Tagen zwischen Weihnachten und Neujahr. Wir ... ich habe das Gefühl, dass ich in der Zeit von keinem Menschen so wenig gelesen und gehört habe wie von dir. Dabei tausche ich sonst mit niemandem so viele Nachrichten und Fotos aus wie mit dir.« Er seufzte. »Tut mir leid, das sollte kein Vorwurf sein. Ich habe diese ständigen Nachrichten von dir nur vermisst.«

»Ich auch«, kam es aus mir heraus, bevor ich weiter darüber nachdenken konnte, was meine Worte überhaupt bedeuteten oder in Jay vermutlich auslösten. Doch sein Geständnis hatte in mir ein halbes Inferno entfacht, und es fiel mir mit jedem Atemzug schwerer, es zu kontrollieren.

Langsam setzte Jay den Weg fort, sah kurz vom Waldboden auf, als wollte er sichergehen, dass uns wirklich niemand hörte. »Wie war es nach Weihnachten für dich? Wie habt ihr die Feiertage nach unserer Familienfeier verbracht? Und was hast du dann bis Silvester gemacht?«

»So viele Fragen«, stieß ich schnaubend aus und merkte, wie ich zugleich über seine Neugier lächeln musste. Denn mir brannten dieselben auf der Zunge, was ihn betraf.

Es fiel mir schwer, einen Einstieg zu finden und darüber zu reden, was ich eigentlich gemacht hatte. Dreiviertel des Tages hatte ich mir den Kopf über meinen besten Freund zerbrochen, wenn ich nicht gerade im Fitnessstudio oder der Trainingshalle unseres Colleges gewesen war.

»Und danke noch einmal für dein Geschenk. Ich ... ich weiß immer noch gar nicht, was ich dazu sagen soll. Es ist einfach der Hammer, Jay. Du hast dich wirklich selbst übertroffen. Ich hatte keine Ahnung, dass dir handwerkliche Arbeit so sehr liegt.«

»Danke. Das bedeutet mir wirklich viel. Genau darüber möchte ich mit dir sprechen. Denn was handwerkliche Arbeit für mich bedeutet, weiß fast niemand, und ich möchte, dass du einer der ersten Menschen in meinem engsten Umfeld bist, der erfährt, wie viel mir daran liegt.«

Ich glaubte, ich hörte nicht richtig. Also war der Aushilfsjob bei seinem Vater in der Firma kein Zufall? »Du wolltest deinen Dad unterstützen? Es war nicht bloß seine Idee, weil er Unterstützung brauchte, oder?«

»Doch, eigentlich schon. Ich wollte ihn schon viel länger darum bitten, aber anfangs hat er meine Unterstützung abgelehnt, und dann habe ich es irgendwann aufgegeben. Stattdessen habe ich ihm viel bei seiner Arbeit über die Schulter gesehen und nun selbst ein paar Tage in seiner Firma an einer Werkbank gesessen. Es hat mich erfüllt.« Er atmete so geräuschvoll durch, dass ich mich nicht mehr traute, einen Mucks von mir zu geben. »Ich glaube, ich habe zwischen Weihnachten und Neujahr meine Bestimmung gefunden.«

Seine Aussage richtete die Härchen in meinem Nacken auf und ließ mich gespannt die Luft einziehen. Selten hatte ich ihn mit solch einer Begeisterung von etwas reden hören. Wie hatte das nur an mir vorbeigehen können? Wie war es ihm gelungen, das zu verheimlichen? Damit hatte ich etwas erfahren, was mir völlig neu an Jay war. Hatte er absichtlich nie davon geredet?

»Wieso hast du nichts gesagt?«, wollte ich wissen.

Er zuckte mit den Schultern. »Vielleicht, weil ich nicht wollte, dass mir jemand in diese Leidenschaft reinredet. Weil ich etwas nur für mich wollte, ohne die Meinung von anderen zu hören.«

Ich verstand ihn so gut. Egal, was ich in meinem Leben getan hatte, egal, welchen Schritt ich gegangen war, alles hatte mein Umfeld und auch vollkommen fremde Menschen kommentiert. Unwillkürlich fragte ich mich, was in meinem Leben ich eigentlich für mich selbst tat und was, nur um andere zufriedenzustellen.

»Wir machen viel zu wenig von dem, was uns wirklich glücklich macht. Wir machen viel zu viel von dem, was andere von uns erwarten.« Und damit schlug Jay den Nagel mitten in mein Herz und es begann zu bluten.

»Ich wollte es dir eigentlich schon viel früher sagen, aber ich wusste nicht, wie. Und ich wusste nicht, ob es wirklich das war, was mich erfüllt. Ich glaube, ich wollte einfach nur sicher sein, dass ich es erst jemandem erzähle, wenn ich mir sicher bin, dass es das Richtige für mich ist. Wenn ich diese Leidenschaft dafür so gut in meinem Inneren eingeschlossen habe, dass mich niemand mehr so leicht davon abbringen kann.«

»Wie meinst du das?«

»Dass ich die letzten Wochen viel Zeit hatte, um meinen Stand im Leben zu hinterfragen. Was ich möchte, wo ich mich in Zukunft sehe und wen ich dabei an meiner Seite haben möchte. Ich habe viel darüber nachgedacht, während ich trainiert und an deinem Geschenk gebastelt habe. Dabei habe ich festgestellt, dass mir die Arbeit an dem kleinen Holzpokal schon bald wesentlich mehr gegeben hat, als es der Sport einmal getan hat und noch könnte. Das liegt nicht nur daran, dass es ein Gegenstand war, den ich für dich gemacht habe und bei dem ich wusste, dass du viel damit verbindest. Es war, weil ich zum ersten Mal etwas nur für mich gemacht habe und weil ich Spaß daran hatte. Ich habe mir keinen Druck gemacht, sondern mich hingesetzt und geschaut, wie weit ich komme und ausgebessert, wenn es noch einen Schliff gebraucht hat. Ich habe die Zeit vergessen. Ich habe meine Sorgen und meine Umgebung vergessen. Ich hätte stundenlang daran weiterarbeiten können.« Nur für wenige Sekunden hielt er inne. Aber die genügten, um mich vollkommen in ihn hineinzuversetzen und mich von seinen Träumen forttragen zu lassen.

»Ist es nicht das, worauf wir hinarbeiten sollten? Dass wir etwas finden, bei dem wir ganz wir selbst sein können und bei dem wir stolz sind auf das, was wir erreicht haben?«

Ja. Am liebsten hätte ich ihm das immer und immer wieder gesagt. Er hatte verdammt noch mal recht. Doch aus mir kam kein Wort heraus. Weil es eine neue Seite an ihm war, eine zerbrechliche. So hatte ich ihn noch nie erlebt und es überforderte mich. Seit der einen Nacht schaffte es Jay in regelmäßigen Abständen, mir zu zeigen, wie gut wir uns kannten und dass es noch immer neue Dinge gab, die ich an ihm entdecken konnte und die mich überraschten.

Es war eine Seite, die ich unglaublich ergreifend fand. Der frische Nachtwind blies mir ins Gesicht und zeigte mir, dass Jay genau das gefunden hatte, das ich anstrebte. Er hatte das erreicht, was auch Liv sich als Ziel gesetzt hatte: Etwas zu finden, wofür es sich zu kämpfen lohnte und das einem Kraft gab. Mit diesem Gedanken fragte ich mich plötzlich, ob das Cheerleading mich überhaupt glücklich machte. Der ständige Leistungsdruck, die vielen Wettkämpfe. Die Ansprüche, die ich an mich selbst stellte, die ich wie von selbst übernommen hatte, sodass ich an nichts anderes mehr denken konnte. Der Ehrgeiz verfolgte mich in meinem Alltag, wohin ich ging, was ich auch tat.

War es das, was ich wollte? Machte es mich glücklich? Oder war ich Cheerleaderin, weil meine Eltern mich einmal in einem Verein angemeldet hatten und ich irgendwann entschieden hatte, ich würde die Beste werden? Machte ich den Sport nur, weil ich einen Dickschädel hatte und nicht einstecken konnte, nicht aufgeben wollte?

Zu gut erinnerte ich mich an eine Situation, als ich noch ganz jung und neu im Verein gewesen war. Wie ein Mädchen, das gewiss fünf bis zehn Jahre älter war als ich, unserer Gruppe etwas hatte zeigen dürfen und schließlich neben der Trainerin Stunden übernahm und Sachen vorführte. Sie war mein Idol gewesen. Sie hatte alles perfekt gemacht. Und dann war sie am Ende des Jahres von *der* Mannschaft in den Landeskader eingezogen worden, als *das* Nachwuchstalent ihrer Generation. Und in diesem Moment hatte mich der Ehrgeiz gepackt, ich hatte entschieden, dass ich das auch wollte. Dass ich es schaffen würde.

Aber war es wirklich meine Entscheidung gewesen?

Eine zweite Erinnerung überkam mich, wie meine Eltern mich kurz nach der Auszeichnung des Mädchens zur Seite nahmen und mir sagten: »Siehst du, wenn man etwas wirklich möchte, dann kann einen nichts davon abhalten, das auch zu erreichen. Du darfst nur nicht aufgeben. Wir wissen, dass du das auch kannst. Das könntest du sein. Wäre das nicht was?«

»Grace?« Ich zuckte zusammen.

Mit Jays Stimme kehrte auch das Rauschen der Blätter im Wind in mein Bewusstsein zurück.

»Was wirst du jetzt machen?«, hakte ich nach, um von mir abzulenken.

»Erst einmal gar nichts. Ich wollte nach dem Camp mit meinen Eltern sprechen – vor allem mit meinem Dad. Er wird sicher nicht begeistert davon sein, wenn ich ihm erzähle, dass ich doch seine berufliche Laufbahn einschlagen möchte, wo er mir immer davon abgeraten hat. Dieses Mal bin ich allerdings älter und jetzt weiß ich, was ich will. Oder zumindest weiß ich, was ich nicht will.« Obwohl es dunkel war, konnte ich mir bildlich vorstellen, wie er seine Hände zu Fäusten ballte. »Wenn es geht, dann würde ich das Studium auf der Stelle abbrechen und gegen eine Ausbildung ersetzen. Ich würde mein eigenes Geld verdienen und wüsste, wofür ich arbeiten würde. Ich hätte jeden Tag vor Augen, was ich machen möchte und wofür ich mich anstrenge.«

»Ich kann nicht glauben, dass ich gerade zum ersten Mal davon höre.« Völlig perplex lauschte ich seinen Ideen, die bereits wie ein fester Entschluss klangen. Hätte mir auffallen müssen, dass er nicht mehr glücklich war mit seiner Sportart und dem Studium? Hätte ich mehr Fragen stellen müssen, aufmerksamer sein müssen? War ich so auf mich selbst fokussiert, dass mir das nicht aufgefallen war?

Das schlechte Gewissen griff mit großen Klauen nach mir. Denn während Jay mir gegenüber gerade so offen war und mich an solch intimen Gedanken teilhaben ließ, sperrte ich ihn aus meinem Kopf aus. Doch ich wollte den Moment nicht zerstören. Wie sollte ich in solch einer Lage die Kurve zu dem schlagen, was ich ihm sagen musste? Würde es nicht das Band direkt wieder zerreißen, das Jay gerade zu mir gespannt hatte? Auf keinen Fall würde ich riskieren, den Augenblick zunichte zu machen.

»Ich war mir lange nicht sicher, was mich frustriert hat. Warum ich beim Training nicht mehr abschalten konnte. Auch jetzt bin ich noch nicht hundertprozentig überzeugt, aber wann ist man sich schon bei etwas so sicher, dass einem nicht doch ganz leise die innere Stimme zuflüstert, was alles schiefgehen könnte?«

»Du hast wirklich eine Gabe, Jay. Weißt du das?«, brachte ich flüsternd hervor. »Du hast ein Gespür dafür, wann du was sagen solltest und wie du jemandem genau das Gefühl gibst, verstanden zu werden. Das habe ich schon so oft gedacht und an dir bewundert, deine Art, dich auszudrücken und für andere Menschen da zu sein, ohne dass du dich selbst aufgibst.«

»Danke«, hauchte er. »Du allein bringst mich dazu. Durch dich habe ich das gelernt.« Er blieb stehen und zog mich in seine Arme. Ich sog seinen Duft tief ein, drückte mich so fest an ihn, als könnte ich so verhindern, dass wir uns ein weiteres Mal voneinander entfernten. Ich holte tief Luft und wollte nie wieder ausatmen, seinen Duft nach Minze in mir aufnehmen. Ich vergrub mein Gesicht an seiner Brust und lauschte dem regelmäßigen Schlag seines Herzens.

Als wir weitergingen, hätte ich ihn am liebsten gebeten, nie wieder loszulassen. Denn ohne seine Nähe und seine Wärme fühlte ich mich plötzlich verloren. Und das machte mir Angst. Jetzt, wo wir so offen miteinander geredet hatten, fiel es mir noch schwerer, das anzusprechen, was Jay sich nicht in seinen kühnsten Träumen vorstellen konnte. Ich war einfach froh, dass wir uns wieder annäherten und ich nicht mehr in jeder Situation darum zittern musste, ihn zu verlieren. Aber genau genommen musste ich das wohl doch noch. Immerzu kreisten meine Gedanken um diese eine Sache, die wie das Damoklesschwert über uns hing.

Was würde er sagen, wenn er erst erfuhr, dass die Nacht noch weitere Folgen mit sich brachte, die sich wirklich nicht einfach ignorieren ließen und die tatsächlich alles veränderten?

Plötzlich stolperte ich nach vorne und verlor das Gleichgewicht. Ich wollte mich irgendwo festhalten, griff jedoch ins Leere. Gedanklich schlug ich bereits mit den Knien auf dem Waldboden auf.

Gerade noch rechtzeitig packten mich zwei Hände an den Schultern und hielten mich fest. »Hui, vorsichtig.« Jay stellte mich wieder aufrecht hin. In der Finsternis konnte ich nicht erkennen, was genau das für ein Ausdruck war, der da auf seinem Gesicht lag. Ich wusste nur, dass Übelkeit und Schwindel zurück waren. Ich hoffte, dass ich den weiteren Weg im Dunkeln schaffte, ohne mich von den Gefühlen überwältigen zu lassen.

»Alles in Ordnung?«, erkundigte sich Jay.

Die restliche Gruppe lief an uns vorbei, ohne uns groß Beachtung zu schenken. Einige kreischten auf, weil sie uns nicht rechtzeitig sahen und gegen uns stolperten. Wiederum andere kicherten deshalb. In dem Moment war ich froh, dass wir keine Taschenlampen dabei hatten, mit denen wir uns nun gegenseitig in die Gesichter leuchten konnten. Dass wir einfach jeder für sich blieben und keiner mehr von dem anderen sah, als sein Gegenüber wollte.

»Ja«, erwiderte ich. Dabei wurde mir bewusst, wie unsicher ich klang.

»Hast du dir etwas getan?«, hakte Jay nach.

Seine übervorsichtige Art kam durch. Die Seite, die ich sonst so gern an ihm mochte, die mich nun in die Enge trieb. »Nein«, sagte ich mit mehr Nachdruck. »Ich hab nur ein Loch im Boden übersehen. Kein Grund zur Sorge.« Ich musste kichern. »Ich stolpere schon die ganze Zeit neben dir her, als wäre ich betrunken.«

»Wenn du anfängst, Bäume zu umarmen, mache ich mir vielleicht wirklich Sorgen, ob du Alkohol zu dir genommen hast«, stichelte Jay und die Anspannung fiel deutlich von ihm ab.

»Wer weiß? Eigentlich keine schlechte Idee, wenn du es so sagst«, überlegte ich laut. »Im Dunkeln Bäume zu umarmen klingt verlockend.«

Doch schlagartig kroch mir die Übelkeit den Rachen hinauf und ich konnte sie nicht mehr unterdrücken. Panisch stolperte ich ins Dickicht und versteckte mich hinter dem erstbesten Baum. Hoffentlich hörte Jay das Würgen nicht ... Hoffentlich kam er nicht nach. Mein Körper verkrampfte sich, als ich mich vornüberbeugte und in die Hocke ging. Dann übergab ich mich.

Zittrig richtete ich mich wieder auf, umklammerte mit einer Hand die raue Baumrinde und versuchte, mich zu orientieren.

»Was machst du denn?« Nun war Jay deutlich anzumerken, wie bestürzt er war. »Das mit den Bäumen war doch ein Witz.«

»Ich weiß«, krächzte ich und starrte auf meine Füße, die ich zwar nicht sehen konnte, aber ich traute mich nicht, aufzublicken und zu riskieren, im Halbdunkel doch Jays Gesicht auszumachen.

»Was ist los?«, hakte er nach und ließ dieses Mal nicht locker.

»Alles okay bei euch?«, erkundigte sich in dem Moment Lucy, meine Trainerin, die hinter uns auf dem Weg auftauchte. Ich war mir sicher, dass sie nur unsere Schemen sah, dennoch schoss mein Puls in die Höhe. Das hatte mir gerade noch gefehlt, dass irgendwelche Aufsichtspersonen etwas davon mitbekamen.

»Hier ist wem schwindelig geworden. Ich bringe sie zurück«, ergriff Jay für mich das Wort und ich war ihm unendlich dankbar, dass er das regelte.

»Braucht ihr eine Begleitung? Nennt mir bitte eure Namen, damit ich euch von der Liste streichen kann. Ich lasse später jemanden nach euch schicken, um sicherzugehen, dass ihr auf den Zimmern angekommen seid.«

Als Jay einen Arm um meinen Rücken schlang und mit mir zurück auf den Weg trat, war ich mir nicht sicher, ob mein Herz wegen des Schwindels und der Übelkeit ungleichmäßig schlug oder ob es seine Berührung war.

»Jaydon Carter und Grace Collin«, beantwortete Jay die Frage. »Ich komme später zu Ihnen, wenn Sie mir eine ungefähre Uhrzeit nennen, wann Sie zurück sein werden.«

Als die Trainerin uns ziehen ließ, konnte ich kaum glauben, dass sie so wenig Nachfragen gestellt hatte und mich einfach mit einem der Footballer allein zum Camp zurücklaufen ließ. War das überhaupt erlaubt?

Ich konnte mir allerdings nicht lange den Kopf darüber zerbrechen, weil immer neue Gedanken die vorherigen ersetzten, bis mein Kopf dröhnte. Alles um mich herum drehte sich erneut und ich fand keinen Halt mehr. Die Lichter der Hütten verschwammen in meinem Blickfeld – wir mussten schon fast da sein, im Trainingslager. Sie waren zum Greifen nahe, bildeten Schlieren vor meinen Augen. Und dann fiel ich erneut.

Als Jay mich wieder aufrichtete, seine Hände fest an meiner Taille lagen und er kaum eine Handbreit von mir entfernt stand, war da wieder diese Geborgenheit, die die Schatten aus meinem Inneren verdrängten und den Schwindel in den Hintergrund schoben. Und obwohl ich gestürzt war, war er da und hatte mich einmal mehr aufgefangen. Diese Mal wortwörtlich. Als ich ihm nun in die Augen sah, erinnerte ich mich wie im Zeitraffer an all die Momente, in denen er das schon für mich getan hatte, und Wärme durchströmte mich.

»Manchmal wünschte ich, ich könnte die Dinge ein wenig mehr wie du betrachten. Ich kann so anstrengend sein. Ich habe so viele Fehler gemacht, es tut mir leid.«

»Grace, versprich mir was, ja?« Sein Blick hielt mich fest, sodass ich gezwungen war, ihn zu erwidern. Zeitgleich jagte seine warme und ernste Stimme einen Schauer über meinen Rücken. »Du kannst es nicht immer allen recht machen. Es ist okay, Fehler zu machen und sich diese einzugestehen. Es muss nicht alles perfekt sein. Schon gar nicht du oder das, was du tust. Es reicht, dass du an deinen Aufgaben und dir wächst. Gib dir Zeit. Akzeptiere deine Schwächen und kämpfe nicht gegen dich selbst. Den Kampf wirst du nicht gewinnen, wenn du dich selbst hasst.«

»Womit habe ich dich nur verdient?«, hauchte ich.

»So darfst du das nicht sehen. Frage dich lieber, wer dich verdient hat. Denn darauf kommt es an und du hast ein weiches Herz. Pass darauf auf und überlege gut, an wen du es verschenkst. Denn gute Herzen brechen viel zu schnell.« Er trat einen Schritt zurück und wandte sich zum Gehen. Seine Stimme klang so warm und tief in der Stille, dass ich mich kaum traute zu atmen. Alles schien zu laut in der Ruhe, die ihn umgab und die er ausstrahlte. »Gute Nacht, Grace.«

Meinen Namen aus seinem Mund zu hören, legte in dem Moment einen Schalter in mir um. Es klang wie ein Abschied, aber ich wollte nicht, dass er mich jetzt hier stehen ließ. Ich wollte nicht, dass er ging. Also tat ich das Einzige, was mir in diesem Augenblick richtig erschien.

Meinen Kopf hatte ich schon ausgeschaltet, als er mir wieder auf die Beine geholfen hatte. Von meinem Herz geleitet, legte ich meine Hand an seinen Oberarm und hielt ihn zurück. Sichtlich irritiert wandte er sich um und betrachtete mich. Nur das fahle Licht der Laterne, die über unserem Hütteneingang hing, warf Schatten in sein Gesicht. Es schien, als wartete er. Als wollte er etwas von mir hören. Doch ich konnte jetzt nichts sagen. Ich konnte nur handeln.

Ohne länger zu zögern, überwand ich den Abstand, der noch zwischen uns lag, und schlang meine Arme um seinen Nacken. Dann stellte ich mich auf die Zehenspitzen und drückte meine Lippen auf seine. Ich konnte nicht ohne Jay leben. Er war so viel für mich. Er war meine Zuflucht, meine rechte Hand, mein zweites Herz. Er war meine Heimat.

Doch Jay löste sich von mir und ließ mich vor der Hütte allein, sodass ich innerlich endgültig in mich zusammensank. Dieses Mal war niemand da, um mich aufzurichten. Mit einem letzten Blick über die Schulter sagte er: »Gute Nacht, Grace.«

Dann kehrte er mir den Rücken zu und wurde von der Dunkelheit verschluckt.

Kapitel 21 – Jaydon Carter/Grace Collin

09. Januar, 11:17 Uhr

Vierter Tag, Trainingslager Florida – Die Wahrheit kann wehtun

Noch immer fühlte ich ihre Lippen auf meinen, fühlte die Wärme, die ich damit in mir aufgenommen hatte. Wie konnte man jemanden so sehr vermissen, obwohl derjenige nur einen Raum weiter trainierte? Immer wieder sah ich diesen fragenden Ausdruck in ihren grünen Augen, ob es in Ordnung gewesen war, und ich Volltrottel hatte nichts gesagt als *Gute Nacht.*

Die halbe Nacht hatte ich deshalb wach gelegen und mich zusammenreißen müssen, meinen Kopf nicht gegen die Zimmertür zu schlagen oder zu Grace' Hütte zu laufen, um sie aufzuwecken und ihr zu sagen, wie dumm ich gewesen war. Allerdings hatte ich mir das bis zum Morgen aufheben müssen. Ich sah es als eine innere Strafe dafür, dass ich sie stehen gelassen hatte – geschah mir nur recht, dass ich kein Auge zugetan hatte. Sicher war es ihr nach meiner dämlichen Aktion ähnlich gegangen.

Ihre Lippen auf meinen, nach allem, was die letzten Wochen vorgefallen war ... damit hatte ich nicht gerechnet. Es hatte mich überfordert, dass es nun Grace war, die solch einen Sprung auf mich zugemacht hatte, und inzwischen bereute ich es, dass ich einfach davongelaufen war, obwohl ich am liebsten wiederholt hätte, was nach dem Filmabend geschehen war. Vielleicht war es die Angst gewesen, etwas zu überstürzen, sie wieder in die Enge zu treiben. Vielleicht war die Angst zu groß gewesen, es könnte sich genau diese endlose Schleife von Neuem bilden, in der wir voreinander nicht den Mund aufbekamen und vor unseren Gefühlen wegliefen.

Das gestern hatte mir doch nur gezeigt, dass sie wirklich genauso empfand wie ich. Es wurde Zeit, meine Angst abzulegen und mich meinen Gefühlen zu stellen. Doch beim Frühstück hatte ich Grace nicht entdeckt, sodass mich die Zweifel weiter auffraßen.

Wochenlang hatte sie mich auf Abstand gehalten, nachdem mich meine Gefühle übermannt hatten, und nun das. Ausgerechnet gestern Nacht. Wieso? Was war anders gewesen? Was hatte Grace über ihren Schatten springen und ihre Ansicht ändern lassen? Dass ich nicht länger als Ziel hatte, Profi-Footballer zu werden? Oder dass ich mich endlich traute, meinen eigenen Traum zu verfolgen, dass mir klar geworden war, dass der Traum, den ich einmal gehabt hatte, nicht mehr der war, den ich jetzt noch hatte und den ich später leben wollte?

Zeiten änderten sich, Menschen änderten sich. Ansichten, Gefühle. Erfahrungen prägten. Nichtsdestotrotz hätte ich sie nach dem Spaziergang nicht allein lassen dürfen. Wo sie mich doch ganz offensichtlich gebraucht hatte. Da hatte ich mein Innerstes nach außen gekehrt und ihr nach so langer Zeit wieder meine Seele gezeigt, vielleicht sogar mehr als je zuvor, und dann ließ ich sie daraufhin mit ihren Gefühlen zurück.

»Jay, Konzentration«, mahnte mich der Coach. »Du scheinst in letzter Zeit ein richtiger Träumer geworden zu sein. Wo sind wir denn mit unseren Gedanken?« Er klopfte mir auf die Schulter, als er an mir vorbeilief. »Ich hoffe, dich bringt die bevorstehende Saison so ins Träumen.«

Gelächter erklang um mich herum und trieb mir die Hitze auf die Wangen.

»Finn kann nicht ewig auf deinen Pass warten, wenn ihr so weit vorne seid. Das muss sitzen. Du weißt doch, dass die Gegner immer mehr und aggressiver werden, je dichter man vor dem Ziel ist.« Er nickte mir zu und deutete dann zu Finn hinüber. »Noch mal. Der Ballwechsel muss wirklich perfekt sein. Den müsst ihr im Schlaf können.«

Ein zweites Mal nahm ich Anlauf, konzentrierte mich auf die Schrittfolge, blendete die übrigen Teamkameraden aus, trippelte an denen vorbei, die sich als vermeintliche Gegner auf dem Spielfeld nun in meinen Weg stellten, und warf. Finn hatte ich dabei fest im Blick, den Ball sicher in meiner Hand. Und als ich losließ, glaubte ich, nicht nur diesen Ball fliegen zu lassen. Ich ließ damit auch endgültig meine Zeit als Footballer los und sah sie vor mir davonfliegen. Alles, was ich einmal hätte sein können, was ich einmal angestrebt hatte. Aber diese Karriere war nicht mehr das, was ich wollte. Das sah ich jetzt deutlich vor mir.

Schwer atmend blieb ich stehen und beugte den Oberkörper vor, als ich mich mit den Händen auf den Knien abstützte.

»Das war nicht schlecht. Am besten macht ihr das gleich noch einmal. Dann geht es mit den Koordinationsübungen weiter. Ihr setzt euch im Abstand von fünf Fuß auf dem Boden auseinander. Danach machen wir Wurfübungen der anderen Art«, meinte Steve, bevor er sich zwei anderen Teamkameraden zuwandte und ihnen etwas zu ihrem Ablauf erklärte.

Ich konnte von meiner Position bloß erkennen, wie sie die Köpfe zusammensteckten und der Coach mit seinen Händen herumgestikulierte, während die Jungs nickten.

»Sollten wir wissen, was da gestern zwischen dir und Grace gelaufen ist und wieso ihr plötzlich von der Nachtwanderung verschwunden seid?« Alex gesellte sich zu mir und Finn und wackelte anzüglich mit den Augenbrauen. Das konnte ich trotz des Helms sehr gut erkennen.

Ich stieß ihn dafür bloß in die Seite, doch er hielt mich fest, wodurch ich ins Taumeln geriet. Schließlich gingen wir zusammen zu Boden. Sein Grinsen sagte alles. Ich musste nichts erzählen. Meine Freunde wussten auch so, was Sache war.

***

Das Mittagessen nahmen wir Footballer an diesem Tag zu einer anderen Uhrzeit ein als die Cheerleader, sodass ich Grace erneut verpasste. Ich verfluchte das Schicksal dafür, als wollte es mir extra deutlich unter die Nase reiben, dass ich einen Fehler begangen hatte.

Als sie jedoch auch zum Stand-Up-Paddling am späten Nachmittag nicht auftauchte, entschied ich, das Schicksal selbst in die Hand zu nehmen. Ich konnte nicht länger warten und hoffen, ihr zufällig zu begegnen. Denn zu meiner Überraschung traf ich auch Cassy und Liv den ganzen Tag nicht an.

Beim Abendessen entdeckte ich schließlich Liv und zögerte keine Sekunde länger. »Wo ist Grace?«

Irritiert hob sie die Brauen. »Warum fragst du? Ich denke, sie war heute beim Training und beim normalen Programm dabei?«

»Wo warst du mit Cassy, wenn ihr nicht bei Grace wart?«, stellte ich die Gegenfrage, um Grace nicht zu verraten, solange ich nicht wusste, was los war und weshalb ihre besten Freundinnen von nichts wussten.

»Wir haben heute einen Zwischenstand vom Camp verfasst und auf allen Social-Media-Seiten des Coulden Colleges geteilt. Dafür haben wir im Haupthaus eine ruhige Ecke, WLAN und Steckdosen erhalten und dort auch gegessen, weil das heute fertig werden sollte.« Sie sah mich noch immer sichtlich verwundert an. Vermutlich war es für sie genauso seltsam wie für mich, dass wir uns nun miteinander abfinden mussten, wo ihr Freund auch mein bester Freund war.

»Der Bericht muss heute an die Zeitung raus, damit kommende Woche gleich davon berichtet werden kann, wenn wir zurück sind«, schob sie hinterher, als hätte es diese Erklärung gebraucht. Aber gedanklich war ich schon lange nicht mehr bei ihr, sondern bei Grace und der Frage, wo sie sich aufhielt.

»Danke«, brachte ich abwesend hervor. »Wir sehen uns.«

Ich wandte mich ab, ging zurück zum Buffet und wickelte einen Bagel und etwas Obst in einer Serviette zusammen. Möglichst unauffällig verschwand ich schließlich nach draußen. Grace konnte nur an einem Ort sein, wenn sie nicht bei den Mahlzeiten und zum Training erschienen war. Und das bedeutete auch, dass sie noch nichts gegessen hatte.

Ich traute mich beinahe nicht zu klopfen, als ich schwer atmend vor ihrer Hütte stehen blieb. Ich war den kurzen

Weg hierher gerannt, weil sich die Nervosität wie kleine Ameisen in meinem ganzen Körper ausgebreitet hatte. Ein letzter tiefer Atemzug und meine Knöchel trafen dumpf auf das Holz. Als keine Antwort erklang, öffnete ich und trat in den Flur. Dort wäre ich beinahe über einen Haufen Schuhe gestolpert und fragte mich zugleich, wieso die Mädels für die fünf Tage im Camp so viele Schuhe mitgenommen hatten. Kopfschüttelnd bahnte ich mir einen Pfad zu einer der drei Türen, die von hier aus abgingen. Das Badezimmer, das Zimmer von Liv und Cassy und …

Plötzlich sah ich in die grünen Augen von Grace und das Kribbeln, das mich in Beschlag genommen hatte, veränderte sich. Die Unruhe wurde zu Erleichterung, zu Aufregung.

»Was machst du hier?«, wollte sie wissen. Unter ihren Augen zeichneten sich dunkle Ringe ab, ihre Haare hingen ihr ganz kraus ins Gesicht.

»Was machst *du* hier?«, erwiderte ich. »Was ist los?« Noch während ich die Frage stellte, kam ich mir lächerlich vor. Was sollte schon sein? Da machte sie endlich einen Schritt auf mich zu und ich wies sie so kühl zurück. Kein Wunder, dass sie sich heute in der Hütte eingeschlossen hatte und nicht zum Training gegangen war.

»Ich wollte niemandem Sorgen machen.« Sie wandte den Blick ab und fummelte an ihrem Haargummi herum, das sie an ihrem Handgelenk trug.

»Du hast mir einen ganz schönen Schrecken eingejagt. Aber es ist schön …« Dass es ihr gut ging? Tat es das? »… dich zu sehen. Was hast du denn den anderen vom Team und deiner Trainerin gesagt, weshalb du heute nicht mitgemacht hast? Und wieso wussten Cassy und Liv nichts davon?«

»Dass es mir nicht so gut geht«, murmelte sie. Nicht eine einzige Sekunde sah sie mir in die Augen. »Liv und Cassy wollte ich nicht beunruhigen.«

Nachdenklich musterte ich sie ein weiteres Mal, wie sie da vor mir im Türrahmen stand, mit gesenktem Kopf und eingesunkenen Schultern. Der Anblick tat mir in der Seele weh. Deshalb sollte ich möglichst schnell wieder Klarheit zwischen uns schaffen und mich entschuldigen. Ich wollte sie doch nur wieder glücklich und unbeschwert sehen. »Tut mir leid. Darf ich reinkommen?«

Kurz schien es, als zögerte sie. Dann trat sie einen Schritt zur Seite und öffnete die Tür zu ihrem Zimmer, um mich eintreten zu lassen. Ich nahm die Einladung an und legte die Serviette mit dem Essen auf dem Nachtschrank ab. »Für später. Nicht, dass du mir noch vom Fleisch fällst.«

Als ich mich zu ihr umwandte, war doch der Hauch eines Lächelns auf ihren Lippen auszumachen, was mir Hoffnung gab. Daran klammerte ich mich.

»Magst du dich setzen?« Sie deutete zum Bett, auf dem die zerknüllte Decke lag.

Das ließ ich mir nicht zweimal sagen, obwohl ich mit der Situation plötzlich nicht mehr umzugehen wusste. Gestern Abend hatte sie mich noch für meine Ausdrucksweise gelobt, das Gespür für die richtigen Worte, und nun wusste ich nicht mal mehr einen einzigen, vollständigen Satz hervorzubringen.

Wie sollte ich ihr sagen, was sie mir bedeutete? Dass mir gestern alles zu viel geworden war, dass ich es nicht hatte greifen können? Wie konnte ich ihr zeigen, dass ich es ernst meinte – immer noch. Auch wenn wir Abstand voneinander gebraucht hatten. Vielleicht war es auch gerade die Zeit ohneeinander gewesen, die uns gezeigt hatte, dass wir uns brauchten und es schlimmer war, ohne den anderen zu leben, als Kompromisse einzugehen und neue Wege einzuschlagen. Hatte Grace am Abend zuvor dieselbe Erkenntnis gehabt?

Als sie sich neben mir setzte, die Matratze einsank und sich unsere Oberschenkel berührten, verließ mich der letzte klare Gedanke, den ich noch hatte.

Sie war so schön.

Noch immer spielte sie an dem Haargummi herum und starrte darauf, ohne mich eines Blickes zu würdigen. Aber ich wollte, dass sie mich ansah. Dass sie in meinen Augen dieselbe Unsicherheit bemerkte und wusste, dass sie damit nicht allein war. Dass ich genauso empfand und dass ich für sie da sein wollte.

»Grace«, hauchte ich. Ich hätte ihren Namen noch unzählige Male aussprechen können. Sein Klang löste immer warme Schauer in mir aus.

Behutsam legte ich zwei Finger an ihr Kinn und hob ihren Kopf, sodass sie sich mir zuwandte. »Wir kennen uns schon so lange und nie hätte ich mir erträumen lassen, dass ich einmal nicht weiß, was ich zu dir sagen soll. Trotzdem machst du mich sprachlos – immer wieder. Ich habe dich schon so oft angesehen und kann trotzdem nie genug davon bekommen, muss jedes Mal lächeln.« Meine Stimme brach mir weg. »Es gibt Leute, die das als Freundschaft bezeichnen mögen. Für mich bist du so viel mehr. Und ich kann dich nicht einfach gehen lassen, dafür bedeutest du mir zu viel. Als beste Freundin und vielleicht auch als mehr. Wenn du das möchtest. Tut mir leid, dass ich gestern weggelaufen bin. Ich bin nicht vor dir geflohen, sondern vor meinen Gefühlen für dich. Weil ich Angst hatte, du würdest sie nicht erwidern.«

Jetzt war es raus.

Schweiß rann mir den Rücken hinunter und ich glaubte, keine Minute länger still sitzen und auf ihre Reaktion warten zu können. Ihre Hände hatte sie in ihren Schoß gelegt und auch wenn sie mit einer davon ununterbrochen ihr Haargummi herumdrehte, konnte ich an der anderen deutlich erkennen, wie sie zitterte. Weil sie aufgeregt war? Weil sie Angst hatte? Wovor?

Ich hatte immer das Gefühl gehabt, sie wie meine bessere Hälfte zu kennen, alles von ihr zu wissen, und doch überraschte sie mich jedes Mal aufs Neue. Ich wollte mehr davon, mehr von ihr. Als wäre ich abhängig und sie die Droge, die ich zum Leben brauchte. Ich wollte sie nicht loslassen, obgleich ich mir geschworen hatte, nicht an ihr festzuhalten, wenn sie mich wegstieß. Aber das gestern war eindeutig das Gegenteil gewesen und in der Hinsicht konnte ich nicht nachgeben oder mich überraschen lassen, was das Leben brachte. Was Grace betraf, brauchte ich Sicherheit, die Gewissheit, sie auch weiterhin an meiner Seite zu haben.

Unsicher streckte ich meine Hand aus und legte sie auf ihre, woraufhin sie mich erneut anschaute. »Ich will dich nicht verlieren«, fing sie an und brachte mein Herz noch mehr zum Rasen. Was wollte sie mir damit sagen? »Ich weiß einfach nicht ... ich kann das nicht mit Worten ausdrücken. Du bedeutest mir so viel und ich ... das gestern Nacht ... ich mag dich, wirklich. Ich würde das gern mit dir probieren.«

Hatte Grace das gerade wirklich gesagt? Hatte es sich gelohnt, ihr Zeit und Abstand zu geben? Hatte es ihr geholfen, einige Tage länger darüber nachzudenken, was sie wollte, sodass sie sich nun sicher war und nicht wieder überstürzt handelte?

»Kannst du das noch mal sagen?«, flüsterte ich.

»Ich würde das gern mit dir probieren.«

Dann beugte ich mich vor, legte meine Hand in ihren Nacken und zog sie zu mir heran. Ich wollte keinen Abstand mehr zwischen uns, keinen einzigen Zentimeter. Ich brauchte sie bei mir und ich wollte sie nie wieder loslassen.

Dieses Mal gab es kein Zurück. Es war kein Alkohol im Spiel. Es gab nur Grace und mich und diesen Moment. Und als Grace ihre Hände unter mein T-Shirt gleiten ließ, war ich ihr vollkommen ausgeliefert. Mit den Fingern strich ich über ihren Hals, konnte ihren Herzschlag fühlen und ich wich kurz zurück, fragend. Unsere Blicke trafen sich und in ihren geweiteten Pupillen glitzerte das Verlangen. Dann war sie es, die die Lücke zwischen uns schloss.

Dieses Mal war ich sicher, dass nicht nur ich so empfand, sondern dass sie meine Gefühle erwiderte. Wir waren schon lange nicht mehr nur beste Freunde. Aber sich das einzugestehen, hatte anscheinend einige Umwege gebraucht. Dafür würde ich sie nun nicht mehr loslassen.

***

Grace

Als ich die Augen aufschlug, lag ich in Jays Armen.

Es war passiert. Wieder. Dieses Mal war es nicht meine Verzweiflung gewesen, die mich dazu getrieben hatte. Ich hatte das mit ihm gewollt, ich brauchte ihn. Wir waren nicht nur Freunde und alles hatte sich richtig angefühlt. Jede Berührung, jeder Atemzug, alles.

Vorsichtig strich ich über seinen Arm, den er um mich geschlungen hatte. Seine Augen waren geschlossen – wir mussten kurz eingeschlafen sein. Aber ich wagte keinen Blick auf die Uhr, die auf meinem Nachttisch lag, weil ich ihn nicht wecken wollte. Stattdessen beobachtete ich, wie sich sein Brustkorb gleichmäßig hob und senkte. Es sah so friedlich aus und ich hätte ihm stundenlang zusehen können.

Doch ich konnte nicht. Plötzlich brach mir der Schweiß aus und ich zitterte am ganzen Körper. Panisch blinzelte ich und setzte mich auf, was jedoch keine gute Idee war. Durch die aufrechte Position verschwamm das Zimmer vor meinen Augen und ich klammerte mich mit meinen Fingern an die Bettkante, schlug die Beine darüber.

Allerdings konnte auch fester Boden unter den Füßen meinen Schwindel nicht verdrängen. Ich schnappte mir einen Pullover und zog ihn mir über, redete mir ein, dass mir nur kalt war. Als ich sicher war und nicht mehr leugnen konnte, was vor sich ging, war es schon fast zu spät. Ich sprang auf, stürzte zur Toilette und ging davor auf die Knie. Dann zog sich mein Magen zusammen. Ich würgte, aber es kam nichts. Es tat weh. So weh.

Ich hasste diese Übelkeit. Ich hasste es, dass ich keine Kontrolle darüber hatte. Ich wollte das nicht mehr. Wieso konnte ich nicht einfach aufhören zu spucken und die Kontrolle über meinen Körper zu verlieren? Diese Schweißausbrüche, all die Emotionen, die mich überrollten …

»Ich kann nicht mehr«, schluchzte ich und stützte meinen Kopf in die Hände, als nichts mehr aus mir herauskam. Tränen liefen meine Wangen hinunter und tropften auf den Rand der Toilettenschüssel. Meine Füße berührten die kalten Fliesen, die unter dem Teppich hervorkamen. Zusammengekauert saß ich da, als ich Schritte auf dem Flur hörte und im Augenwinkel mitbekam, wie jemand die angelehnte Badezimmertür aufschob.

»Grace?« Die Bestürzung stand Jay ins Gesicht geschrieben, weshalb ich den Blick rasch abwandte. »Was ist los? Jetzt sag bitte nicht, dass alles gut sei. Das sieht nämlich ganz anders aus.«

Jay ließ sich an der Wand auf den Boden rutschen und legte eine Hand auf mein Bein. Behutsam strich er darüber. »Bist du deshalb nicht zum Training und zu den Mahlzeiten erschienen? Hast du dich deshalb hier in der Hütte versteckt?«

Unsicher nickte ich, brachte jedoch keinen Ton heraus. Ich wusste, wenn ich ihn noch ein weiteres Mal belügen würde, dann hätten wir keine Zukunft. Fragte mich, ob ich ihn schon einmal zu oft angesehen und nichts gesagt hatte. Jetzt gab es keine Ausreden mehr. Wenn ich nicht jetzt die Wahrheit sagte, würde ich sie nie aus mir herausbekommen, bis mein Körper mein Geheimnis sichtbar mit der Welt teilen würde. Wenn die Kurven erst kamen, dann würde ich ihm nichts mehr vormachen können. Vor allem könnte ich mir dann selbst nichts mehr vormachen.

Er musste es wissen.

Jay rückte dichter an mich und als ich den Kopf hob, schnürte sich meine Kehle zu. Diese unschuldigen Augen, die besorgt glitzerten ... Wie hatte ich ihn so lange belügen können? In diesem Moment bereute ich nichts so sehr, wie ihn auf Abstand gehalten zu haben und ihn nicht an meinem Gedankenchaos teilhaben zu lassen. Er hätte es verstanden, ganz sicher. Doch es war zu spät, es gab keinen Zurückspulknopf. Ich musste das Beste aus dieser Situation machen.

Dass Jay einfach da war und mich festhielt, machte es nur noch schlimmer. Er strahlte solch eine Ruhe aus und gab mir das Gefühl, alles sagen zu können, nichts falsch zu machen. Dabei war mir klar, wie falsch die Worte gleich klingen würden.

»Ich ...«, setzte ich an und das eine Wort genügte, um einen weiteren Schwall an Tränen aus mir hervorzubringen. Es hatte gedauert, bis ich mir den Gedanken daran erlaubt hatte. Es hatte gedauert, bis ich das Wort mir selbst gegenüber zugelassen und vor der unbekannten Frau am Telefon das erste Mal laut ausgesprochen hatte. Die Tatsache, es nun einer Person zu sagen, die ich so gut kannte, fühlte sich an, als würde ich die Grundpfeiler meines Lebens einreißen.

»Ich wollte es dir schon sagen, bevor wir ins Camp gefahren sind – am Silvesterabend«, brachte ich zwischen Schluchzern hervor.

»Was sagen? An Silvester?«

Ich nickte und biss mir auf die Lippe. »Ich habe meine Periode nicht bekommen.«

»Was?« Ich konnte seinen Kopf quasi arbeiten sehen. Wie er durchging, was das bedeutete. »Du ... bist ...?«

»... schwanger. Ja«, bestätigte ich.

Seine Hand zog sich von meinem Bein zurück und hinterließ eisige Kälte an der Stelle. Jays Atem wurde flacher und er schüttelte den Kopf, strich sich mit einer Hand durch seine zerzausten Haare und starrte ins Leere. »Weißt du es sicher?«

»Ich habe einen Test gemacht.«

Wieder schüttelte er den Kopf und setzte sich aufrechter hin. »Ich glaube es nicht. Und das sagst du mir erst jetzt?« Seine ruhige Stimme veränderte sich. Der fürsorgliche Ausdruck auf seinem Gesicht verschwand und Falten erschienen auf seiner Stirn. »Ich habe dir vertraut –

immer schon und du ... du hältst es für nicht notwendig, mir das zu verraten?«

»Das hab ich doch jetzt«, rief ich bestürzt. »Ich hatte Angst, Jay. Verdammte Angst!«

»Warum?« Er schnaubte. »Habe ich dir jemals das Gefühl gegeben, dass du über irgendetwas nicht mit mir reden könntest? Verdammt, Grace!«

Heiße Tränen brannten sich in meine Wangen, verschleierten meine Sicht, während mein Herz zerbrach. Genau davor hatte ich mich all die Zeit gefürchtet und nun zerstörte es mich. Es zerriss mich innerlich. Jedes seiner Worte war ein Stein auf einer spiegelnden Oberfläche, mit der er seine eigenen Hände zerschnitt und ich das Blut an ihm sah.

Dieses Ziehen in mir.

Ich schüttelte den Kopf, schniefte.

»Warum hast du dann nichts gesagt?«

Ich konnte ihm darauf keine Antwort geben, ihm nicht mehr sagen, als ich es schon getan hatte. Es gab keine Erklärung, die das rechtfertigte, das wurde mir jetzt auch bewusst. »Ich wollte sicher sein, bevor ich es dir sage«, hauchte ich, doch meine Stimme war kaum noch zu hören. Dafür schlug mein Herz viel zu laut, nahm mich vollkommen ein. Das Blut rauschte in meinen Ohren, sodass ich in kaum verstand, als er erwiderte: »Ich verstehe es nicht.«

Ich wusste nicht, was ich schlimmer fand, dass ich ihn verstehen konnte und mich die Situation ja selbst so überfordert hatte, es zu erfahren – zu wissen, dass sich unser ganzes Leben änderte. Oder dass Jay einfach vor mir saß und nicht laut wurde. Er machte mir Vorwürfe, das hätte ich an seiner Stelle auch getan. Trotzdem wurde er nicht ausfallend. Vielleicht hätte ich mir einfach gewünscht, dass er einmal schreien würde und dass dann alles wieder gut war.

So saß er nur da und ich konnte bloß zusehen, wie er sich immer weiter in sich selbst zurückzog, ich ihn nicht mehr erreichte, obwohl ich direkt vor ihm hockte und doch nur meinen Arm auszustrecken brauchte. Seufzend ließ er sich mit dem Rücken gegen die Wand fallen und schloss die Augen. Als er sie wieder öffnete, konnte ich die tiefen Wunden in seinem Inneren erkenne, die ich ihm zugefügt hatte.

»Seit wann bist du dir sicher?«

Ich traute mich fast gar nicht, es zu sagen. »Am ersten Tag nach der Ankunft im Camp habe ich den Test gemacht.«

Er riss die Augen auf. »Und trotzdem hast du weiter trainiert?«

»Ich habe mit einer Beratungsstelle telefoniert, ich darf noch Sport machen«, sagte ich in dem Versuch, mich zu rechtfertigen.

»Wirklich, Grace? Weiß diese Beratungsstelle, dass du Cheerleaderin bist und in einem Monat einen verdammt großen Wettkampf anstehen hast? Dass du hier jeden Tag Leistungssport ausübst und dich und deinen Körper an deine Grenzen bringst?« Er kniff sich mit zwei Fingern in die Nasenwurzel. »Wieso? Wieso bist du mitgefahren? Du wirst an dem Wettkampf nicht teilnehmen können, wenn du nicht ...« Er sah auf und Entsetzen zeichnete sich in seinem Gesicht ab. »Willst du es abtreiben?«

Darüber hatte ich mir auch schon den Kopf zerbrochen. Aber jetzt, wo ich Jay gesagt hatte, dass ich schwanger war, kam es mir falscher denn je vor. »Die Entscheidung liegt nicht bei mir allein, nicht mehr. Mir ist auch deine Meinung wichtig.«

»Jetzt plötzlich?« Es rutschte ihm mehr heraus, doch ich zweifelte schlagartig daran, dass er es nicht auch so meinte, als er fortfuhr: »Vier Wochen hältst du mich am langen Arm hin und sagst mir immer, dass du dir mit mir keine Beziehung vorstellen könntest, dass die eine Nacht ein Ausrutscher war, und jetzt? Jetzt, wo du weißt, dass diese eine Nacht Konsequenzen für dich hatte, willst du es doch probieren? Da bin ich dann plötzlich gut genug für dich?«

»Jay, nein.« Jetzt war ich diejenige, die nach Luft schnappte. »Ich habe einiges von dir erwartet und ich habe Verständnis, dass das alles viel für dich ist. Ja, ich habe Mist gebaut und ich hätte dich früher informieren sollen. Aber das ...« Ich stieß die Luft aus. »... das geht zu weit. Jetzt wirst du unfair. Nicht ich war diejenige, die an Silvester plötzlich einen anderen Jungen geküsst hat. Ich wollte dir an dem Abend sagen, was ich dir erst jetzt gesagt habe. Und ja, vielleicht brauchte ich einige Wochen Abstand. Hast du mal darüber nachgedacht, dass ich davor fast zwei Jahre in deinen besten Freund verschossen war? Dass ich nur Augen für Finn hatte und einfach blind war für alles, was sonst um mich herum geschehen ist? Dass ich mich in Cheerleading und diese unerwiderte Liebe gestürzt habe? Diese eine Nacht zwischen uns hat mir die Augen geöffnet. Aber ich brauchte Zeit, um mit der Sache mit Finn abzuschließen. Zwei Jahre und die Ereignisse seit Oktober, das kann ich nicht einfach verdrängen und mich in eine Beziehung mit einer Person stürzen, die ich mein ganzes Leben kenne und die ich so sehr liebe, dass ich furchtbare Angst habe, sie durch noch einen leichtsinnigen Fehler zu verlieren. Vielleicht habe ich dadurch nur noch mehr Fehler gemacht, aber hast nicht du gesagt, dass es nie zu spät ist, sich seine Fehler einzugestehen und zu verzeihen? Und jetzt machst du mir das zum Vorwurf, dass ich endlich bereit dazu bin, mich dir zu öffnen. Jetzt, wo ich verletzlich bin, wirfst du mir genau das an den Kopf, wovor ich die ganze Zeit Angst hatte, und du wusstest es.«

Die Stille, die uns plötzlich umhüllte, beunruhigte mich. Ich wusste nichts weiter zu sagen. Meine Augen waren verquollen, mein Hals rau und mein Magen schmerzte – genau wie auch der Rest meines Körpers. Ich hatte keine Kraft mehr. Ich konnte und wollte nicht mehr gegen meine Gefühle ankämpfen. Jetzt wusste Jay alles, was ich vor ihm verheimlicht hatte, und obwohl es sich gut anfühlte, so raubte mir die Schwäche, die in mir zurückblieb, den letzten Funken Hoffnung. Hatte ich bislang gehofft, die Wahrheit könnte uns retten, so war ich mir jetzt nicht mehr sicher.

»Tut mir leid.« Geräuschvoll stieß Jay die Luft aus. »Bitte gib mir Zeit, um darüber nachzudenken, ja? Nachdem du Abstand brauchtest, wirst du es bestimmt verstehen, wenn ich jetzt ebenfalls meine Gedanken sortieren muss.«

Ich wollte schreien, wollte ihn festhalten, verhindern, dass er ging. Aber ich verstand ihn. Ich verstand ihn zu gut und ich wusste, wenn ich ihn jetzt nicht ziehen ließ, würde er niemals zurückkehren. So konnte ich nur zusehen, wie er ein weiteres Mal in so kurzer Zeit aufstand und mir den Rücken zuwandte.

Kapitel 22 – Grace Collin

10. Januar, 02:20 Uhr

Fünfter/letzter Tag, Trainingslager Florida – Von echten Freunden

»Darling!« Ich blinzelte, als mich zwei Hände berührten, und erkannte Cassy, die vor mir hockte. »Du hast uns vielleicht einen Schrecken eingejagt!«

»Bist du hier auf dem Boden eingeschlafen?«, wollte Liv wissen und ließ sich neben Cassy sinken. »Was ist passiert?«

»Wie spät ist es?« Ich wusste nicht, was ich erwidern sollte. Mein Kopf dröhnte, als wäre ich von einem LKW überfahren worden, und ich spürte jeden Muskel.

Ich musste furchtbar aussehen, denn meine Wimpern klebten teilweise aneinander und ich bekam die Augen gar nicht richtig auf.

»Gleich halb drei«, meinte Liv nach einem kurzen Blick auf ihre Armbanduhr. »Wir waren bis eben noch im Haupthaus und haben die restlichen Unterlagen für die Presse sortiert.«

»Was ist los?«, hakte Cassy erneut nach.

Ich richtete mich auf und merkte erst da, wie verspannt ich eigentlich war. Mein Rücken knackte und meine Arme und Beine kribbelten, als ich mich vom Boden aufrichtete. Mit den Händen rieb ich mir über das Gesicht und über die Augen, um besser sehen zu können. Es kam mir vor, als würden die Spuren der geweinten Tränen noch immer auf meiner Haut zu sehen sein. Aber das mussten sie gar nicht, damit man erkannte, dass ich viele davon vergossen hatte, da war ich mir sicher.

»Das ist eine lange Geschichte«, murmelte ich.

»Nicht so lang, als dass wir uns nicht einen Tee aus der Gemeinschaftsküche organisieren könnten und mit Schokolade auf mein Bett setzen«, warf Cassy ein. »Ich denke, da hat jemand Redebedarf oder zumindest eine vernünftige Umarmung verdient.«

Bei ihren Worten musste ich lächeln, obwohl mir so gar nicht danach zumute war, und Liv streckte mir ihre Hände entgegen, um mich auf die Füße zu ziehen.

»Wir haben Zeit, und wenn du die ganze Nacht nur bei uns sitzt und schweigst. Dafür sind Freunde doch da.« Cassy zog mich in ihre Arme, was erneut das Brennen in meinen Augen hervorrief. »*Wir* sind für dich da.«

***

Als wir keine halbe Stunde später mit drei dampfenden Tassen Tee auf Cassys Bett hockten, ging es mir schon besser. Ich hatte mich ungezogen und trug nun meine Schlafhose, Kuschelpullover und dicken Socken.

»So, und jetzt von vorne, wenn du magst.« Ich fand es niedlich, dass Cassy so tat, also würde sie mir wirklich eine Wahl lassen, denn in Wahrheit konnte ich mir gut vorstellen, dass sie vor Neugier fast platzte und am liebsten jedes Detail sofort wissen wollte. »Was ist da zwischen Jay und dir vorgefallen?«

Alles in mir sträubte sich dagegen, es noch einmal auszusprechen, aus Angst, sie könnten ähnlich regieren wie

Jay und mich stehen lassen. Aber im Gegensatz zu Jay hatten sie weniger Grund dazu.

»Ihr müsst mir nur eines versprechen«, sagte ich deshalb und sah beiden eindringlich in die Augen. »Ihr dürft niemandem davon erzählen, bis nicht Jay und ich euch das ausdrückliche Okay gegeben haben, ja? Das ist etwas Privates, das nur uns beide betrifft, und wir sollten das Recht haben, zu entscheiden, wer wann davon erfährt.«

»Ihr heiratet«, warf Cassy ein, schlug jedoch rasch die Hand vor den Mund. »Tut mir leid, das war unangebracht.« Sie räusperte sich. »Ich werde nichts weitererzählen, du hast mein Wort.«

»Meins auch«, stimmte Liv zu.

Erleichtert nickte ich. Letztendlich musste ich ihnen vertrauen. Sie mussten erfahren, was hinter meiner schlechten Verfassung steckte, und dass es nicht allein wegen Jay und mir war und ich Jay meine Gefühle nicht hatte gestehen können, weil ich Angst hatte, ihn deshalb als Freund zu verlieren. Nun wusste Jay, was Sache war, und ich war immer noch nicht schlauer, was unsere Zukunft betraf. Ich starrte in meine Teetasse, die ich mit beiden Händen fest umklammert hielt, als könnte ich darin die Lösung aller meiner Probleme finden.

Dann holte ich tief Luft. »Ich bin schwanger.«

»Du bist was?«, entfuhr es Liv. »War das geplant?«

Ich biss mir auf die Lippe und schüttelte langsam den Kopf. Als ich hochschaute, guckten mich beide Freundinnen an, als hätten sie einen Geist gesehen. Cassy fing sich als Erste wieder und umarmte mich. »Ich weiß gerade gar nicht, was ich sagen soll. Gratuliert man in solchen Situationen trotzdem oder ist das unangemessen?«

»Cassy«, zischte Liv, die wie versteinert dasaß.

»Schon okay«, brachte ich mühsam hervor und merkte, wie der Kloß in meinem Hals zurückkehrte und mir das Sprechen schwerer fiel. Dennoch fühlte ich mich befreiter als zuvor. Nun wussten meine engsten Freunde endlich, was mit mir los war, weshalb ich mich seltsam verhielt oder in letzter Zeit manchmal emotional geladen war.

»Wieso hast du denn nichts gesagt? Wie geht es dir damit?«

Ich zuckte mit den Schultern, unschlüssig, was ich erwidern sollte. Wie sollte es mir damit schon gehen? Wie sollte ich mich fühlen, wo ich ungewollt schwanger war? Wo ich all meine Pläne über den Haufen werfen konnte? Und zugleich der Druck seitens meiner Eltern da war? Was würden sie sagen? Meine Eltern waren die Letzten, an die ich gerade denken wollte, wenn es darum ging, wie ich ihnen diese Neuigkeit beibrachte. Das war ein anderes Thema.

Cassy brach die Stille, die sich über uns gelegt hatte. Dennoch spürte ich die Blicke der beiden weiter auf mir ruhen und es war zu merken, dass nicht nur ich nicht so recht wusste, wie man darüber sprach. »Aber schön, dass du dich uns nun anvertraut hast. Was wirst du jetzt tun?«

»Weiß ich nicht«, gab ich ehrlich zu.

»Und du wolltest es Jay sagen«, schlussfolgerte Liv und seufzte.

»Ja, ich habe mich vor dem Camp nicht getraut, es anzusprechen.«

»Deshalb warst du im Auto auf der Hinfahrt so bedrückt«, meinte Cassy und nickte nachdenklich. »Hast du da schon was geahnt? Es war nicht nur deine Sorge, ob er deine Gefühle erwidert ...«

Wieder konnte ich nur zustimmen und erzählte, was bis zur jetzigen Stunde passiert war. Es tat gut, darüber zu reden und zu wissen, dass ich nicht allein war. Zugleich fraß mich die Angst auf, Jay könnte mich im Stich lassen. Dabei hatte ich gedacht, ich würde ihn so gut kennen wie keinen anderen Menschen. Aber da war ich mir jetzt nicht mehr so sicher.

Kapitel 23 – Jaydon Carter

10. Januar, 10:14 Uhr

Der letzte Tag im Camp – Von hohen Sprüngen und tiefen Stürzen

Schwanger. Grace war schwanger.

Ich hatte kaum geschlafen und wollte mir gar nicht vorstellen, wie Grace sich fühlte. Vermutlich war es ihr die letzten Tage ähnlich gegangen. Während ich mich von einer auf die andere Seite gewälzt hatte, war mir klar geworden, dass mein Verhalten falsch gewesen war. Dass ich anders hätte reagieren müssen. Aber wer machte sich schon Gedanken darüber, wie man am besten reagierte, wenn man mit einer ungewollten Schwangerschaft konfrontiert wurde? Und dann auch noch mit einer von der besten Freundin, in die man jahrelang heimlich verliebt gewesen war und die einem prompt offenbarte, seine Gefühle zu erwidern.

Mein Vorwurf war unfair gewesen. Schließlich war ich derjenige gewesen, der sie geküsst hatte. Nicht sie hatte sich vor Weihnachten dazu entschieden, etwas mit mir anzufangen, und hätte sie sich darauf eingelassen, wenn sie gar nichts empfunden hätte, nur wegen des Alkohols? So schätzte ich Grace nicht ein und somit verfluchte ich mich doppelt, ihr diese Dinge an den Kopf geworfen zu haben. Ich sah sie noch immer auf dem Badezimmerboden sitzen, den Blick leer und verzweifelt.

»Du siehst aus, als hättest du eine lange Nacht gehabt«, zog Finn mich auf und Alex wackelte mit den Augenbrauen, was mir lediglich einen Seufzer entlockte.

»Hat das was mit Grace zu tun?«, bohrte Alex nach – feinfühlig wie immer.

Ich schüttelte den Kopf. »Ich werde da jetzt nicht drüber reden«, entschied ich bestimmt. Was sollte ich auch sagen? *Ach, übrigens, ich werde Vater!*

Daraufhin wechselten sie das Thema und ich war dankbar, dass sie die Aufforderung verstanden hatten. Sie wussten, dass ich von selbst ansprechen würde, wenn es mir nicht gut ging und ich sie brauchte.

Als wir uns zu den Mädchen an den Frühstückstisch setzten, verkrampfte ich mich. Grace sagte kein Wort, aber ihre Augen glitzerten, als sich unsere Blicke trafen. Eilig wandte sie sich ihrem Müsli zu. Das war der Moment, in dem ich entschied, dass sich sie später zur Seite nehmen würde. Sobald wie möglich, um mich vernünftig zu entschuldigen und die Sache nicht noch schlimmer zu machen, als sie ohnehin schon war.

Obwohl die letzte Nacht für uns beide grausam gewesen sein musste, war Grace kaum etwas anzusehen – zumindest für jemanden, der sie nicht gut kannte. Sie lächelte nicht und schien vollständig in ihrer eigenen Welt versunken. Aber ihre Haare waren top gestylt für das Abschlusstraining, das heute auch bei ihnen anstand. Sie trug bereits Trainingsklamotten, ein enganliegendes weißes Top und eine graue kurze Jogginghose. Ich hätte sie stundenlang mustern können, obwohl ihr Anblick mich innerlich zerriss. Je länger ich sie ansah, desto mehr bereute ich meine Reaktion vom vergangenen Abend.

Sie war schwanger. Je öfter ich das im Stillen wiederholte, umso bewusster wurde mir, was das eigentlich bedeutete. Dass ich weggelaufen war, obwohl es so viel zu bereden gab, so viele Fragen auf der Hand lagen, die es zu klären galt. Doch was, wenn Grace mich nur benutzte? Wenn sie es die ganze Zeit gewusst hatte und sie jetzt nur die Nähe zu mir suchte und meine Gefühle vermeintlich erwiderte, weil wir ein Kind erwarteten?

Gott, es würde das Ende ihrer Karriere bedeuten. Sie würde pausieren müssen im Sport. Sie würde aufgeben müssen, was sie bisher am meisten erfüllt hatte und ich wusste, wie viel Halt ihr das Cheerleading in solch unsicheren Situationen gegeben hatte. Wie musste sie sich damit fühlen? Das schlechte Gewissen fraß mich förmlich auf, da ich nur an mich gedacht hatte und meiner besten Freundin dabei auch noch Vorwürfe machte, ihr Beschuldigungen an den Kopf warf, wo bei uns ohnehin alles drunter und drüber lief.

Ich wurde Vater. Wenn Grace sich für das Kind entschied, dann würde ich Vater werden. Das hieß, dass ich Verantwortung übernehmen musste. Wenn ich tatsächlich die Ausbildung antrat, könnte ich Geld verdienen, könnte Grace zumindest unterstützen – egal, was aus uns wurde.

»Heute steht bei den Cheerleadern ein kompletter Durchgang an, oder?«, wollte Finn wissen.

Grace wirkte dennoch mehr als abwesend, als sie ein Nicken zustande brachte. Fast schien es mir, als würde sie gar nicht richtig zuhören. Am liebsten hätte ich sie jetzt gleich zur Seite genommen, aber ich wollte vor den anderen kein Aufsehen erregen, und mit Sicherheit war Grace angesichts des anstehenden Durchlaufs aufgeregt genug. Meine Vermutung bestätigte sich, als sie nichts von ihrem

Essen hinunterbekam und schließlich Anstalten machte, aufzustehen, ohne wirklich etwas im Magen zu haben.

»Gehst du schon?«, fragte Cassy überrascht.

»Ja, ich wollte mich schon etwas früher aufwärmen«, erklärte Grace ihr, wartete jedoch keine Antwort ab.

Für einen Herzschlag flammte in mir die Versuchung auf, ihr doch nachzulaufen, als Cassy ebenfalls ihr Tablett schnappte und auch Liv sich erhob. »Wir schließen uns an«, verkündete sie. »Euer Spieldurchgang ist ja erst am Nachmittag, richtig? Dann sehen wir uns spätestens da.«

***

»Ich komme heute später zum Training dazu«, meinte ich zu Alex und Finn, nachdem wir unsere Tabletts ebenfalls weggebracht und den Frühstücksraum verlassen hatten. »Ich muss noch etwas klären.«

Zu meiner Verwunderung stellten sie dieses Mal keine Nachfragen oder machten dämliche Andeutungen. Statt zu meinem Training zu gehen, lief ich schnurstracks zur Halle, in der ich die Cheerleader vermutete.

Tatsächlich dröhnte mir von draußen schon laute Musik entgegen, sodass ich sichergehen konnte, dass ich richtig war. Vor einer Holztür hielt ich inne und überflog das Schild, was mich darauf hinwies, dass es sich um den Aufgang zur Tribüne handelte. Unsicher, ob ich das wirklich machen konnte, blieb ich stehen. Was, wenn sie mich auf der Tribüne bemerkte? Oder ich dort Cassy und Liv antraf?

Möglichst leise öffnete ich die Tür und fand mich vor einer abgesenkten Treppe wieder. Es konnte also niemand vom Platz oder von der Tribüne aus direkt die Tür im Auge behalten, stellte ich erleichtert fest. Cassy und

Liv entdeckte ich unterhalb der Tribüne am Rand der ausgelegten Matten, wo sich die Cheerleaderinnen gerade in ihrer Formation aufstellten.

Grace stand in ihrer Mitte. Wärme durchflutete mich. Ich war so stolz auf sie. Und zugleich schnürte sich meine Kehle zu. Jetzt, wo ich wusste, dass es nicht mehr nur um sie ging.

Ich wurde Vater.

Wir wurden Eltern.

Eilig schüttelte ich diesen Gedanken ab. Grace wusste sicher, was sie tat. Wenn es stimmte, was sie sagte, hatte sie sich eine ärztliche Meinung eingeholt. Ich musste ihr vertrauen.

Ich setzte mich auf der Tribüne direkt hinter die Bande, sodass ich notfalls abtauchen konnte und die Gitter mich größtenteils verbargen, die zusätzlich über der Holzbarriere angebracht waren.

»Seid ihr fertig?«, rief eine der Trainerinnen vom Rand aus.

Auf ihre Frage hin erklang ein ohrenbetäubendes Jubeln der Gruppe. Mit den ersten Tönen eines neuen Songs, der anklang, verstummten sie und gingen in Position. Die vorderen Leaderinnen knieten sich hin, während die hinteren die Arme hochsteckten, sodass sich eine Treppe aus vier Reihen ergab. Dann machten die vier Mädchen an den Seiten mehrere Schrittformationen, sodass sie synchron in den äußeren Ecken der Matten ankamen.

Ich hatte keine Ahnung, wie es hieß, was sie dort machten. Aber mit dem Song, den sie sich für die Formation ausgesucht hatten, ging es unter die Haut. Cheerleading war ein wirklich beeindruckender Sport. Es war jedes Mal wieder ein Gänsehautmoment für mich, Grace in ihrem

Element zu sehen. Ihr war anzumerken, dass sie darin aufging, und obwohl sie in vielen Bereichen dasselbe an Abläufen zeigte wie die anderen, so schien sie alles eine Spur sicherer zu absolvieren.

Ich lächelte. Vielleicht hätte ich schon früher herkommen und ihr zusehen sollen. Ob ich bei meinem Training noch dabei war oder nicht, machte ohnehin kaum einen Unterschied. Die Saison würde ich das Team noch unterstützen und sie nicht hängen lassen. Danach würde ich aufhören. Mein Entschluss stand fest.

»Stopp!«, erklang es plötzlich und die Musik stoppte.

Sofort beschleunigte sich mein Herzschlag. »Wir haben die Stelle so oft geübt. Das kann echt nicht sein. Wir haben nur noch wenig Zeit!« Bestürzt schlug die eine Trainerin die Hände über dem Kopf zusammen. »Das muss schneller sein mit den ersten Schritten und den Sprüngen. Wir haben hier einen Viervierteltakt.«

Wie um es zu unterstreichen, klatsche sie in die Hände und zählte dabei laut mit. »Eins, zwo, drei, vier.«

Die zweite Trainerin stellte sich näher zu den Mädchen auf die Matten. »Leah muss auf ihre Haltung achten, Alina ist zu langsam.« Dann wandte sie sich an ein anderes Mädchen. »Grace, magst du uns die Stelle noch einmal zeigen?«

Ich wusste, dass sie eine der zwei Star-Leaderinnen ihres Teams war und damit in solchen Momenten Verantwortung übertragen bekam. Doch live dabei zu sein, wie sie für solch eine Aufgabe ausgewählt wurde und dem Team zeigen sollte, wie eine Schrittfolge auszusehen hatte, erfüllte mich mit Stolz.

»Du kannst auch gern den Teil mit der doppelten Schraube noch dranhängen«, hörte ich eine der Trainerinnen rufen. Gespannte Stille breitete sich aus, während

Grace Position einnahm und vor die übrigen Mädchen trat. Sie wirkte hochkonzentriert, strich sich ihre Hände an ihrer Uniform ab und atmete so tief durch, dass ich es sogar von hier oben gut sehen konnte.

Wie von selbst wanderte mein Blick zu ihrem Bauch, der in der taillenbetonten Uniform besonders auffiel. Es war keine Rundung zu erkennen. Nichts, was darauf hindeutete, dass etwas nicht stimmte. Zeitgleich verdrehte ich die Augen über mich selbst. Was erwartete ich auch? Dass Grace schwanger wurde und direkt einen sichtbaren Babybauch durch die Gegend trug?

Als sie sprang, hielt ich die Luft an. Wie in Zeitlupe sah ich sie vor mir, sie flog. Sie war frei, schwerelos. Es sah so leicht bei ihr aus und an der Art, wie sie diese Figurenfolge ausführte, musste ich kein Profi sein, um den deutlichen Unterschied zu den anderen zu erkennen.

Das war meine Freundin, fast. Sie hätte es sein können, wenn ich das gestern nicht in den Sand gesetzt hätte. Mit dem letzten Gedanken zog sich alles in mir zusammen und als ich glaubte, keinen Boden mehr unter den Füßen zu haben, geriet meine Welt aus den Fugen. Grace landete auf den Matten, aber sie knickte zur Seite weg. Es sah nicht richtig aus, wie sie stürzte und ... liegen blieb.

Mein Puls schoss in die Höhe. Das war nicht Teil der Choreografie. Keine Sekunde konnte ich mich länger unbemerkt auf der Tribüne halten. Ich sprang einfach über die Absperrung, auch wenn es auf der anderen Seite gute zwei Meter hinunterging. Fast niemand bemerkte mich, da alle Augen schockiert auf Grace gerichtet waren.

Ich hätte sie heute nicht hier trainieren lassen dürfen. Ich hätte sie gestern nicht im Stich lassen dürfen. Es war meine Schuld. Es war absehbar gewesen, dass sie nach all dem Stress früher oder später zusammenbrach, und ich hatte nichts getan. Was war ich nur für ein Freund?

Mit jedem Schritt, den ich mich Grace näherte, wurde das Dröhnen in meinem Kopf lauter. Einzelne Mädchen wurden auf mich aufmerksam, machten mir Platz, bis ich schließlich neben Grace zu Boden ging und mich dabei an Cassy und Liv vorbeidrängte. Aber ich registrierte alles um mich herum gar nicht richtig. Für mich gab es nur Grace.

Mein Herz setzte aus, als ich in ihr bleiches Gesicht blickte. Ihre Lider waren geschlossen, ihre Haare klebten an ihrer Stirn. Sie war bewusstlos. Mein Blick wanderte an ihr hinunter und ich erstarrte erneut. Ihr Bein war komplett verdreht und am Knie bildete sich ein deutlicher roter Bluterguss. War ihr Bein gebrochen?

»Wir brauchen einen Krankenwagen«, entschied die Trainerin, die auf der anderen Seite von Grace kniete, als hätte sie in dem Moment dasselbe gedacht. »Sofort!«

Aus dem Augenwinkel konnte ich erkennen, wie die zweite Trainerin ihr Handy zückte und sich damit einige Schritte von der Gruppe entfernte.

»Jaydon.« Eine Stimme drang zu mir durch und eine Hand legte sich auf meine Schulter. »Liv hat ihr Auto hier. Wenn der Krankenwagen kommt, kannst du bei uns mitfahren. Du wirst sicher nicht im Wagen bei Grace bleiben dürfen.«

Dankbar nickte ich, konnte meinen Blick jedoch bloß für den Bruchteil einer Sekunde auf Cassy lenken, um danach wieder Grace anzusehen. Mein schlechtes Gewissen zerstörte mich. Dass sie hier so in meinen Armen lag, gestürzt bei einem Sprung, den sie sicher schon häufig fehlerfrei absolviert hatte, brach mir das Herz. Plötzlich hatte ich nicht mehr nur Sorge um sie. Es gab noch das Kind ...

Auf einmal bewegten sich ihre Lider und unsere Blicke trafen sich. Wie von selbst griff ich nach ihrer Hand, die ganz kalt war.

»Alles wird gut«, murmelte ich und betete, dass es der Wahrheit entsprach.

Und dann lächelte sie, bevor sie wieder die Augen schloss, und brachte damit das, was noch von mir übrig gewesen war, zum Einsturz.

»Danke, Jay.«

Kapitel 24 – Grace Collin

10. Januar, 18:26 Uhr

Von Neuanfängen

Gleichmäßiges Piepen drang in meine Ohren und noch bevor ich blinzelte, wusste ich, wo ich mich befand. »Sie ist wach«, hörte ich jemanden aufgeregt sagen und spürte einen Druck an meiner Hand. Jay.

Als ich die Augen ganz aufschlug und in sein besorgtes Gesicht sah, wie sich seine Lippen zu einem Lachen verzogen, sobald er die Veränderung in meiner Mimik entdeckte, wurde mir warm ums Herz. Neben ihm entdeckte ich Cassy und Liv und ... Auf der anderen Seite saßen meine Eltern. Sie waren alle da.

»Wie schön, dass du wach bist«, sagte meine Mutter leise, erhob sich und setzte sich neben Jay auf die andere Seite des Bettes. »Was machst du nur?« Mein Dad murmelte etwas Ähnliches in meine Richtung und schüttelte sichtlich erleichtert den Kopf.

»Du hast uns vielleicht einen Schrecken eingejagt!«, meinte auch Cassy. »Honey, du weißt, meine Nerven vertragen das nicht.«

»Und eine Schlagzeile hatte ich sowieso schon für die Zeitung, da kommst du etwas zu spät«, ergänzte Liv.

Sie waren da. Das war alles, was in dem Moment zählte und mich zum Lächeln brachte. Der Erste, der meine Gesundheit ansprach, war Jay. »Wie fühlst du dich?«

Als hätte mit der Frage auch mein Gehirn wieder die Arbeit aufgenommen, sah ich an mir hinab und entdeckte all die Schläuche und Kabel, mit denen ich vernetzt war. Ein mulmiges Gefühl hatte sich in mir eingenistet, wodurch ich mir wie in Watte gepackt vorkam. Bloß ein dumpfer Druck an meinem rechten Knie war zu spüren und mein Kopf tat weh. »Geht schon«, gestand ich. »Ich merke gerade nicht wirklich viel.«

»Der Sturz ... das sah schlimm aus«, war alles, was Jay daraufhin erwiderte, und seine Finger drückten meine fester.

»Das stimmt!« Cassy nickte eifrig. »Mir ist das Herz echt in die Hose gerutscht.«

Mit ihren Worten kehrten die Bilder zurück. Wie mir schwindelig geworden war und ich die Kontrolle verloren hatte. Und wie dieser erdrückende Schmerz durch mich hindurchgeschossen war, als ich die Matten unter mir gespürt hatte. Dieser alles einnehmende Stich, der sich von meinem Knie durch meinen ganzen Körper gezogen hatte. Dann war alles schwarz gewesen. Wie hatte das passieren können? Ich war die Schrittfolgen und Sprünge hunderte Male durchgegangen und das schon vor dem Camp. Das war nichts Neues für mich gewesen.

Die Tür zum Zimmer schwang auf und ein Mann im weißen Kittel trat ein. Sein grauer Dreitagebart umrahmte seinen Mund und dennoch konnte ich ihn lächeln sehen, als er sich zu uns gesellte. »Ah, Sie sind wach«, sagte er und wandte sich mir zu. Dann richtete er seine Aufmerksamkeit auf die übrigen Anwesenden.

»Ich würde mit Ihrer Tochter gern einmal kurz unter vier Augen sprechen«, meinte der behandelte Arzt. »Danach hole ich Sie gern gleich wieder ins Zimmer, wenn das für Ihre Tochter in Ordnung ist.«

Noch bevor meine Eltern, Jay, Cassy und Liv das Zimmer verlassen hatten, war mir klar, worüber der Arzt mit mir reden würde. Schlagartig kehrte die Angst zurück. Meine Eltern standen dort vor der Tür mit meinen besten Freunden, und sie waren die Einzigen, die keinen blassen Schimmer hatten, was der Arzt mit mir allein besprechen wollte. Wie sollte ich ihnen das beibringen?

Erst als sich der Mann näher an mein Bett stellte und seufzte, wurde mir noch etwas ganz anderes bewusst: Ich war gestürzt. Nicht gerade leicht. Was, wenn es meinen Eltern gar nichts mehr zu erklären gab? Schweiß trat mir auf die Stirn und lief mir den Rücken hinunter.

»Wir mussten Sie operieren, da sie einen komplizierten Bruch hatten. Das Bein sollten Sie die kommenden Wochen schonen. Es tut mir leid, aber ich kann Ihnen nicht versprechen, dass Ihr Knie je wieder so leistungsfähig für den Sport wird, wie es zuvor war.« Er räusperte sich. »Vielleicht wird Sie das jetzt überraschen, aber ich habe Ihnen noch etwas mitzuteilen. Deshalb wollte ich allein mit Ihnen sprechen ...« Der Arzt setzte sich auf einen Stuhl neben meinem Bett. »Sie befinden sich in der anbrechenden fünften Schwangerschaftswoche. Sie müssen sich jedoch keine Sorgen wegen des Unfalls machen, den Babys geht es gut.«

Ich glaubte, mich verhört zu haben. Was hatte er da gerade gesagt? Zugleich überkam mich unglaubliche Erleichterung. Es war nichts passiert. Aber er hatte meinen Verdacht und den Test bestätigt. Ich war schwanger.

So viele Gefühle und Gedanken, ich wusste nicht, was davon ich zuerst denken, sagen oder fühlen sollte. Dass mir schon wieder schwummrig wurde, schob ich darauf, dass ich gerade erst aufgewacht war. So viele Informationen, so viele Eindrücke, die ich zu verarbeiten hatte, und jetzt das?

»Babys?«, hakte ich irritiert nach, was den Bart des Mannes erneut zucken ließ.

»Ja, Sie haben richtig gehört«, erwiderte er und sein Lächeln wurde breiter. »Scheint ganz so, als hätte der liebe Gott Ihnen ein eindeutiges Signal senden wollen. Sie erwarten Zwillinge.«

***

»Was?« Jay reagiert genau so, wie ich es mir gedacht hatte. Ich hatte ihn allein ins Zimmer gebeten, gleich nachdem der Arzt gegangen war, und meine Eltern in der Zeit Essen holen geschickt, damit sie keinen Verdacht schöpften. Sein Gesichtsausdruck spiegelte vermutlich ziemlich gut, wie auch ich den Arzt angestarrt haben musste.

»Ja, er meinte, wir erwarten Zwillinge.«

»O mein Gott, Grace!« Zum ersten Mal lächelte Jay. Er lachte. Ich konnte es kaum glauben. Fand er das witzig oder war das eine verzweifelte Geste, bevor er aus dem Raum lief und ich ihn nie wiedersah? Doch er lief nicht weg, sondern schlang seine Arme um mich. »Wenn du sie behalten möchtest, dann bin ich für dich da. Wir packen das.« Er rückte ein Stück ab, um mir in die Augen zu sehen. »Es tut mir leid, wie ich gestern reagiert habe. Das war falsch von mir. Es war nur ... damit habe ich nicht gerechnet und es hat mich einfach überfordert. Damit hast du es das erste Mal geschafft, mich wirklich aus der Ruhe zu bringen.«

Ich konnte kaum glauben, was er da sagte und was er mir zusicherte. »Danke«, hauchte ich. »Bitte fühl dich nicht gezwungen. Ich würde mich sehr über deine Unterstützung freuen, aber ich verlange es nicht von dir.«

»Ich bin der Vater. Da wäre es doch unfair, dich damit sitzen zu lassen. Außerdem möchte ich ein Mitspracherecht, wenn es um die Namen und die Erziehung geht – das ist natürlich das oberste Argument.« Er grinste mich an. »Grace, ich hab dich wirklich gern. Das gestern, was ich dir an den Kopf geworfen habe, das wollte ich nicht. Ich wünschte, ich könnte das zurücknehmen und behaupten, ich wäre bei dir geblieben, hätte mich um dich gesorgt. Aber das kann ich nicht. Ich kann dir nur anbieten, dass ich jetzt für dich da bin und nicht wieder abhauen werde. Dass ich mich um dich und unsere Kinder kümmern werde. Und am liebsten würde ich das nicht nur als dein bester Freund tun. Sondern gern als dein fester Freund.«

Mein Herz geriet ins Stolpern. »Dann darf ich dich jetzt offiziell meinen Freund nennen? Nicht nur meinen besten Freund? Ist es das, was du mir sagen möchtest?« Für einige Wimpernschläge hörte meine Welt auf, sich zu drehen und ich verlor mich in Jaydons Augen. Ich konnte kaum glauben, dass ich diese Worte nun wirklich ausgesprochen hatte, dass ich mir mit meinen Gefühlen für ihn sicher war und ich mir nichts sehnlicher wünschte, als ihn für immer an meiner Seite zu wissen. Die Sekunden, die er sich für die Antwort Zeit ließ, zogen sich in eine gefühlte Unendlichkeit und als er sie schließlich aussprach, konnte ich mein Glück kaum fassen. Wohlige Wärme durchströmte mich.

»Für dich bin ich beides gern. Egal, wie du mich nennst, es ändert nichts an der Tatsache, dass dir mein Herz gehört und dass ich dich nicht verlieren möchte.«

Während er das sagte, wurde der Funke in mir wieder zu einer Flamme. Mit Jay an meiner Seite fühlte ich mich bereit für alles, was kam. Gemeinsam würden wir das schaffen. Da war ich mir sicher.

***

Später

»Können wir reden?«, fragte ich an meine Eltern gewandt und meine Stimme zitterte. Jaydon hatte sie ins Zimmer gebeten, nachdem er mir versichert hatte, dass er mich dieses Gespräch nicht allein führen ließ. Ich klammerte mich an Jaydons Hand, als würde es etwas an den Worten ändern, die ich nun aussprechen musste. Doch allein, dass er sanft meine Finger fester mit seinen verschränkte, machte mir Mut. Ich war nicht allein.

»Natürlich«, erwiderte mein Dad und schenkte mir ein aufmunterndes Lächeln, tauschte jedoch einen vielsagenden Blick mit meiner Mutter. »Was gibt es?«

Jay hatte sich neben mich aufs Bett gesetzt und wir beobachteten, wie sich meine Eltern am Fußende niederließen. In ihren Gesichtern stand Neugier, als konnten sie sich nicht annähernd vorstellen, was ich mit ihnen besprechen wollte. Noch einmal holte ich tief Luft, lehnte mich enger an Jays Schulter. »Der Arzt wollte eben alleine mit mir reden, weil … weil ich nicht länger Cheerleaderin sein kann.«

Besorgnis zeichnete sich auf dem Gesicht meiner Mutter ab. »Wegen deiner Verletzung?«

»Auch.« Der Rest blieb mir im Hals stecken und es kostete mich alle Mühe, den Satz zu beenden. Ich konnte sie nicht ansehen, während ich es sagte. Wollte nicht in ihre Augen schauen, mir nicht ein weiteres Mal ausmalen, wie sie wohl reagierten. Deshalb schloss ich meine Lider und spürte, wie sich eine Träne aus meinen Wimpern löste. Ein stechender Schmerz ging durch meine Brust, als würde mir erst jetzt richtig bewusst werden, welche Bedeutung diese Situation hatte. Dass sich nun alles verändern würde. »Ich bin schwanger. Mit Zwillingen.«

»Was?«, hörte ich die überraschte Stimme meines Dads.

»Wir werden Großeltern?«, fragte meine Mutter. Doch ich hörte ihre Bemerkungen bloß wie aus weiter Ferne. Zu laut rauschte das Blut durch meine Ohren. »Von Zwillingen? Oh, Grace!«

Als ich blinzelte und in die Gesichter meiner Eltern schaute, erkannte ich jedoch nichts als Verwunderung. Meine Mutter fing sich als Erste wieder und schloss mich in ihre Arme. Ich konnte meine Tränen nicht länger kontrollieren. Mein ganzer Körper wurde von Schluchzern geschüttelt, während meine Mutter mich fest an sich drückte.

»Liebling. Sag uns, was können wir für dich tun, wie können wir für dich da sein? Wie hast du dir das vorgestellt?«, fragte meine Mutter, ließ mich los und musterte mich schließlich mit einigem Abstand. »Für dich war Cheerleading die Welt. Und die Schwangerschaft ...«

»... war nicht geplant«, beendete ich ihren Satz.

»Wir sind für dich da«, meldete sich nun auch mein Vater zu Wort.

Es war mehr, als ich mir jemals von dieser Situation erhofft hatte. Es bedeutete mir die Welt, wie meine Eltern reagierten, und ihr Zuspruch ließ mich die Sorgen über

Bord werfen. Keine Sekunde länger konnte ich all das verschweigen, was mir auf dem Herzen brannte.

»Wir werden sie behalten«, erklärte ich und wechselte einen Blick mit Jay, der mir aufmunternd zunickte. »Ich möchte sie nicht abtreiben. Und was das Cheerleading betrifft – ich habe mich viel zu lange selbst unter Druck gesetzt. Ich glaube, dieser Sport ist nicht der Richtige für mich, und vielleicht musste ich das auf die harte Tour lernen, damit ich endlich die Augen öffne.«

»Wie meinst du das?«, hakte mein Vater nach.

»Ich hätte das Cheerleading schon viel früher aufhören müssen. Mein Knie wird vermutlich nie wieder optimal verheilen, sodass ich nicht mehr auf der Matte stehen werde.« Mein Hals schnürte sich bei diesen Worten zu und immer neue Tränen quollen aus meinen Augen hervor. Auch wenn es die Realität war und mir allmählich bewusst wurde, dass ich diese Veränderung gebraucht hatte und dass sie eine neue Chance für mich war, die ich dringend gebraucht hatte, so tat dieser Schritt in eine neue, ungewisse Richtung auch weh. Es tat weh, zu wissen, was ich nun alles hinter mir lassen musste. All die Jahre, die mich meine Leidenschaft für das Cheerleading erfüllt hatte. All die schönen Momente und Erfahrungen, die ich in den unterschiedlichen Teams sammeln durfte.

»Und ich bekomme Zwillinge«, sprach ich erneut laut aus, was mir der Arzt bestätigt hatte. Ich konnte es kaum glauben. »Es ist an der Zeit, einen neuen Weg einzuschlagen. Cheerleading war immer meine Leidenschaft, ja. Ich werde nie vergessen, was mir dieser Sport bedeutet hat und was ich daraus gelernt habe. Allerdings hat mich diese Leidenschaft gerade in den letzten Jahren förmlich zerrissen. Der Druck hat mir keine Motivation und Kraft mehr geschenkt. Er hat Neid und Hass in mir wachsen lassen – auf andere und auf mich. Das möchte ich nun ändern und hinter mir lassen. Vermutlich wird es noch lange dauern, bis mir das gelingt, aber ich möchte heute damit anfangen. Ich will das alles hinter mir lassen. Ich muss nicht immer die Beste sein, um glücklich zu werden. Das habe ich nun begriffen.«

Ich konnte und wollte mich dem Druck des Leistungssports nicht länger beugen. Ich konnte nicht alles geben und immerzu darauf hoffen, die Beste zu sein und zu verzweifeln, wenn ich es einmal nicht war. Als hinge mein Leben davon ab. Genau das hatte mich schlussendlich alles gekostet und meine Gesundheit gefährdet. Nicht nur meine, auch die der Kinder. »Ich hatte solche Angst, euch zu enttäuschen«, gestand ich und sprang damit über meinen letzten Schatten.

»Aber wieso?« Meine Mutter schüttelte den Kopf und sah mir eindringlich in die Augen. »Du bist und warst für uns immer die Beste. Warum hast du denn nichts gesagt, wie sehr dich der Druck beschäftigt? Wie auch immer du dich jetzt entscheidest, ob du mit dem Cheerleading weitermachst oder nicht, ich möchte, dass du weißt, dass wir hinter dir stehen und deine Entscheidung akzeptieren werden. Wir sind immer für dich da.«

Dankbar lächelte ich meine Eltern an, bis meine Augen die von Jay fanden. »Danke, dass du mir gezeigt hast, worauf es wirklich ankommt und dass es manchmal wirklich die kleinen Dinge sind, die ganz große Dinge bewegen können. Dass mit jedem Menschen, jedem Moment, eine Veränderung kommen kann. Du hast mir gezeigt, dass es okay ist, seine Träume zu ändern und neue Wege einzuschlagen. Und, dass es okay ist, dabei Hilfe anzunehmen und sein Herz für Veränderungen zu öffnen. Danke, dass du da bist.«

»Für dich immer«, flüsterte er und schenkte mir ein warmes Lächeln, sodass mein Herz schneller schlug.

»Grace«, meldete sich meine Mutter erneut zu Wort. »Wir werden dir bei jedem deiner nächsten Schritte zur Seite stehen. Egal, was jetzt kommt und welchen Weg du auch einschlagen möchtest. Wir werden immer hinter dir stehen – vergiss das bitte nie. Mach dir unseretwegen keine Sorgen und denke nicht, dass du irgendwelche Erwartungen erfüllen musst. Sei glücklich mit dem was du tust und wir werden stets alles dafür geben, dass du es bleibst.«

Kapitel 25 – Grace Collin

28. Januar, 16:34 Uhr

Wenn Träume platzen und Vom Anfang, sich selbst zu finden

Es war seltsam, den Auftritt von der Tribüne aus anzusehen. Und noch seltsamer, nicht nur an Krücken zu humpeln, sondern zu wissen, dass ich schwanger war. Mit Zwillingen.

Jay legte einen Arm um meine Taille und musterte mich prüfend. Dennoch schwieg er, als hätte er Sorge, mich zu verletzten. Es traf mich, meine Teamkameradinnen unten auf dem Spielfeld zu sehen und zu wissen, dass ich ein Teil von ihnen gewesen wäre – als Star-Leaderin und mit Solo-Part, und dass wir zusammen um diesen Pokal hätten kämpfen können. Aber es traf mich weniger, als ich erwartet hatte, obwohl ich vor allem in den letzten Wochen so viel Arbeit und Energie in diesen Sport gesteckt hatte.

»Alles gut«, murmelte ich und schenkte ihm ein Lächeln. Denn dass er hier neben mir saß und das nicht nur als mein bester Freund, bedeutete mir in diesem Augenblick so viel mehr. Dass er meine Hand hielt und mein Team mit mir zusammen anfeuerte.

Mein Knie würde eventuell nie wieder so funktionieren wie zuvor, und es würde sich zeigen, ob ich noch einmal auf der Matte stehen konnte. Vielleicht sollte es so sein, dass ich schon jetzt, bevor ich an einer anderen Stelle in meiner Karriere gestanden hatte, eine neue Richtung einschlug, nach Dingen suchte, die mich ebenso erfüllten wie das Cheerleading. Ändern konnte ich es ohnehin nicht. Und gaben neue Wege nicht auch neue Chancen und neue Dinge, die einen glücklich machten? Egal, ob man sich absichtlich dafür entschieden hatte, den neuen Weg einzuschlagen oder nicht?

»Weißt du, was mir wirklich fehlt?« Jay zog die Augenbrauen hoch.

Unsicher schüttelte ich den Kopf.

»Unser Handschlag.«

Sofort musste ich grinsen. Er hatte bei jedem meiner Auftritte am Rand gestanden, wenn er nicht selbst auf dem Spielfeld gewesen war. Und jedes Mal war ich zu ihm gelaufen und hatte ihn abgeschlagen.

Neben ihm saß Alex und daneben Finn, der mit Liv Händchen hielt. Ich hatte mich auf die andere Seite zu Jay gesetzt und die Krücken neben mir abgestellt. Zwischen Liv und mir würde es vermutlich ebenfalls nie wieder so werden, wie es vor unserem Streit gewesen war. Doch so, wie es sich im Camp gezeigt hatte, war das okay für mich. Es musste nicht mehr so werden. Ich hatte Mist gebaut und daraus gelernt, und obwohl ich noch immer diesen Leistungsdruck in mir verspürte, den Drang, eine neue Leidenschaft zu finden wie sie den Journalismus, war ich nun doch ein ganzes Stück glücklicher.

Ich hatte ein anderes Leben. Und dass ich einmal nicht überlegt hatte, was andere von mir dachten oder was ich vom Leben wollte, hatte mir gleich zwei große Geschenke gemacht: Jay und unsere Zwillinge. Denn wir würden sie bekommen und mit ihm an der Seite fühlte ich mich bereit dazu. Auch wenn ich noch viel zu lernen hatte und es vieles gab, was ich an mir selbst in Angriff nehmen musste.

»Schau, sie stellen sich auf«, meinte Jay.

Als das Licht gedimmt wurde und die Musik erklang, kam die Aufregung und mein Puls raste, als würde ich selbst dort unten stehen. Ich kannte jeden Schritt, jeden Bewegungsablauf, jede Position meiner Team-Kameradinnen. Bei ihrem Anblick zog sich mein Brustkorb doch zusammen und ich wünschte, ich könnte bei ihnen sein. Könnte zur Tribüne und zu den Schiedsrichtern sehen, würde das riesige Banner mit dem Logo, das hinter ihnen an der Hallenwand hing, nicht nur von hier sehen und mich dann auf das fokussieren, was wirklich zählte. Konzentration, Technik und Leidenschaft.

Jays Handdruck wurde fester.

***

Am Ende des Tages wurden wir nicht platziert. Stolz war ich trotzdem. Auf das Team, auf das College und dass wir es bis hierhin geschafft hatten. Wir waren dabei gewesen, obgleich ich nur am Rand hatte stehen und anfeuern können.

»Siehst du«, flüsterte Jay und zog mich in seine Arme. »Gewinnen ist manchmal nicht alles. Du musst nicht die Beste sein, nicht den Sieg davontragen oder dich immerzu gegen andere behaupten müssen, um etwas Wertvolles zu sein. Du bist gut so, wie du bist. Ganz egal, was andere sagen und ob andere mehr erreicht haben. Du hast deinen ganz eigenen Weg und das ist gut so. Du bist gut so.«

»Aaaaah!« schrie plötzlich jemand neben uns auf. Liv hüpfte aufgeregt durch die Gegend. »Ich hab die Zusage!«

»Was für eine Zusage?«, wollte Finn wissen. Er schien ebenso verwirrt wie wir anderen auch und ich wusste nicht, ob mich das beruhigen sollte.

»Ich hab mich auf ein College in deiner Nähe beworben und sie haben mir gerade eine Zusage geschickt. Ich darf zum nächsten Semester wechseln und die *Morning Devil* hat zugestimmt, das sich von dort aus online weiterarbeiten darf!« Sie quietschte auf, dann sprang sie in seine Arme. Mir klappte der Mund auf und Finn sah aus, als könnte er sein Glück kaum fassen. Und es war das erste Mal, dass ich nicht eifersüchtig auf sie war, sondern mich ehrlich für die beiden freute.

Epilog

Einige Wochen später

Die Äste der Eiche wiegten sich über unseren Köpfen hin und her. Viel zu lange hatte ich nicht mehr hier gelegen und dem Baum zugehört, wie er uns Dinge zuflüsterte. Eine Hand hatte ich auf meinen Bauch gelegt, die Fingern mit Jays verschränkt. Inzwischen war eine leichte Wölbung zu erkennen. Lange würde ich dieses Geheimnis nicht mehr auf dem College wahren können.

Aber jetzt, wo ich wusste, dass ich Jay an meiner Seite hatte und ich nicht allein war, fühlte ich mich für diesen Schritt bereit. Jetzt, wo auch meine Eltern hinter mir standen und ich nicht länger ihre Reaktionen fürchten musste, sondern auch ihre Unterstützung hatte.

»Wann wirst du deinem Vater sagen, dass du planst, bei ihm in der Firma einzusteigen? Und wie geht deine Leidenschaft fürs Football weiter? Was wirst du jetzt machen mit dem College und dem Sport?«, wollte ich von meinem Freund wissen und drehte den Kopf zu ihm. Ich musterte sein Profil, wie er den Blick ins Blätterdach gerichtet hatte, seinen zunehmenden Bartansatz, der mich an seinen Vater erinnerte.

»Eins nach dem anderen.« Er lächelte. »Wie gesagt, diese Saison werde ich das Team noch nicht hängen lassen, und wenn die rum ist und das neue Semester beginnt, dann werde ich mich nach Ausbildungsplätzen umsehen. Ich kann mich ohnehin erst dann auf Plätze bewerben.«

Es war bewundernswert, wie ruhig Jay an die nächsten Schritte zuging, seien es die, die nun auf uns beide zukamen oder die er allein plante. Einen Teil dieser Ruhe gab er an mich weiter und ich war unheimlich dankbar dafür. Als könnte Jay meine Gedanken hören, obgleich er erst mit seinen nächsten Worten in meine Richtung sah, fragte er: »Was wirst du jetzt machen, wo du entschieden hast, nicht mehr in den Leistungssport einzusteigen?«

Eine Frage, die mir die letzten Wochen regelrecht den Kopf zerbrochen hatte. Allerdings hatte ich endlich eine konkrete Idee und ich freute mich auf das, was kam. Dass mich etwas vollkommen Neues erwarten würde. Etwas, das mich nicht jeden Tag unter Druck setzte und wo ich körperliche Höchstleistung erbringen musste. Wobei ich vielleicht sagen sollte, dass es eine andere Art der Leistung und des Drucks waren.

»Du weißt ja, ich habe so viel mit Cassy darüber geredet.« Ich seufzte, lächelte jedoch. »Sie hat mit ihrer Familie gesprochen und wenn ich Lust habe, darf ich ab sofort ein Praktikum im Unternehmen ihrer Eltern absolvieren und auf Probe neben dem College dort aushelfen.«

»In der Modebranche?« Als ich Jays Blick begegnete, glaubte ich, ihm würden die Augen fast aus dem Kopf fallen.

»Ich weiß, das ist etwas ganz anderes. Vielleicht werde ich trotzdem noch als Aushilfe und Trainee beim Cheerleading-Team Tipps geben, dennoch wollte ich etwas ganz Neues ausprobieren«, erklärte ich. »Etwas, das ich noch nie gemacht habe, aber das ich mir trotzdem vorstellen könnte. Schließlich habe ich wie Cassy im Nebenfach Marketing belegt. Vielleicht könnte ich Social-Media-Managerin werden?«

Das brachte Jay zum Lachen und erwärmte mein Herz. Ihm war anzusehen, wie erleichtert er war, dass ich einen neuen Weg ausprobierte. »Ich bin gespannt, was du die nächsten Wochen berichten wirst.« Das Funkeln in seinen Augen erinnerte mich daran, wie wir damals hier unter dem Baum gesessen und die Schachtel vergraben hatten. Wie wir unsere Träume hier hatten festhalten wollen, um uns ewig an sie zu erinnern. Doch nun hatten wir auf beiden Zetteln Dinge stehen, die nicht mehr der Mittelpunkt unseres Lebens waren. Fortan würden an diese Stelle wohl zwei kleine Kinder treten.

»Wir liegen auf unseren Träumen, die nicht länger unsere Träume sind«, überlegte ich laut.

»Stimmt«, gab Jay gedankenverloren zurück. »Das war eine schöne Idee, die wir da hatten. Ich fand, sie hat uns immer auf eine besondere Art miteinander verbunden und diesen Ort zu einem gemacht, an dem wir immer Rat finden konnten.«

»In der Schachtel liegt ein Zettel, auf dem steht, dass du Footballstar werden wolltest.« Ich grinste. »Jetzt müssten wir sie eigentlich wieder ausgraben. Dass ich noch eine Cheerleaderin werde, an die man sich erinnert, ist wohl ausgeschlossen ...«

Doch Jay schüttelte den Kopf. »Wer sagt denn, dass ich das tatsächlich auf meinen Zettel geschrieben habe? Wir sollten eher stolz sein, dass wir nicht um jeden Preis an unseren Zielen festgehalten haben. Manchmal ist Loslassen viel mutiger. Sollte es nicht weniger wichtig sein, ob wir unser Ziel erreichen, als dass wir glücklich sind?«

Kurz breitete sich Stille zwischen uns aus, bevor er hinzufügte: »Und ich finde, du hast dein Ziel sehr wohl erreicht. Du bist eine Cheerleaderin gewesen, an die man sich erinnert.«

Ende Teil 2

Danksagung

Kaum zu glauben, dass ich nun an dieser Danksagung sitze.

Mein Dank gilt dem Piper Verlag und dem großartigem Lektorats-Team dort sowie Mira Manger. Danke für eure Unterstützung und vor allem auch euer Verständnis, als es mir gesundheitlich so schlecht ging, dass ich das Schreiben an diesem Buch kurzzeitig unterbrechen und aufschieben musste. Dass ihr mir so entgegengekommen seid, mir möglichst viel Zeit zur Genesung und stets das Gefühl gegeben habt, dass meine Gesundheit an vorderster Stelle steht, hat mir unglaublich viel Druck genommen. Euer Entgegenkommen war nicht selbstverständlich, das weiß ich nun umso mehr zu schätzen!

An der Stelle auch ein großes Danke an meine ganze Familie – besonders meinen Eltern und Großeltern. Danke, Florian. Dass ihr immer ein offenes Ohr für mich habt und für mich da seid.

Danke meinen Testlesern, vor allem Alina Menzel. Danke auch Meddy für deine großartige Unterstützung und deine Kommentare, wenn es um das Cheerleading ging. Das hat mir sehr geholfen! Danke, Pia.

Immer wieder geht mein Dank an Gloria Trutnau, Katharina Sommer und Julia Hausburg.

Es gibt unzählige Menschen, die mich im Hintergrund auch außerhalb vom Schreiben sehr unterstützen, jenen gilt ebenfalls mein Dank, auch wenn ich lange nicht alle hier aufzählen kann. Dass ich euch zu jeder Tages- und

Nachtzeit anrufen konnte und ihr für mich da wart und seid, bedeutet mir sehr viel.

Und natürlich nicht zu vergessen: Danke euch LeserInnen! Danke den BuchhändlerInnen, die die meine Bücher empfehlen und in ihre Läden stellen.

Danke auch an meine Community auf Instagram (*kiras.zeilen*), allen BloggerInnen und RezensentInnen. Eure lieben Worte, die mich täglich erreichen, schenken mir Motivation und Freude beim Umsetzen meiner Träume.